网络文艺的形态及传播机制研究

孔丽娟　著

全国百佳图书出版单位　吉林出版集团股份有限公司

图书在版编目（CIP）数据

网络文艺的形态及传播机制研究／孔丽娟著 . -- 长
春：吉林出版集团股份有限公司，2022.8（2023.9 重印）
ISBN 978-7-5731-2076-2

Ⅰ . ①网… Ⅱ . ①孔… Ⅲ . ①文艺-网络传播-研究
Ⅳ . ①I0-39

中国版本图书馆 CIP 数据核字（2022）第 156684 号

WANGLUO WENYI DE XINGTAI JI CHUANBO JIZHI YANJIU

网络文艺的形态及传播机制研究

著：孔丽娟

责任编辑：朱　玲

封面设计：雅硕图文

开　　本：720mm×1000mm　1/16

字　　数：210 千字

印　　张：11.25

版　　次：2022 年 8 月第 1 版

印　　次：2023 年 9 月第 2 次印刷

出　　版：吉林出版集团股份有限公司

发　　行：吉林出版集团外语教育有限公司

地　　址：长春市福祉大路 5788 号龙腾国际大厦 B 座 7 层

电　　话：总编办：0431-81629929

印　　刷：涿州汇美亿浓印刷有限公司

ISBN 978-7-5731-2076-2　　定　　价：67.00 元

前　言

　　随着网络技术的日趋成熟，传统的文艺发展格局发生了变化，基于网络的文艺创作现象不断增多，具有网络化色彩的文艺类型大量涌现，网络文艺成为备受人们喜爱的艺术形式。网络文艺兼具实在性与虚拟性，一方面文艺作品是真实存在的，另一方面特殊的信息处理使文艺作品超越了物质的范畴，以虚拟的形式呈现出来，网络参与者能够借助特定的信息工具欣赏文艺作品。与传统文艺相比，网络文艺更能带给人们审美享受，因为其除了普通的艺术语言应用，还包括音乐的安排、页面的设计等，这种综合性的艺术表现具有更强的冲击力，更符合现代受众的审美趣味。

　　网络文艺以多种形态呈现在人们面前，如网络音乐、网络影视、网络综艺等，它们蕴含着互联网艺术思维，为人们带来极具现代感的艺术体验。在新媒体时代，网络文艺传播表现出多个方面的特征。一是传播主体的多元化，内容生产者、用户、专业平台等都可以传播网络文艺作品；二是传播受众的年轻化，青年群体成长于互联网环境中，他们对于各种网络热点都十分熟悉，网络文艺作品蕴含的思想观念、人文精神等更易被他们所接受；三是传播内容的丰富性，日常生活叙事、现实叙事、个体化叙事、自由化叙事等均能在网络文艺作品中看到，这满足了人们多样的内容需求；四是传播方式的数字化，随着数码成像技术、网络超文本技术、多媒体技术的发展，网络文艺以数字化的方式广泛传播，人们对文艺作品的观赏体验得以优化。

　　网络文艺依托网络媒介存在，引领着新时期的文艺发展，作为文艺创作者，应当努力营造健康的网络文艺环境，着力提高网络文艺的创作质量，为人民群众呈现更多优秀作品。同时，网络文艺的研究工作也要积极开展，从而为网络文艺实践提供更多理论支撑。基于此，许多学者对网络文艺进行研究，并产生了相关研究著作，《网络文艺的形态及传播机制研究》就是其中之一。本书首先介绍了网络文艺的创作主体、社会生产及其作品的特性与功能；其次，以文艺与传播的密切关系为切入点，分析了现代传播媒介对文艺传播的重要影响，探讨了网络媒介引发的文艺传播变革；再次，对网络音乐、网络文学、网络综艺、网络影视、网络游戏及其传播机制进行了详细研究，其中既包括概念、类型、特点、价值、功能等知识，也涵盖了传播优势、传播技术、传播方式、传播渠道等内容，还对网络音乐传播中的侵权现象、基于不同传播主体的网络文学传播、不同类型网络综艺节目的传播、腾讯手游的传播等现实问题进行了分析；最后，基于新时期网络文艺的现实境况，从"走出去"、健康发展、法律规制三方面对其未来发展道路进行了探索。

本书内容较为丰富，结构相对合理，为读者了解网络文艺提供了良好的资料借鉴。另外，本书在撰写过程中得到了众多学者的支持和鼓励，同时借鉴了有关专家、教研人员的研究成果，在此对其表示诚挚的感谢！由于时间紧促以及作者水平的限制，本书对网络文艺相关内容的研究难免存在疏漏和不足之处，诚望广大读者批评指正。

目　录

第一章　网络文艺概述

文艺依托网络生发出新的文艺形态，即网络文艺。网络文艺是对时代的反映，同时又引导着这个时代的前进步伐。厘清网络文艺的基本概念有利于更好地了解网络文艺，也有助于为其传播机制的完善提供可行性建议。

第一节　网络文艺的创作主体

一、网络文艺的创作主体类型

（一）显在创作主体与潜在创作主体

虽然文艺作品是作者创作出来的，但艺术的意义与作者本身纯粹的个人体验并无直接关联，艺术的意义更多地产生于读者与文本之间的互动。对于作者来说，作品的意义是固定的，其文本一经传播就具有开放性与流动性，尤其是在不同读者对文本的不同意义阐释之后，文本的意义层次必定会不断丰富，这时，作者创作出的原始文本就变为各不相同的"第二文本"。由此可见，读者是文本意义阐释与丰富不可缺少的主体。

网络文艺环境中，读者地位被大幅度提升。传统的文艺传播环境下，创作模式以静态创作为主，创作主体以作者为主；读者很少能够参与到创作过程中去，绝大部分时间都在充当文本的被动接受者角色；作者与读者之间的关系是单向的，即作者创作、读者欣赏。网络文艺传播环境下，创作模式转变为双向创作，读者也慢慢融入了创作者的行列，成为创作主体的组成部分；作者与读者的关系转变为双向关系，即作者在与读者的合作中创作。

从以上角度对网络文艺创作主体分类可以将其分为显在创作主体、潜在创作主体。显在创作主体即传统文艺创作者，主要是指作者，而潜在创作主体即进入网络文艺阶段后新增的文艺作品创作者，主要是指读者。网络文艺以其极大的开放性和交互式创作模式，推动了作者与读者之间信息交换等互动，使两主体的关系更为密切，甚至使读者与作者的角色互换成为现实。在网络文艺创作环境中，作者依然担任着基本文本创作者的角色，作者受到某种灵感冲击，将其自身丰富的生活经验与实践活动加以提炼，从而创作出具有社会共识以及普遍价值的文本作品，这样的作品才更具有传播价值。由此，作者被称为显在创作主体。文本形态在网络文艺环境中也有所变化，网络论坛的文本表现为网友提出的文艺论题，网络搜索的文本表现为网站设置者设定的页面信息与页面跳转模式，网络音乐文本表现为独具特色的作词以及词曲传达情感，在微博等社交平台文本又表现为极具主观性的个人发言以及极具客观性的官方发布信息等。文本一经发布，读者就可以通过跟帖、评论、转发、相关话题讨论等多种形式发表自己对原始文本的看法，自由地参与到文本的二次创作中去，他们会自觉或不自觉地将个人主观想法融入作品以及文本中去，其二次创作或多或少都会透露出读者独一无二的个人体验，有些读者更是达到了"青出于蓝而胜于蓝"的水平。相比创作出某一文本的作者来说，读者具有分散性、差异性、数量众多等特点，这就使得网络文艺环境是多声音的，而这种读者赋予原始文本新意义的二次创作，也使得读者在一定程度上转化为创作者，因此，网络文艺的读者是潜在创作主体。在读者的二次创作过程中，显在创作主体又会转化为读者，他们接受潜在创作主体的意见以及建议，通过潜在创作主体对文本的反馈以及心理预期等，对原始文本进行充实与完善，从而创作出符合广大读者需求的文本作品。网络文艺的创作与传播使读者与作者之间的界限被打破，这种界限的模糊化突破了传统文艺创作与传播"作者——读者"的单向模式，增加了每位读者二次创作的机会，经此过程创作出的网络文艺作品真正实现了博采众长。

基于上述过程，不难看出，网络文艺作为一种新颖的文艺创作与传播形态，促进了创作主体类型的细化，即潜在创作主体与显在创作主体。显在创作主体创作出原始文本，引导潜在创作主体为文本注入新鲜血液；潜在创作主体是较为被动的创作者，他们的二次创作必须建立在原始文本的基础之上，参与文本的手段主要以反馈为主。

一般情况下，网络文艺作品的作者由一个人或几个人承担，其中一人的作者被称为个体显在创作主体，多人的作者被称为集体显在创作主体。传统文艺创作过程中，作者一般都是一人；以读者参与网络文艺创作过程的角度来看，网络文艺创作的作者具有匿名、数量多等特征。

除了显在创作主体与潜在创作主体两种，网络文艺创作主体还存在多种形态。这种创作主体的不确定性的形成原因主要有两个：第一，网络环境具有不确定性、虚拟性、开放性等特点，这就使得网络文艺创作具有极大的自由性，显在创作主体与潜在创作主体、专职型创作主体与参与型创作主体之间，相对应的角色身份能够完成随时转换；第二，网络文艺创作主体也有可能扮演着传统文艺创作主体的角色，同一网络文艺创作主体可能只在线上进行文艺创作，但也有可能线上线下同时创作，这样一来，传统文艺创作创作者所具有的功能特质也为网络创作主体所有，比如创作、传播、接受等，这种双重主体身份也就使得网络文艺创作主体更具不确定性。

（二）专职型主体与参与型主体

纵观网络文艺创作主体，他们文化素养不一，在互联网时代来临之前，部分网络文艺创作主体并未真正参与过艺术创作活动，他们或许兴趣盎然但却并未付诸行动，这类人虽然有着艺术细胞但却并未进行系统学习，没有艺术理念的武装就只能远远遥望艺术殿堂。可见，他们很难与传统意义的艺术创作产生关联，作为最为广泛的普罗大众，网络的诞生为他们带来了参与艺术创作的契机。就目前而言，这类创作主体与互联网联系密切，几乎完全依靠网络进行创作，与此同时，网络也为他们带来了不菲的收入，网络文艺创作成为他们的工作，从这方面来看，这类主体收入纯粹，因此被称为专职型创作主体。一般而言，专职性创作主体思想灵活，富有创造力，容易创造出个性化作品。网络文艺创作虽然是新兴职业有很大的发展潜力，但当下仍然具有很大的不确定性，互联网时代瞬息万变，人们的喜好几乎天天变化，网络文艺创作者并不能保证自己的作品能够得到广大群众的喜爱，另外，创作者也并不能保证自己时时刻刻都能有创作灵感，即使已经成为著名的网络文艺创作者也并不一定能够将名气转化为金钱，可见，网络文艺创作具有很大的不稳定性，这就使得大部分人难以舍弃稳定工作，将其作为专职。

按照是否专职为依据，还可以将网络文艺创作主体划分为参与型主体。所谓参与型主体实际上就是不将网络创作当作专职的主体。网络创作仅仅只是他们的选择之一，可以简单概括为兴趣爱好，他们的主业并非网络创作。这类人通常将网络创作当作释放情感、放松心情、发展自我的方式之一。另外，还可以根据参与型主体的主业与艺术创作有无关联来对其进行详细划分。

第一种是，在参与型主体中，有部分人在网络出现之前就从事艺术创作具有艺术天赋且专业性强，也就是说，他们的主业就是艺术创作，之前从事传统艺术创作，在网络出现之后，开始拓展创作平台，不断丰富艺术创作形式。这类创作主体在利用网络平台进行创作的同时也不会抛弃传统媒体，他们往往合理利用新旧媒体，交替进行创作，这样的创作方式促进了艺术创作主体的全面发展。通常情况下，这类创作主体不仅具有超强的专业性、深厚的艺术创作功底、丰富的创作经验、严谨的创作态度，而且还具有成熟的创作思路和明确的审美观念。作为一名传统的艺术创作者，之所以选择利用网络这一新媒介来进行创作，是因为他们看到了网络的优点，与传统媒介相比，网络创作具有低门槛性，没有过多的创作限制且审核标准较低，不需要耗费大量的物质，另外，网络几乎覆盖了家家户户，受众更为广泛。正是这类人的加入，网络文艺创作群体开始丰富起来。1999年，随着网络的兴起，作家陈村开始榕树下网站兼职创作，在此之前，他从事传统文艺创作20余年，显然，网络的到来，丰富了他的创作方式。作家龙吟利用网络创作了著名小说《智圣东方朔》，这一小说一经出版便受到了读者的热烈欢迎。事实上，部分具有高专业水平的艺术家也同样将网络艺术创作当兼职工作。比如，当代法国著名雕塑家——布鲁诺·卡塔拉诺（Bruno Catalano），他创作了很多著名雕塑作品，其中《非婚礼》是利用搜索引擎创作的，被列入搜索艺术作品行列。此外，布鲁诺·卡塔拉诺还专门针对Google的广告词服务进行了艺术实验。艺术家的参与，丰富了网络艺术创作的形态，同时也推动了网络艺术创作的发展。

第二种是部分人虽然一直从事与艺术相关的工作，但是从未进行过系统的学习，仅仅凭借着兴趣和天赋来创作作品，这类人通常没有很高的收入，声誉也不高，基本上，艺术创作所得仅能负担个人日常开销。互联网的出现，为他们带来了机会，很多人利用网络媒介脱颖而出。作为参与型主体，他们的主业并非网络文艺创作，网络作为全新媒介，往往起到调剂生活的作用。事实上，在网络刚刚兴起之时，一大批网络创作者涌入，他们中大部分都不是专业人士，严格来讲，他们并不擅长文艺创作，甚至从事与文艺毫不相干的行业，仅仅希望通过网络来抒发内心苦闷。比如，早期网络文学作家，李寻欢的专业是经济学，痞子蔡则是水利工程博士，除了作家以外，早期网络歌手也分别从事各种行业，雪村在唱歌之前是一名记者，牛飞则从事着司机行业。

正如我们所知，与传统文艺创作相比较而言，网络文艺创作具有高度自由性，这就导致其创作主体十分复杂，会随着创作观念、创作环境、创作心态、创作方式的改变而改变。部分网络文艺创作主体为了尽快获得成功，选择以专职形态进入网络开始创作，待成名之后便迅速退出。例如，毕业于复旦大学的安妮宝贝曾凭借网络成名，可以说，她的人生因网络而改变，但安妮宝贝成名之后成为自由撰稿人，不再依赖于网络创作。除此之外，还有一类专职型创作主体最初仅仅创作某一类网络艺术，在发展中不断拓展，涉猎多种行业，最终成为扩展型的专职型主体。当前有很多网络小说被改变成电影、电视剧甚至是漫画、游戏等。

二、网络文艺的创作主体特点

（一）大众性

与传统文艺创作相比较而言，网络文艺创作门槛低，几乎是零门槛。人人都可以利用网络来进行创作，大家都能够做网络艺术家。一方面，大众性主要体现在话语权方面。作为一个高度开放的新媒体，网络是人们畅所欲言的平台，凡是对艺术感兴趣的人都可以利用网络来进行创作，显然，大众拿到了网络的话语权和主动权，人们在网络中找到了认同感，激起了创作兴趣，这彻底转变了只有精英才能参与文艺创作的传统模式，扩大了创作主体，使其走向大众化。在网络上，人人平等，没有高低贵贱之分，大家可以完全平等地进行对话，无论是平民，还是贵族，都可以发表自己的见解，由此可见，网络的出现，为人们提供了一个相对平等的平台，只要有电脑，人们便可以自由创作，甚至可以在网络上评判他人的文艺作品，与其他人进行友好交流。

另一方面，大众性主要体现在创作立场上。为了能够获得更多的搜索量，得到更多的关注，网络文艺通常基于大众立场上进行创作。网络音乐、微博、微电影、网络文学、搜索艺术、网络摄影等都是描述人们日常生活，寄托人们情感的方式，大众化的草根生活通过创作在网络上展现得淋漓尽致。一直以来，传统的文艺创作总是将精英生活当作重点，一味地从精英角度出发来进行文艺创作，这在很大程度上忽视了大众生活，违背了人人平等原则。伴随着时代的发展，各类比赛层出不穷，其中较为流行的当属原唱歌曲比赛，作为大规模的比赛，不仅参与者众多，而且他们的风格也大不相同，带来了丰富多样的音乐题材，参与者将个人感情蕴含在音乐当中，进而引起听众的共鸣，比如，励志歌曲——《我是山里的男子汉》，抒情歌曲——《为你写的歌》，反映现实的歌曲——《我的大学时代》等，此外还有小朋友参赛演唱合适的曲目。从网络摄影方面来看，同样可以发现最受人们关注，点击率最高的是与日常生活贴近的摄影作品，显然，这类作品更能引发共鸣。近年来，全国各地举办了多次摄影大赛，几乎每年都有，2014 年，第五届"孔子故乡中国山东"网络摄影大赛得到了广泛关注，在这场摄影大赛中涌现了许多佳作，其中比较出名的大多是具有生活气息的作品。例如，反映自然生活的《红尾水鸲》《中国十佳魅力湿地——微山湖湿地》，记录童年欢声笑语的《戏浪》《岁月的黄昏》，描写老年人安逸生活的《舞剑老人》《逗鸟》等。可见，从大众视角出发创作的网络文艺作品更容易获得关注，普通人的生活同样值得描述，无论是普通人的情感欲望，还是大众的生活状态，都是值得记录的。基于此，网络文艺创作在为大众提供表达平台的同时，也映射出了普通人的生活。

（二）自由性

作为网络文艺创作主体的特点之一，自由性主要表现在以下两个方面。

首先，自由性指人们进行创作的行为。任何人都可以利用网络来发表自己的作品，网络文艺创作具有零门槛性，无论是年轻人，还是老年人，都可以利用网络来表达自己的想法，即使知识贫瘠，没有任何艺术创作背景也都可以利用网络进行创作，也就是说，在传统文艺创作中，创作主体所必须具备的素质在网络上都不再是必需品。一般来说，只要拥有艺术创作兴趣，掌握一定的上网技术，就能够利用网络这一媒介表情达意，成为网络文艺创作主体，从表面上来看，网络为人们的创作提供了极大的自由，然而创作自由不能与自由创作划等号，所谓的创作自由是指人人都可以创作，自由创作则是指可以创作任何作品，显然，网络艺术创作同样需要遵守法律法规。基于创作行为的自由性，创作主体的范围边界开始变得模糊，读者与创作主体不再具有明确的界限，甚至出现交错，另外，人们的创作观念也更加无所顾忌，各种新奇的元素被加入文艺创作之中。

其次，网络文艺创作主体的自由性还体现在艺术形式领域。正是由于网络的到来，艺术爱好者才有机会将爱好转变为现实，才有机会进行各种形式的艺术创作。目前，奇幻修仙、武侠小说等凭借着新颖曲折的剧情发展成为广受欢迎的网络小说题材，音乐评书等形式的音乐也走红网络。除了小说、音乐之外，其他形式的艺术也同样受到网民的喜爱。例如，东北诗人阿红利用网络来进行随机诗实验，各类诗句的随机排列，形成了荒诞有趣的效果。

第二节　网络文艺的社会生产

一、网络文艺生产的数字化图式

一直以来，人们习惯将传播媒介看作信息载体，然而，事实上，传播媒介并非单纯的工具手段。它在塑形社会文化、时代文化等方面具有重要作用。

伴随着时代的发展，我们所生活的社会不断变革，数字化时代的到来，深刻地改变了人们的生产以及生活方式，同时也使人们一直以来所依赖的知识再生产模式、信息图式等发生了改变。基于此，网络传播媒介对人们长期以来在生产生活中所形成的审美观念、创作理念、艺术思维、创新思维等产生了强烈冲击。经过长期发展，无论是媒体，还是媒介，都已经成为文艺生产的关键要素。尤其是数字媒介对文化场的影响颇深，其主要通过影响经济场、政治场等来间接作用于文化场。基于此，人们可以从多个角度入手，来规定网络文艺的生产逻辑，促进网络文艺生产的数字化发展。

纵观网络文艺的数字化生产，拟像化是其所表现出来的根本特征。作为新时代网络文艺的主要特征，视像化为网络文艺数字化生产的拟像化趋势奠定了基础。进入 21 世纪之后，立体效应在网络文艺创作中得到了更多的关注，创作开始朝向沉浸式体验方向发展。在网络超文本技术、数码成像技术、多媒体技术的帮助下，拟像化逐渐成为当前网络文艺数字化生产的主要发展方向。在日常生活中，拟像化的网络文艺作品随处可见，好莱坞大片、各类绘本以及电子游戏等都利用了网络拟像化技术，虚拟演唱偶像"初音未来"也是利用拟像化技术所创造的，另外，在一些大型高科技游乐园中也可以看到网络文艺数字化生产的应用，可见，网络文艺数字化生产已经成为新的流行趋势。

自从拟像化技术广泛应用以来，总有人将这一技术与传统影像混为一谈，事实上，两者有着本质区别。所谓的拟像是不存在原型的，非再现、无客体是其突出特征，它是利用数字虚拟技术所创作出来的，无所谓真实同时也无所谓虚假。从本质上来讲，拟像化实际上就是计算机所创造出来的，因此，作为计算机的产物，拟像化不需要模拟现实，而是可以任意虚构，但需要保证技术高清。这完全脱离了传统意义的约束。高科技催生的拟像极大地开拓了人们的审美空间，使人们不再执着于传统审美，开启了虚拟审美维度。为了满足人们日益增长的精神需求，各类网络游戏层出不穷，当前很多网络游戏画面新颖，且利用了各种科技，满屏皆是珍禽异兽、俊男靓女以及青山绿水，显然，这些并非现实存在的实物，而是人们利用智慧借助视听触仿真技术、人物建模技术、数字成像技术以及特效等所创造出来的虚拟幻境。作为著名的游乐园，迪士尼同样也是先利用科技构建非现实拟像，之后又建立实物景观的，这完全颠倒了文艺作品的呈现。拟像化的出现，使网络文艺创作有了更多的路径。网络文艺生产之所以呈现出拟像化态势，是因为网络催生了全新的数字化文化图式。整体上来说，数字化媒介转型一方面转变了复制方式，使电子拷贝变为数字化复制，创造了虚拟化空间，另一方面，使文化范式改写，自此，21 世纪之后的文艺生产建立于"比特"之上而不是"原子"之上。现如今，数字媒介的转型已经成为大势所趋，网络文艺以其鲜明的多媒体性、超文本性参与社会生产与市场流通全过程。传统文艺作品为顺应趋势也走上了自我调整与数字化转型的道路。传统文艺作品与新生事物的结合不是一蹴而就的，其数字化改造最终可能会延伸到文化与文化之间的对接——传统文艺文化与新生数字化文化，达到传统文艺产品及其形态与数字化产品之间的相辅相成状态。随着数字化手段的应用，传统文艺产品与数字化文艺产品交相辉映，人们的文化生活呈现出愈加丰富多彩的面貌。比如，公交车站的广告牌与网络平台的广告宣传相得益彰，传统真人明星与虚拟偶像、角色等各有魅力，传统博物馆藏品与数字博物馆展品交相辉映，还能够借助前沿数字化手段把传统文艺珍品如《清明上河图》等，以动态的外在表现形式清晰准确地呈现在游客眼前。这种传统文艺的数字化改造不仅让人获得眼前一亮的美感体验，更重要的是，借助于数字媒介，网络文艺被赋予了虚拟化的特点，而媒介的融合更是加速了网络文艺数字化的进程，全媒体时代给传统文艺产业带来前所未有的活力与生命力。

媒介技术以及传媒文化的发展引发文艺产业链条的大变革，是网络文艺发展的根本性力量。表面上看，传统文艺的数字化反映了现代科技水平的大飞跃；实际上，传统文艺产业的数字化反映的是媒体的资本化程度日益加深，正是数字化改变了文艺产业的资本化的各个维度，从而改变了文艺产业的各个要素。

文艺产品的数字化会催生崭新的不同形态的文艺产品。中国古代的诗、乐、舞是密不可分的，三者并没有明显的界限，随着历史的实践不断推进，文艺门类才有了细致划分。现如今，数字化技术的应用以及媒介之间的融合为多种不同形态的文艺产品的交流、碰撞、组合准备了条件，各类文艺产品在模糊边界的同时也产生了新的形态边界，这种新形态的出现又会带动文艺产业的生产模式、审美观念、文化心理等方面的种种变化。在文艺产品打破原有边界的同时，文艺与日常生活的边界也产生了模糊化的效果，比如体感游戏的诞生，即游戏制作方以人的身体可感性为基础创作出来的电子游戏，游戏内容主要涉及运动、舞蹈等这种游戏作为一种文艺产品更多地被用来锻炼身体、增强体质、休闲娱乐。

当然，任何新生事物的诞生都是在旧事物中孕育的，所以新生事物都不是完美的。数字化作为一种较为新颖的技术，是在传统文艺生产环境中孕育出来的，数字化的便捷性、易获得性都在一定程度上滋长了"身体倾斜"思想，文艺生产的精神中心论被一部分人恶意解读为身体中心论，这些最终都会造成文艺产品质量的下降、文艺产业的退步。

二、网络文艺生产商业化

在消费时代，市场、资本和技术等凭借其超强的同化能力使得一切东西似乎都被物化和商品化了，民众的日常生活其实被一系列物质产品严密包裹起来了，无论是网络文学创作，还是网络直播活动，抑或网络剧的摄制、网络游戏的研发等，其生产者的内心都是很清晰的，他们的产品就是一件件商品，目标是满足公众的不同需求，进而为自己获取丰厚的经济收益。当追逐利润成为某一项生产活动的核心指标、终极旨归时，人们完全可以从商品生产、消费的角度，以经济学眼光来观照它。网络文艺生产活动显然已经进入这一领域，尽管其本身存在特殊的内在规定性，与其他常用商品的生产方式、特征等显著不同，但在经济学的观照下，网络文艺与一般商品生产、消费活动表现出诸多共同点。遵循利润最大化原则。工业厂商从事生产或出售商品的目的便是赚取利润，而且这里所说的利润并非正常利润，而是指超额利润。网络文艺生产过程中追逐利润最大化的倾向是非常明显的，网络文学作者希望自己的作品阅读量尽可能大，自己一方面可以获得传播平台的基本报酬和流量分成，同时还有机会获得阅读者额外的"打赏"；网络直播中的主播亦如此，他们盼望参与直播的用户、网民数量很大，为自己带来更多的经济收益；网络游戏、网络剧等生产更是如此，不区分个体差异。传统的文艺生产是建立在区分个体差异基础上的，传统文艺，尤其是高雅文艺生产活动的核心是将受众群体划分为精英阶层和平民阶层，其作品的服务对象是社会群体中数量很少的精英阶层，而很少考虑到人数众多的平民阶层。著名典故"高山流水遇知音"即是比较极端的个案，钟子期既死，俞伯牙断然摔坏古琴，不再表演，因为在他心目中，真正知音的钟子期是最重要的消费者，具有任何人不可替代的地位。网络文艺生产则大多以吸引最大量群体的消费者作为重要目标，有学者曾以网络文学为例论证这一点：网络文学促进了人类的再次"部落化"，天南海北的读者因为一部网络小说而聚集在同一片讨论区，读者们结合作品向同伴输出自己的价值观念，并在获得认可后得到一种极大的心理满足感。网络文学创作最基本的要求就是要满足读者的需求，要以粉丝的欲望为中心，这样一来一种较新颖的经济形态就出现在网络文学产业中——"粉丝经济"。"粉丝经济"促使网络文学的网络性更加明显，粉丝在网络文学的消费活动中充当消费者的角色，但其消费常常是过度的，同时，网络消费者面对喜爱的网络文学作品存在一定程度的不理智，这份喜爱很有可能被网络小说平台用以维护自身经营。当然，当下的网络文艺生产者也力图笼络一些"优质粉丝"或曰消费者，但这仍然是建立在粉丝数量足够多的前提下的，不区分个体差异，寻求消费群体最大化始终是网络文艺生产得以顺利进行的要诀之一。

三、网络文艺创意策划引领下的文化消费

网络媒介时代的文化消费具有鲜明的后现代色彩，这与现代以及前现代的文化消费明显不同。网络文化消费具有多变性、创意性、及时性等特点，现有网络文化消费模式打破了传统文化消费的实物化占有等稳固模式。与以前相比，网络媒介时代文艺产品的价值衡量标准逐渐向差异与关系倾斜。网络文艺创作时代与以前相比最大的不同在于，创意参与了文化消费的全过程并占据了重要地位，富有创意的文艺产品具有巨大的竞争优势，其消费活动实际上也是一种符号的交流活动。在创意的参与下，处于文化消费中的文艺产品能够产生更多的差异与关系，从而使其获得更高的价值评价。

现如今，世界正处于数字化时代，互联网信息获取具有碎片化、多元化等特点，人们面对海量的互联网信息时经常会陷入困惑，信息孰真孰假、价值高低都有一定的判断难度，而海量信息的有效选取更是要耗费大量的时间精力，人们对信息的关注度与敏感度自然不如以前。这时，怎样才能吸引消费者的注意进而获得消费者认可，成为最要紧的文艺产品创意策划命题，富有创意的文艺产品或信息能够在互联网驳杂的信息中脱颖而出，而富有深度的文化产品才能获得持久的发展活力。显然，传统的广告营销模式难以做到这些，它带有强制性，大多依靠"洗脑"等营销策略加深消费者的印象，但大部分消费者并不会主动了解这种传统文艺产品的核心理念。要想激发消费者潜能、保证消费者的持续购买力，这种传统模式必须摒弃，开发产品创意，挖掘产品深度，这样才能促进文艺产品的广泛传播，消费者及其相关网络用户也能在信息传播过程中及时反馈，从而增强文艺产品的持续创新力，从中衍生出更多文化可能性。

豆瓣网就是数字化时代富有创意的文艺产品的范例。在豆瓣，用户能够以自己的叙述方式将内心所想随心所欲地表达出来，豆瓣的话题多种多样，任何用户个体都可以找到志同道合的小组与组员一起讨论。平台用户自行发布的话题讨论组成了整个豆瓣平台的内容，他们将自己的所见所感以文字、图片、视频等多种形式表达出来，其他用户也可以浏览内容并与发布者交流、互动，由此便形成了集思广益、互相帮助的海量信息平台氛围。

豆瓣的创意性不仅体现在新颖的讨论模式上，而且体现在自由且个性化的平台功能中。使用者须经注册才可以成为平台用户，进入平台后，用户可以选择自己最感兴趣的讨论话题并发表任意看法，比如豆瓣读书、豆瓣音乐、豆瓣电影、豆瓣同城等。平台为了解不同用户的使用需求，设置了表达模本条目，比如"我想过""我看过""我听过""我正在听"等，通过这种方式完成用

户的平台内容反馈，反馈信息积累越多，用户喜好精准度就越高，平台的智能化与个性化特征也就越突出。这种个性化推荐也增强了平台的社交功能，用户加入豆瓣同城、豆瓣读书等讨论小组以后，能迅速找到同好，交流生活经验、分享文艺作品等，其他用户能通过评论回帖的方式与发布者互动，而这种评论回帖本质上也是一种文艺信息，具有定向推荐的特点。这种模式在无形中引导使用者将来的文化消费方向，相比于一般信息来说，使用者可能更愿意相信同一讨论小组的信息内容。

另外，豆瓣的运营理念也充分体现出该平台的创意性。杨勃将豆瓣的核心理念总结为："可以发现不同的东西，并且适合自己。"① 在豆瓣，使用者可以"发现不同的东西"，这种"不同"不仅指发布内容的不同，即使用者可以找到冷门的书籍、音乐、电影等文艺作品，而且指信息的有效程度不同，即与一般网络信息相比，豆瓣的平台信息更具有实用性价值，使用者可以在浏览话题讨论后迅速得出自己的判断，比如一本书的剧情发展是否满足自己的心理预期，一段曲谱是否包含更深层次的文化意义等，这些判断相较于一般网络信息判断所用时间更短，使用者获取的信息也更全面、条理清晰。这些都是豆瓣获得成功的原因，充分体现了豆瓣平台开发者的无限创意。

豆瓣的用户大多具有高度忠诚性，原因就在于豆瓣不仅富有创意，而且该平台拒绝灌水信息，鼓励平台用户高效、高质量的信息发布，不以商业盈利为主要目的，文艺信息的共享也是没有门槛和限制的。这样的平台理念吸引了越来越多的用户，形成了一种"滚雪球"现象，资深用户以种种方式带动新用户共同维护豆瓣良好的平台使用氛围，传达互惠互利的一致观念，分享对文艺作品的观感体验，结交志同道合的朋友。这种良好风气自平台雏形产生之时就已被包含在平台理念建设中了。豆瓣创始人杨勃热爱阅读，他最开始对平台功能的设想就是从自身书本阅读及分享的需求出发，希望建立一个真实有效的分享类网站平台，满足当下绝大部分人对于网络信息的高价值需求，这个构想后经相关设计人员的开发与完善得以成为现实，平台成品不仅实现了当初的内容真实高效设想，还达成了评论等互动的真实高效效果。豆瓣的开发过程对当今文艺产品的开发具有重要的借鉴意义，文艺产品取得成功的关键之处就在于找到一条合适的创新之路，以创意为产品增添发展活力，从而吸引潜在文化消费者、促进文化消费。

---

① 魏超，曹志平. 数字传播论要［M］. 北京：知识产权出版社，2013：60.

四、构建网络文艺创作伦理和法理约束机制

网络是把双刃剑，它在给人们的日常生活带来极大便利的同时，也会产生一定程度的文化乱象，网络信息的多元化会对人的价值观念造成一定的冲击甚至使其发生彻底改变。因此，构建网络文艺创作伦理和法理约束机制是十分必要的。网络文艺创作伦理和法理约束机制的构建可以从以下四个方面入手。

第一，推行实名认证唯一账号。网络文艺自出现就有着匿名性、自由性等特点，这些特点在一定程度上激发了普通人参与文艺创作的热情，但也在一定程度上滋长了文化乱象，一部分网络用户由于身份的虚拟性而变得肆无忌惮，恶意散播谣言、恶意评论诋毁，未经实名认证的网络环境助长了发布不实信息者的嚣张气焰，这种文化乱象更凸显出网络文艺创作实名认证的必要性。近几年，网络实名制也取得了一些进展，但总体来看，实名认证的实施力度还很小，账号持有者完成实名认证，因不当言论导致账号被封之后还可以重新申请账号，继续兴风作浪。可见，实名认证的管理体系并不严谨，应尽快开发并推行网络唯一账号认证功能，纠正网络文艺不良风气，促进网络文艺的持续健康发展。

第二，建立健全问题艺人退出机制。现如今网络应用平台层出不穷，直播、视频软件广受欢迎，这种网络环境推动了网络明星的诞生，这些明星与传统明星相比有着明显的差异，网络明星的名字具有虚拟性，大多以昵称为名，社会大众对网络明星的要求较低，只要这些网络明星外貌优秀或者有着很强的逗乐能力，观众就会追捧、模仿他们的行为，网络明星的粉丝群体就此产生。然而，网络明星被推翻"人设"的例子已数不胜数，网络明星的门槛本身就极低，成名既不需要有专业的表演知识与能力，又不需要花费大量金钱，众多素质不一的网络用户被这种低成本明星培养途径吸引，发布视频等文艺作品吸引观众，以期收获名利。这样一来，很多素质低的网络明星在发表个人作品、评论社会时间时，因其拥有一定影响力，也会将不当言论以及歪风邪气传播到社会上去，产生不良影响。这种网络乱象的出现恰恰说明我国现在对问题艺人的处理还不够重视，问题艺人退出机制不完善，网络伦理环境将会变得更恶劣。因此，问题艺人退出机制的建立健全具有必要性，管制网络明星可借鉴前一条措施，尽快完成网络明星唯一账号的实名认证，一旦发现网络明星的言行不当、违反伦理道德甚至法律法规时，监管部门就要立即行动起来，封杀账号、解散粉丝群、严厉打击社会不良风气，以儆效尤。

第三，加强行业监管。网络媒介的运用催生出新颖的网络艺术形态，这些新生文艺类型尚未发展成熟，有一部分是由传统的艺术形态交集生成的，这就

导致监管界限模糊、监管职责不明确的弊端。为此，应针对不同的文艺形态制定更细致的行业监管规则，成立行业协会，采取黑名单制度，将违反行业规则的创作者除名，从此不再承认该人的创作资格，增设同行监督机制，加强行业内部交流。

第四，完善处罚条例与相关法律法规。现如今，一些创作者散播不实信息、创作不良作品，相关部门对其处罚也只能采取封停账号、下架作品等措施，这种处罚力度是极小的，并没有对低素质创作者以及传播者的实际生活造成太大的影响。犯错的成本低、犯错处罚力度小，这会在潜移默化中降低人们对不良信息的敏感程度，不利于网络环境的持续健康发展，因此，应尽快完善对失职文艺创作者的处罚条例、法律法规，明确网络文艺创作者应承担的义务，并向社会公示处罚结果。

除此之外，应深入挖掘中华民族优秀传统文化，增加网络文艺创作的深度与内涵，坚决抵制文艺创作的过度娱乐化，拒绝快餐式文化，提高网络文艺作品的整体质量，扎根于中华文化沃土，为文艺作品的创作增添底气，弘扬时代主旋律。

第三节　网络文艺作品的特性与功能

一、网络文艺作品存在形态的特殊性

（一）数字化

所有网络文艺作品的存在形态，或曰信息载体，都是数字媒介。任何传统媒体的文艺作品，不管原来的存在形态是什么，只要转换为网络媒体，其存在形态就发生了本质的变化，都是由可以由二进制的计量单位 0 或 1 表示的"比特"构成的。使用计算机及其相关设备创作出来的文艺作品，则本来就是数字存在形态。因此，从文艺作品的物质形态的底层来看，网络媒体的文艺作品由于其媒介的单一性，其创作、传播、鉴赏、修改、保存和复制等环节，也因此获得了某种空前的自由。传统媒体文艺作品，有的依靠人的表演，有的依靠实物的物理存在（大至建筑，小至雕塑），有的依靠纸张，有的依靠模拟电子信号而存在，这使得文艺作品的创作、传播、鉴赏、修改、保存和复制等方面具有极大的局限性。比如，时间、空间、物质条件，乃至天气好坏，都直接地

决定着文艺活动的全过程是否能够实现或能够在多大程度上实现。数字化的存在形态，使得网络文艺媒体挣脱了上述各种拘囿。从理论上说，任何人只要拥有电脑，能够上网并具备相应的操作技能，就具有进行文艺活动（从创作、传播到鉴赏）的平等条件。同时，各类传统文艺作品无论其表层符号形态存在如何巨大的差异，只要能够转换为数字化的网络媒体，都能在同一种人机交互的界面中（如电脑的屏幕）还原其表层符号丰富多彩的形态。文本绘画、摄影、音乐、影视、戏剧等文艺作品在网络媒体中几乎可以达到或接近原有物质符号形态的逼真性，随着虚拟现实技术和人工智能技术的发展，今后人们也有望在一个三维立体动态的虚拟现实环境中，创造或欣赏建筑和雕塑之类的文艺作品，并获得一如在物理世界中所获得的审美体验。从这个方面来看，数字化媒介"消解"或"融合"了各类文艺作品表层符号形态的巨大物质鸿沟，呈现了某种由繁多到单一的"回归"。而这种"回归"，应该视为是主体在艺术王国中获得了一种更高的自由。从这个意义上讲，数字化网络媒体的出现，不仅是艺术符号本身获得了一种新的存在形态和存在方式，而且可以视为是人类在表征象征欲求、寻求自我的确证和实现主客体之间象征联系方面，找到了一种新的可能性。

从符号学或文化的角度来看，网络虚拟世界和网络媒体的诞生，实质上是人类的"符号世界"的延伸和拓深。网络虚拟世界实质上是人类对现实世界的符号化，它既包含了人类所处的客观世界，又包含了社会大众所建构的心理世界，网络虚拟世界是由人类创造出来的。人和动物的根本区别在于，人拥有思维意识，能够使用工具并且创造事物，这种人类所独有的性质促使其创造出网络虚拟世界，这个世界来源于现实而又超越现实，具有鲜明的"理想性"，推动新的"可能性"的发生。文艺活动是人类一种高级的符号化行为或活动，可以想见，在网络这个超越时间、空间、物质存在形态，乃至民族、文化和语言的巨大的"符号的宇宙"里，人类的艺术创造、艺术方式和艺术产品，将面临一种广阔的可能性。

（二）多媒体

多媒体的存在形态是网络文艺媒体异于和优于传统文艺媒体的特点之一。在网络文艺媒体中，一方面是其存在媒介由传统文艺作品繁多的物质媒介转变为单一的数字媒介，另一方面则是其媒体形态呈现出一种高度的综合性，即由传统文艺作品（指特定的某一件文艺作品）的单一或有限几种媒体形态转变为丰富多彩的多媒体形态。在传统文艺作品中，文学、音乐、绘画、书法等属于单一媒体艺术，而电影、电视和戏剧等属于融合了几种媒体的综合艺术。但传统综合艺术的媒体种类是有限的，更重要的是，其媒体形态在作品完成之际就是固定的，欣赏者无法根据自己的审美需求进行选择或重新组合。网络文艺媒体可谓是名副其实的多媒体，它往往集成了文本、图形、图像、音频、动画、视频乃至虚拟现实中的三维物体和虚拟环境，诸多媒体可以同时诉诸欣赏者的多种感官，使欣赏者在多种感觉的同时作用下，获得对文艺作品表层符号形态的更丰满更逼真的感受。随着虚拟现实技术、仿真技术和人工智能技术的发展，可以期待诉诸味觉、嗅觉和触觉的媒体形态将会逐渐融入网络文艺媒体形态之中。

网络文艺作品的多媒体形态，不仅意味着文艺作品所表征的对象可以具有更丰满更逼真的存在形态，而且意味着文艺作品与欣赏者之间具有更高的交互性。对欣赏者而言，网络文艺作品的多媒体形态并非是固定"封装"的，而是可以选择和可以重组的。一部文艺作品在创作时可以根据作者的创作意图集成各种各样的表现媒体，但欣赏者却不必接收和重现全部媒体。欣赏者完全可以根据自己的需求，有选择地点击或设定需要呈现的媒体形态。同一部文艺作品，在不同的欣赏者那里，可以呈现出截然不同的媒体形态。譬如说，可以是纯文本的，也可以是超文本的，也可以是图文并茂的，也可以是超媒体的，甚至可以借助传感设备进入作品的虚拟现实世界之中，与作品中的人物一道去经历一段人生的悲欢离合。能否完成对文艺作品表层符号形态的解码，是能否形成意象群和最终能否领悟特征图式的基础和前提。不同的欣赏个体，由于各自的生活经历和心灵历程、各自的文化素质和艺术修养、各自的审美趣味和观赏习惯等等往往存在着差异，在欣赏文艺作品时往往对不同的表现媒体表现出各自不同的亲和性。网络文艺媒体的可选性，不仅是更人性化的文艺接受形式，也是更能令欣赏者逼近和领悟文艺作品深层符号的魅力的途径。

不过，网络文艺作品的多媒体形态，由于受到媒体编码技术和网络传输带宽的水平的限制，目前还只能在一定程度上实现。在现阶段，不同媒体之间的同步传输还存在相当的难度。不同媒体之间数据量之大小悬殊，导致信息传输的不同步，致使多媒体文艺作品难以"共时地"展现各种表层符号形态的各个要素。这个矛盾通过采用音频、视频压缩技术，"即传即播"的"流媒体"技术，在用户端设立缓存区等方法，在一定程度上得到缓解。但是，根本解决不同媒体的同步传输和共时展现的问题，则有待于消除网络带宽的瓶颈和采用新一代媒体数据处理技术和描述语言。

（三）可复制性

可复制性也是网络文艺作品存在形态的一个特性。在传统文艺作品中，有一些艺术媒体是无法复制的，如依靠人体现场表演的戏剧和演唱的歌曲，对这类艺术作品的录像或录音，只是对其视觉表象或听觉表象的某种形式的记录，并不是复制。某位艺术家的真人表演和对该表演的录像，是根本不同性质的两类媒体。有些艺术媒体表面上可以复制，但复制品与原作之间存在着无法弥合的艺术价值鸿沟。如绘画和书法等艺术品，其复制品几可达到乱真的地步，但赝品与原作之间，永远存在或潜在地存在一道无法逾越的界限。只有那些以模拟电子信号为媒介的艺术媒体，才是可以复制的，如摄影、电影和电视等文艺作品。这类媒体产生于人体媒体和实物媒体的传统媒体与数字化媒体之间的过渡阶段，从严格意义上讲，已不属于传统媒体。摄影和影视可以批量地复制，原作与复制品之间不存在艺术价值的任何差异。在可复制性上，这类艺术媒体接近于数字化媒体。但也只是"接近"而已，因为从理论上讲，模拟电子信号在复制时会导致信号的耗损，而数字化媒体则不存在这种耗损。至于在艺术作品的保存方面，则前者就远远逊色于后者。数字媒介在保存的体积和时效方面的优势，是模拟电子信号媒介所难以望其项背的。

二、网络文艺作品创造活动中的特殊性

（一）两极化

两极化将是网络时代文艺作品创造活动中的一种现象。从创作群体、文艺观念、创作态度、创作手段和创作来源等方面都可能体现出"两极分化"的现象，主要可能表现如下：

首先是文艺创作群体的两极化。传统文艺创作活动中只有一类创作群体，他们将创作视为自己的一份职业，创作水平较高，创作能力较强，创作的稳定性也较高。然而，网络媒介的出现使文艺创作群体发生了分化——新生文艺创作群体与传统文艺创作群体两大类型。其中，新生类型是以平民大众为主的文艺创作群体，这个群体没有那么强的专业性、职业性，创作者的创作或基于个人爱好、或以文艺创作练习为目的，没有明显的功利性创作意图，其作品娱乐性、消遣意味更强，大部分是自娱的产物。作品内容更接地气，其中包含的审美意象、审美观念、审美情感等与社会大众的审美心理相近，注重表达大众审美情趣。另外，新生文艺创作群体比较精通电脑设备技术，这也是新生文艺创作群体长于传统文艺创作群体的地方。由于该类创作者的作品自娱性较强，因此创作者通常不会对作品做出非常严格的要求，这也就导致此类创作者难出精品。传统文艺创作群体仍然存在于互联网环境中，这类文艺创作群体适应网络环境的一个重要表现就是提高了对版权的重视程度。这种表现主要是由他们的

专业性、职业性决定的，他们的文艺作品创作是生存手段，面向广大的文艺消费者，版权被盗会减少他们的收入来源，增加他们的生存成本。为了获取消费者的长期性支持，传统文艺创作群体一直在思考艺术创新的可能性以期打造出文化精品，他们的作品往往含有更深层次的意蕴，追赶时代潮流，将人内心最深处的欲求表达出来。在这样严格的作品创作要求下，传统文艺创作群体创作出文化精品的概率更大。

其次是文艺创作态度的两极化。尽管评价文艺创作者优秀与否的标准仍然是有没有创作出优秀的作品，但是文艺创作群体的两极化引发了文艺作品评价标准的巨大变化，创作者的创作态度随着群体的分化也具有了两极化特征。在网络文艺创作环境中，创作者的创作态度被割裂为两个阵营。一类是经典的传统创作态度，持有该态度的创作者认为，网络文艺作品的创作应该继续反映人民苦难、探究生命真谛，把理想人生与高尚人格呈现在文艺作品的读者面前，优秀的文艺作品应该反映人生、生命等永恒性话题，文艺作品的创作一定要有深度。另一类是网络环境中的新生创作态度，持有该态度的创作者认为，娱乐性、体验感是最重要的文艺作品评价标准之二，文艺作品要为读者构建一个体验型虚拟现实空间的游戏世界。强调作品创作娱乐性的创作态度主要可以分为两种，一种是刻意回避现实世界的人生与生命等沉重的创作话题，关注普通民众的需求与喜好，比如在虚拟现实空间探索生活的宇宙、人生、自我的意义，这种创作态度将艺术与商业挂钩，将审美与游戏融合；另一种则是前文中所提到的自娱性文艺创作，这种创作态度是围绕作者自身需求产生的，持有该种创作态度的创作者很少将作品售卖出去，但创作者也积极参与作品的传播过程，读者们也有可能被作品中的某处情感共鸣打动，那么该作品极有可能获得广泛关注。

再次是创作手段的两极化。随着网络技术的不断发展，网络媒体成为越来越重要的文艺作品表现手段，它同传统媒体一起组成了两极化的创作形式。网络媒体具有超文本性、超媒体性，以虚拟现实空间为代表，在功能、外在表现形式丰富度上都超越了传统的文艺媒体，运用网络媒体创作的文艺作品表现形式丰富，包括图文、音频、视频等。网络媒体具有极大便捷性，这也将使得未来一段时间内采用该手段的文艺作品数量持续上升。与网络媒体相比，传统文艺创作媒体的应用便捷性就显得稍微逊色，其表现形式也具有单一性的特点。但是，在当今社会，传统文艺创作媒体，如纸质书本，仍然是创作手段的应用主流，尤其在网络时代，多元兼容早已成为主要的文化发展特征，网络时代不仅能够产生新的创作手段，而且还能容纳传统的作品创作媒介，人类使用了几千年的传统创作手段将会一直延续下去。

最后是文艺创作对象的两极化。原创的文艺作品在任何时代都是人们审美对象的来源，使用传统媒体和使用网络媒体的原创文艺作品在网络时代是并存的。但是，在网络时代，将会出现一个致力于把传统媒体文艺作品"改编"成超文本、超媒体和虚拟现实空间的文艺作品的群体。所谓"改编"，不仅是把传统文艺媒体网络化，同时也包含了改编者的再创造意图。严格地说，当今各类以传统媒体文艺作品为题材的电子游戏尚不属于这种改编。这种改编类似现在把单媒体的文学作品改编为综合媒体的电影电视，主要是把传统媒体的文学作品、电影、电视、戏剧等改编为网络媒体的文艺作品，例如，超媒体探索性小说、虚拟现实交互式戏剧、虚拟现实体验式电影、虚拟现实雕塑和建筑、虚拟现实空间音乐会、虚拟现实科幻探险式小说等等。应该说，原创和改编，都可以创造出优秀的文艺作品。

（二）技术性

网络媒体的迅速发展使文艺与科学融合的趋势增强，网络媒体的使用本身就有一定的技术要求，所以技术性可能也会成为网络时代评价艺术家和文艺作品的标准，文艺理论的概念、方法也可能会体现出科学准则。与科技相关的文艺批评术语并不是网络文艺作品专有的衍生物，早在影视作品出现之时，因其媒介具有技术性故而与科技相关的批评术语也出现了，比如"蒙太奇""画外音"等。网络文艺媒介的科技含量远远高于传统大众传播媒介，它所带有的超文本性、超媒体性、虚拟现实空间等特质已经对文艺功能的实现产生了重要的影响。所以，技术性也应被归纳为网络文艺创作及作品的特性。

网络文艺创作具有超文本性，这种超文本性能够增强文艺作品的开放性、交互性，为文艺作品的完善创造了条件。但是，超文本性也给文艺作品的创作与阅读带来一定的难度，其中表现最突出的两点就是作者对创作走向的迷茫情绪和读者阅读时对作品整体把握不到位所陷入的迷茫情绪。从作者的角度看，在开始创作之前就应该形成对作品的大致思路，合理安排作品布局使创作出的网络文艺作品带有智能化的导航功能，这样才能引导读者按照作者原本的创作意图开展阅读活动，超文本所带来的交互性如果超过一定程度，就可能会影响作者的创作计划，打乱作者的思路，甚至完全按照读者意见逐字修改，这样一来，作者的创作意图就会被完全曲解，作者就会陷入创作迷茫状态。从读者的角度看，进入一部超文本作品，犹如进入一个由海量的节点和无边的链接构成的海洋，尽情地遨游难免带来"迷失方向"之虞。读者可能由于穷究某些细部而丧失了对作品整体意蕴的把握和领悟，也可能由于陷入"迷路"的困境而屡屡无功而返。超媒体文艺作品的创作与阅读活动，包含图、文、声、像等要素，所以超文本给网络文艺作品带来的问题在超媒体中表现更为突出。针对这两个突出难题，积极开发应用专家超文本系统是一种行之有效的解决途径。专家超文本系统能够提供必要的目标节点，也能够提供浏览节点建议，并且能够实现流畅的节点跳转，当读者在浏览某一节点的信息时，该系统还可以将无关节点的信息全部隐藏，为读者带来更加便捷的阅读体验。这种节点浏览机制的应用能够引导读者按照作者原本创作意图进行阅读，为网络文艺作品增加了智能化的导航功能。在这里，"导航"技术就是评价一部超文本文艺作品的标准之一。当然，这个标准同时意味着创作活动所需要的一个条件。

技术性的因素在网络文艺作品的创作活动中处处存在。例如，在创作超媒体和虚拟现实空间的文艺作品时，在表现对象这个环节上，仅仅具有高超的语言表现能力是远远不够的了。作者还必须具备一定的多媒体制作、处理、合成的技能。同时，构思过程的想象空间如果局限于二维平面和静态物象也是不够的。创作者必须具备调动多重感觉和心理机制共同参与的能力，必须具备在一个立体的、动态的和多媒体构成的空间中表征对象的能力。如果涉及虚拟技术和人工智能技术，如作者旨在创造出具有相当"自主性"的人物和事件，则恐怕还得具备一定的计算机编程知识和技能。

除此之外，技术性因素在网络文艺作品的创作准备活动、作品传播活动、读者接受活动中也占据着十分重要的地位，它表现在作家的创作设备与技能、作品的传播手段与形态、读者接受与欣赏的设备与素质等方面，所以技术性也是评价作者与作品的标准之一。

三、网络文艺作品的艺术语境

（一）对话性

网络文艺作品突破了传统文艺作品艺术表达对话性弱的困境，强对话性成为网络文艺作品的普遍特征。对话产生的一个重要条件是作者或者读者与文本中的人物等要素完成交互，交互的缺失将使作品失去对话性。与网络媒体相比，传统媒体不具有交互性、开放性、智能性等特点，因此，用传统媒体手段创作出的文艺作品无法实现作者或者读者与作品要素之间的对话。即使是在"复调"叙事作品中，作者能够与作品的人物进行对话，读者也可以感受到作品中的人物之间的对话，但这种叙事方式也无法完成读者与人物之间的对话。网络文艺作品打破了艺术语境对话性弱的困境，在该类作品中，作品中的人物存在着对话关系，作者、读者与作品中的任意对象也能够建立对话关系。

网络文艺作品艺术语境对话性建立的基础是相关技术手段的应用与进步，

仿真技术、人工智能技术、开放性虚拟现实语境、文艺欣赏代理化和替身化等技术的开发与运用都能加强文艺作品艺术语境的对话性。

在网络文艺作品创作的过程中，运用人工智能技术可以增强网络文艺作品的"自主性"，甚至未来作品中的人物、生命都可能拥有自我调适的能力，虚拟环境与虚拟物体在遵循客观规律的基础上也会拥有一定的"自主性"。虚拟现实技术、仿真技术等技术手段的开发与运用，使网络文艺作品中人、物、景的外在形象与形态更加具体、清晰、逼真，使人物性格、情感、言行具有因势而变的特征。除此之外，网络文艺作品的创作还可以通过运用"单一视角"叙事的方法来增强作品的对话性。作者运用单一视角叙事时，一般会以作品中某个人物的所知所感展开叙事，给作品留下大量空白。这时，被选中的作品人物就成为作者的代言人，作者既可以让人物按照自身的性格逻辑、生活规律等设定自行变化、脱离作者支配，又可以暂时跳出剧情，借助人物之口与读者进行对话交流。

在网络文艺作品接受的过程中，相关技术手段的应用与进步能够让接受者也"进入"到作品的世界中，获得与作品人物相同的逼真的生活和人生体验，这种接受方式超越以往的阅读、欣赏形式，体验性极强。虚拟现实技术的运用与开发，让电脑屏幕与接受者之间的距离缩短，加快了"第四堵墙"的消失。在未来人们有可能通过特定设备，如传感器，进入作品世界中，亲身经历作品中的事件，从而增强与作品之间的对话。文艺欣赏代理化和替身化的技术运用与开发，能够让接受者完成任意人物的设计或者改造。这时，被选择的作品人物就成为接受者的"替身"，接受者代替该人物经历作品设定的种种剧情，从而获得一种精神愉悦或者宣泄其压抑情绪。利用智能交互技术，以自身的审美欲求为出发点，按照个人喜恶规定或者改变人物性格、事件过程以及结局等，输入相关数据，就可以完成接受者对作品的理想化创作与改造。无论是亲身体验还是替身改造，网络文艺作品中的人物之间以及接受者与人物之间都处于互动对话的状态。除此之外，网络文艺作品的作者与读者之间的互动性也很强，作者可以根据读者的实时反馈随时调整作品相关要素。所以，对话性是网络文艺作品艺术语境中的重要特征。

（二）多感觉性

网络文艺作品的艺术语境具有多感觉性，这种特征在超媒体网络系统中表现最为明显。超媒体与现实虚拟空间的运用，使文艺欣赏过程接受者的感觉与心理机制共同参与成为现实，这种特征是以往传统媒体文艺作品的艺术语境中所没有的，故而难以用既有的文艺理论知识解释清楚。理论上来说，在超媒体与虚拟现实技术的参与下，欣赏者的感官会不断发生变化，比如视觉、听觉、嗅觉、味觉、触觉等。现阶段的相关技术应用已经能够使欣赏者观看到作品中的图像、视频，能够使欣赏者听到作品的声响，能够使欣赏者感知到某些模拟气味，并且在将来还会使欣赏者获得虚拟世界中的真实气味体验，能够使欣赏者通过触发类设备完成与虚拟空间的接触。在超媒体与虚拟现实技术的参与下，欣赏者的大脑机能也会不断发生变化，比如理解力、想象力、心理机制等。虚拟现实技术的运用可以扩展接受者对作品的想象力，一些极其抽象的作品形象经过虚拟空间的展示而变的具体、真实，这种审美体验活动会在无形中影响欣赏者的审美直觉、获得新颖的情感体验。超媒体与虚拟现实技术为网络文艺作品的欣赏活动搭建了一个动态的立体空间，欣赏着借助这两种技术可以更全面、完整地欣赏作品、感知形象、体悟情感，获得更深层次的作品意蕴领悟。

第二章 网络文艺与传播

　　媒体的发展变化是人类信息获取、享受方式发生根本性变革的主导性力量，互联网彻底改变了人们的信息阅读模式，增强了公众信息获取的交互性，打破了传播与接受的历史性界限。本章将围绕网络文艺与传播及其涉及领域进行简要的分析研究。

第一节　文艺与传播的密切关系

一、文艺与传播相伴而行

　　纵观人类社会发展历程，文艺与传播始终相伴相生。传播推动了人类文学艺术活动的发展，没有传播活动，人们就无法感知文学艺术作品，如此，文学艺术作品也就没有机会传承下来，反过来，文艺活动同样促进了传播的发展，正是有了文学艺术作品这些丰富的素材，传播活动才得以进行，显然，文艺活动的开展为人们生活增添了色彩。

　　传播可以简单理解为共享信息、传递信息。从这方面来看，信息传播的确能够促进信息的交流与共享。信息表达的形式多种多样，最常见的有声音、文字、图像等表达形式，作为物质的标示，信息是一系列数据排列而成的集合，它由外在的能指和表现意义的所指所构成，所以，信息的传递与具体物质的传递有本质的区别，它不会出现所有权转移现象，而是信息不断分享、扩散的过程，在信息传播过程中，不会出现更迭的现象。作为社会形成的工具，传播实际上就是将信息独有转变为共有的过程，也就是信息共享的过程。正是由于信息传播的存在，社会才得以不断发展壮大，人们才能够在交流中丰富自己的知识体系，扩大知识容量。信息传播不仅不会流散信息内容，而且还会逐步建立起认知共同体。

无论如何，传播就是不断交流、共享信息的过程。身为传播者，要乐于向他人分享信息，目的是和其他人建立共同意识，文艺传播也是如此。

二、文艺与传播统一于符号

从某种意义上来说，创造文化就是在创造符号。符号在人类所处的文化环境中无处不在，而各种文化又共同构成人类文明社会。文学和艺术概莫能外，它们都是通过符号表达文化内涵、在社会公众之间展开传播和沟通的，文艺创作与流传的全过程其实就是文艺传播的过程，文艺活动的几个主要参与要素之间始终在以符号进行信息交换或共享，最终将蕴含在符号之中的文艺信息扩散出去，最后实现符号为形式的传播。

符号语言中最高形式为"文字符号"，或称"文艺符号"，是文学艺术活动和思维活动的一种交流工具，是物化为可供鉴赏的艺术作品的非物质文化外壳。文艺符号包括"文学符号"与"艺术符号"。文艺符号学研究涉猎文艺学的三个分支理论，即文艺理论、文学批评和文艺史学。

不同的文艺符号能够表达作者不同的情感与思维，文艺符号的创造与运用对于文学艺术作品的创作与传播具有重要意义。艺术符号的特性之一是它的浓缩性，它能够以最精简的外在表达形式将作者的思想感情完整地呈现在读者面前，给读者带来直接而又强烈的感官刺激。因此，将文艺思维转化为能够被读者感知的符号是文艺创作活动中极为重要的一环，在转化过程中，作者要对选定的客观物象进行主观加工，将主观情感倾注于客观表现对象，以符号的形式表达出来。合理的符号转化有利于增强作者的创作动机使其产生更为深远的创作意图，有利于富有审美价值的作品意象的生成，更有利于作品艺术形式的构建。合理的符号转化还有助于延伸作者完整的艺术思维，激发艺术创作思维以及情感表达。

艺术门类不同，艺术思维的符号转换形式也是不同的，但它们的艺术作用都是相近的，即表现艺术形象、传达作者情感与思维。举例来说，在音乐中，作者通过音色、音调、音高、节奏、和声、旋律等要素来传达情感与思维；在绘画中，作者通过线条、色彩、质感等要素表现心境与主题；在建筑中，作者通过材质、装饰、总体布局、结构等要素来表现不同的审美风格；在戏曲中，作者通过人物及其形体语言、服饰、旁白、唱词等要素来讲述故事、表达情感倾向；在舞蹈中，作者通过神态、手势、步法、眼神等要素刻画审美意蕴。这些常见的艺术要素都是作者艺术思维外化的符号，它们通过刺激读者感官、调动读者情绪、与读者产生共鸣等方式，传达作者的主观思维，刻画出独一无二的艺术形象。这就要求作者在进行艺术创作时，要积极探求不落俗套的符号表现形式，这样才能够使文艺作品拥有更高的审美价值。

从表面上看，文艺符号与艺术要素好像并无异处，其实不然。文艺符号与艺术要素之间具有相似性，大部分都以具体艺术作品的构成材料、手段、工具等为外在表现形式，比如说绘画作品的线条、色彩，音乐作品的曲词、旋律等。但是，文艺符号与艺术要素在艺术表达中的重要性是完全不同的，这就涉及文艺符号的本质问题。在艺术表达中，艺术要素本身是不含任何特殊意义的，它相当于语言文字中的字母，是最基本的组成部分。而文艺符号则不同，文艺符号在作品的艺术表达中具有极高的重要性，从本质上来说，文艺符号是作者艺术思维的外化。如果说艺术要素构成了艺术作品的外在形式，那么，艺术符号就赋予了艺术要素主观情感，使艺术作品获得审美属性并表现出美学与哲学的艺术倾向。

三、文艺活动中涉及的传播主体

事实上，文艺活动的顺利开展并非只涉及某一类传播主体，而是与多种传播主体都有关联。艾布拉姆斯（Abrams）身为美国著名学者，一生创作无数，在其经典作品《镜与灯：浪漫主义文论及批评传统》中，他曾这样描述文学："文学是一种活动，由四个密切相关的要素构成，即世界、作者、作品和读者，四者共同构成文学活动。"① 可见，文学活动的顺利进行离不开四要素，世界、作者、作品、读者都是文艺活动的主要传播主体，这四个要素之间相互依存、相互作用，表现为相互渗透的整体关系，之所以将其称为整体关系是因为它们之间始终进行着信息分享、交流。

作为文艺四要素之一，世界，实际上就是指自然与社会，也就是当下文艺活动所真实反映出的世界，包括客观世界和主观世界。纵观文艺生产，世界是比较重要的一个要素，首先，无论是哪类文艺活动，要想生产、发展就必须依赖于世界，没有世界，就不可能存在文艺活动，同时文艺活动也映射着世界；其次，世界是文艺接受主体赖以生存的外界环境，像读者、作者、观众这类文艺接受主体，要想利用文艺作品与他人进行交流，也离不开世界这一物质基础。总之，文艺作品的诞生离不开世界，创作者必须在世界范围内进行艺术采风，进而获取艺术信息，完成文艺创作活动。

采风实际上就是采集民情风俗。作为文艺界的专用词汇，各门类艺术家深入生活参与体验活动都可以称为采风。关于采风这一词汇，可以追溯到周朝，

---

① 庹继光，但敏，陈金凤，陈凌琦. 网络文艺传播研究 ［M］. 成都：电子科技大学出版社，2017：12-13.

大约在周朝，我国就已经设立了专业采集诗歌的官员，为了搜集诗歌，他们踏遍山河，体验民间生活，观察民风民俗，这就是采风的原本内涵，而后经过多年发展，采风这一词汇的内涵不断被延伸，目前，凡是艺术实践活动都可以叫作采风。正如大多数人所知，艺术源于生活而高于生活，可见，艺术的诞生离不开人们的真实生活，文艺生产离不开世界，基于此，采风成为顺利开展艺术实践活动的基础。从表面上来看，艺术家为了创作艺术作品而去感受、体验、记录生活的活动就是采风。换句话来讲，艺术家在采风的过程中更容易获得创作的灵感，近距离接触自然，感受生活能够积累创作素材。身为文艺创作主体，艺术家获取信息的主要渠道就是采风，艺术家搜集信息的过程即采风，同样也是信息由自然或社会流向作者的过程。总而言之，文艺信息之所以能够从世界传播到作者就是依靠采风。

作者是信息传播过程中的输入端口。作者采风时，基于自身的生活以及艺术审美体验，有选择地接收来自世界的多种信息。作者不只在文艺生产活动中创作作品，更有意义的是，作者的创作是有意识的、主动的信息传播过程，将其蕴含的审美观念、情感体验等传达给社会大众，因此作者也成为文艺生产活动的主体。又因公众的实践活动具有差异性，所以公众对不同作品以及作者的认可程度、感知能力等都存在很大的差异性。

作者传播信息的前提条件是拥有自己独特的审美体验，这种审美体验是从长期生活实践活动积累沉淀而来的。不同作者所处的时代环境、生活环境不同，所以其评判标准、感受能力、想象以及联想能力也不尽相同。即使是同一作者也会因为生活环境的变化而发生审美认知的改变。面对同一件历史事实的素材——宋江起义，施耐庵将其描写为除暴安良、官逼民反的故事，而俞万春却将其描写为"民反官剿"的故事，其原因主要就在于两作者所处时代不同。施耐庵生活的历史时期，皇帝昏庸、奸臣当道，农民起义运动成为人们心中所愿，人们渴望有这么一个群体来拯救江山社稷、解救穷苦百姓。俞万春生活于太平天国运动时期，他在生活中曾经随父"剿匪"，镇压农民起义运动，这种固有的观念一旦形成是无法去除的，它伴随审美活动全过程。著名词人李清照，其作品具有明显的创作风格分界：前期其生活美满、富足，社会运行相对稳定，丈夫赵明诚常在身边，是爱人也是知己，所以她前期的词作常常体现出一种明媚的情感色彩；后期，李清照南渡，其生活孤苦无依，社会动荡，所以这时期她的词往往充斥着伤感悲悯的情怀。

作者传播信息的过程具有选择性。首先，作者选择传播对象。只有当外界信息触动作者使其受到刺激，作者才会选择该外界信息作为传播对象。其次，作者对外界信息的加工具有选择性。作者利用自身的审美经验储备、想象力以及情感等能力，选取外界信息的某一个点或者某几个点进行信息加工，并将加工过的完整信息传播给大众。总之，采风是将作者本身所持有的审美经验外化的过程，而作者传播信息的过程不是随意的，以其强烈的选择性有意识地进行信息传播，以自己的标准去传达美与审美。

一般情况下，一定的符号就代表着一定的意义、传达着一定的信息，而文本就是由不计其数的符号组成，富含多重意义、众多信息，这些信息对读者的阅读与解读文本过程起着主导的作用，是读者产生不同审美感受的基础。同时，读者的审美感受不只因文本信息多样化而不同，作为社会生活中相对独立的个体来说，读者也同作者一样，有着不同的生产生活体验，他们对文本及其相关信息的选择也是有意识的、有选择的，他们的文艺消费活动也是主动的，是伴随着强烈审美特性的。读者对作品的解读以及审美再创造也是文本信息传播过程中的一个环节，"一千个读者心中有一千个哈姆雷特"，读者解码信息的过程不因结果不同而有对错之分，信息接受者对文本信息的情感取向以及价值认同程度都是有意义的。

同一文本所蕴含的符号是相同的，信息的排列组合形式也是一样的，但这只是文艺传播活动中的表象。事实上，由于文本具有多义性、抽象性等特质，组成统一文本的众多符号也可能传达着不同的信息，所以读者在对文本进行符号意义的复原时，也会生成多种答案，这些答案中可能有与作者的本意相一致的，也有不一致的。当读者的解读与作者本意相去甚远却又有理有据时，就产生了"误读"现象，读者误读丰富了文艺信息传播的意义以及层次。

总之，文艺活动在整体上极具审美特性，文艺活动的信息传播过程中包含了信息的获取、交换、共享等环节，传播过程具有很强的主动性，文艺活动四要素在信息传播的过程中相互影响、相互作用。人在此过程中一直受信息的影响，选择符合自身价值观念体系的信息，并完成进一步的信息传播。首先，外界环境所传达的信息影响着读者以及作者的审美体验的形成，这种影响的具体表现就在于读者对文本的选择类型、作者对信息的整合方向等。其次，读者与作者在阅读与创作时会对信息进行筛选、加工、处理、传递，从而使信息发生变化，使其包含读者或作者独有的审美观念。在这种过程中产生的文本作品才是具有独特魅力的作品，以经典作品为例，其炫目的思想光辉也会引发更多读者的信息传播以及审美再创造，还有可能引发一股同类型的创作热潮，从而实现历史维度的长久传播过程。

另外，文艺创作与信息传播中讲求"真""善""美"原则，这里的"真"不同于日常生活以及科学实践活动中的"真"，文艺创作的"真"更多地指向一种情感的真实，而"美"也稍不同于日常生活中的"美"，文艺创作是可以写"丑"的，甚至有时还要通过描绘丑恶来烘托"美"，这也正是小说等文艺作品形式广受欢迎的原因。小说等多种文艺形式，创作的根源是现实生活，正所谓"艺术源于现实却又高于现实"，创作者在选择事实素材之后总是按照自己的审美期望加以创作，运用多种创作手法，力图创作出一个理想的审美世界。同时，作为读者的大众对于文艺信息的接受度也是很高的，《水浒传》《三国演义》等经典文艺作品以史实为创作素材，其内容并不完全符合史实，但文艺学界并不以其不符合历史真实而批评作品。

四、文艺与传播都应承担一定的社会责任

在我国历史长河中，文艺与传播承担社会责任已经成为一种文化传统。自古以来，文艺与传播在维护社会秩序、加强思想教化等方面发挥了不可替代的作用，儒家思想的产生及发展就是一个典型的例子。儒家思想诞生之时，孔子就将诗歌及其传播看作维护道德与社会秩序的基础。孔子认为，发挥诗歌及其传播所蕴含的认知与教育功能，能够对社会现实产生重大影响。这种诗学观念深深影响了中国封建社会的文艺价值观，成为中国传统文艺价值观念的核心组成部分。宋、明两代，理学逐渐发展壮大，成为儒家思想的一个重要分支。此时的儒家思想本质上已经成为封建统治者维护统治的一个重要思想武器，统治集团过于强调三纲五常、存天理灭人欲等伦理文化观念，使得儒家思想的发展进入一种极端状态，因而在一定程度上伤害了儒家美善相兼的文艺审美标准。历史上对儒家思想的工具化使用招致了许多非议，特别是在现当代，许多文艺流派都曾经对儒家思想的分支学派甚至全部思想予以批判、否定。然而，无论怎样否定，儒家思想自古以来就在社会教育与教化方面占据着鲜明的不可替代的重要作用，当一个社会需要一种合理有序的文化去维系社会关系、获得自身发展时，彼时的主流意识以及思想观念就会被赋予社会功能、承担社会责任，并且这种文化不是一成不变的，随着历史脚步的前进，文艺思想也会根据现实情况调整、适应，使其符合绝大多数社会民众的利益诉求。换句话来说，儒家思想能够延续至今的重要原因就在于，它具有强大的生命力，能够随着时代变迁而调整适应，从而持续性地承担社会责任、发挥社会功用。其拥有强大生命力的原因就在于，经过无数次的文艺传播，儒家思想得到不断完善，渗透到社会生活的方方面面并发挥着重要作用，这时的儒家思想已经由原来的思想理论进化为指导人们生活与实践活动的行为准则。这恰恰说明，文艺及其传播所要承担的主要社会责任就是教育教化、经世致用。所以，文艺与传播都要承担一定的社会责任，这种社会责任是必然的，必须予以强调才能维护公众的文艺权益以及国家意识形态。历史经验与教训也告诉人们，如果过分强调发挥文艺与

传播的教化作用也会引起社会不良反响，甚至会在某种程度上阻碍社会发展进程。应避免文艺及传播的全盘政治化，散发文艺与传播的美学光彩，积极开发文艺与传播的适度娱乐功能，让文艺成为一种有温度、有色彩的社会精神样式与文化美学载体。

此外，文艺与传播所承担的社会责任与功能是随着社会变迁而变化的。因此，社会变革的程度是文艺与传播社会责任变化的一个主要的原因，社会变革程度越剧烈，文艺与传播的社会责任变化就越急剧、越有纵深度，更有甚者还会产生解体、重建的局面。20世纪90年代以来，市场经济体制确立，消费思想发生了明显的变化，人们对文艺与传播的娱乐性需求日益增长，原有的文艺创作与传播应承担社会责任的文艺原则被蚕食，文艺与传播的消遣性功能迅速增强并拥有了旺盛的生命力。又因为20世纪90年代以来信息与互联网技术的迅猛发展，文艺创作与传播的媒介也发生了巨大的变化：媒介形式日益丰富，出现了报纸、电视、广播、网络等；文艺传播媒体之间也出现了功能一体化的融合趋势。

第二节　现代传播媒介对文艺传播的重要影响

一、现代传播媒介本身的特性促进文艺传播

现代传播媒介本身所具有的多种特性都对文艺传播产生重要影响，这些特性可以概括为工具性与附属性、便捷性与实时性、广泛性与现代化、交互性与个性化。

现代传播媒介具有工具性和附属性的特性。与传统传播媒介相比，现代传播媒介的文艺信息处理功能多元化，政治性相对减弱，受社会上层建筑的限制相对较少，虽然同属于社会经济体的重要组成部分，但现代传播媒介的涉及范围更广，甚至渗透到经济、教育、政治、军事等多个领域，建立起一个复杂又相对完善的概念体系，影响极为深远。虽然现代传播媒介的政治性相对减弱，但现代传播媒介与政治间的关系依然比较紧密。现代传播媒介由于具有传播速度快、传播范围广的特点，因此各个国家对其重视程度只增不减，加强对现代传播媒介的管理有利于维护国家意识形态的安全。

现代传播媒介具有便捷性和实时性的特性。与传统媒介相比，现代传播媒介具有传播迅速的优势。利用传统传播媒介传播文艺信息，由于技术的限制，

可能会因天气等客观因素导致收集信息困难，在发布成品时也可能受到出版格式、出版时间、出版材料等各方面的束缚。现代传播媒介大大提升了文艺信息传播的速度，它能够突破外在因素的各种限制，运用现代信息技术，提高信息采集的效率，简化原始信息的搜集与再加工环节，赋予文艺信息开放性，同步、及时地传播文艺信息。随着网络、手机等现代传播媒介的更新换代，文艺信息传播的空间局限性也在不断减弱，世界各国人民都能在互联网上实时交流文艺信息，通过论坛、社交媒体、信息搜索等多种途径随时随地获取信息。现代传播媒介的实时性与便捷性使文艺信息在全球范围的迅速普及成为现实。

现代传播媒介具有广泛性与现代化的特性。现代传播媒介赋予普通民众话语权、选择权，这恰好是传统传播媒介难以实现的。以传统传播媒介传播文艺信息时，专业媒体是传播的权威主体，所以话语权掌握在专业媒体的手中，随着时间的推移，这样的传播方式逐渐暴露出许多弊端，普通民众对信息的选择空间被压缩，其传播效率会变低。而现代传播媒介顺应了全球化的趋势，满足了普通民众对文艺信息的需求。利用现代传媒技术，普通民众可以实时接收自己感兴趣的文艺信息，又可以借助手机、网络等多种工具成为信息的传播者，人们对信息的选择权不断扩大，其进行文艺信息传播的积极性也不断提升。现代传播媒介对信息接收者没有诸多限制，以微博为例，只要人们利用网络完成用户注册，就能以个人账号的形式参与到文艺信息传播过程中来。普通民众的话语权增强加深了现代传播媒介现代化程度。

现代传播媒介具有交互性与个性化的特性。以传统传播媒介传播文艺信息时，受众一直处于被动接受的状态，信息传播方与信息接收方的身份是固定的，传播过程的互动性较弱。从外部因素来看，传统传播媒介由于难以摆脱时空局限，所以在传播文艺信息时更加难以实现双向互动。现代传播媒介具有极强的双向互动性，文艺信息传播的交互环节是现代传播媒介功能的实现基础。信息传播方与信息接收方通过网络媒体等工具，能够实现身份的任意转换，信息接收方开始具有一定的自主选择权，不再一味地被动接受文艺信息，这就使得现代传播媒介的交互性增强。从外部因素来看，现代传播媒介打破了时空局限，加快了文艺信息传播的双向互动。另外，现代传播媒介不断发展，文艺信息形态不断丰富变化，这进一步扩大了普通民众的文艺信息选择权，使现代传播媒介呈现个性化的特点。

二、现代传播媒介极大改变了文艺信息的传播轨迹

在古代，文艺信息传播的主要途径是人际传播。先秦的《诗经》等千古名篇最早都是经过"口口相传"的形式保留并传播的；后来，蔡伦改进造纸术，文艺信息得以借助纸张传播，传播的便捷性与广泛性有一定程度的提升，而这种传播形式也具有极强的人际传播特点。唐代，边塞诗人王昌龄、高适、王之涣三人雪天聚于旗亭，席间三位歌伎演唱助兴，所演唱曲目皆以三位诗人的诗填词，纵使"相逢对面不相识"，但三位诗人的诗作早已传遍大街小巷，这足以证明人际传播在文艺界的重要作用。时至现代，在一些特殊时期，文艺界也曾经以"手抄本"的人际传播形式进行信息传播，《第二次握手》等作品借此机会风靡一时。总体上来看，现代传播媒介出现以前，文艺信息主要依靠人际传播，这种传播方式具有极强的时空限制性。

现代传播媒介出现以前，人际传播虽然占据着文艺信息传播的重要地位，但其局限性也十分明显：人际传播无法保证信息的完整性、准确性。历史上有名的百科全书《永乐大典》以及曹雪芹的《红楼梦》就是强有力的证明。《永乐大典》在当时属于世界闻名的百科全书之一，其内容包含了古代文学、历史、科学等文化典籍，后来受刊印成本高以及战乱等因素影响，最终散落在历史长河中，成为人类文明史上的一大遗憾。而曹雪芹的《红楼梦》原稿不全，或许随着历史演进而遗失，或许因政策原因早就自行销毁，但无论如何，假如将现代传媒手段应用于《红楼梦》的刊印与发行，曹雪芹的手稿或许就能完整保存下来。从另一个角度来看，虽然人际传播有着传播地域范围不广、传播速度不够迅速、传播完整度较低等局限性，但这些局限性也成为背景条件，促进了红学等文艺流派的产生。

现代传播媒介出现以后，文艺信息的传播轨迹发生了巨变，主要体现在两个方面。一方面，信息的完整性、准确性得到了保障。现代传播媒介摆脱了以前"口口相传"的固有模式，作者的创作成品与读者的消费产品在形式上是一致的，避免了"口口相传"的误读、歧义、缺失等，无论读者对其进行多么不着边际的解读与阐释，文本内容也会始终如一。另一方面，文艺信息传播的速度大大提升。报刊书籍等纸质媒介和电视广播等电子媒介，都能够在极短时间内承载一定的文艺信息并实现信息的迅速传播，到达社会大众层面，为读者的审美再创造活动提供了极为便捷的途径。这样一来文艺传播的速度与进度都得到大幅度的提升。现代传播媒介给人提供便捷服务的同时，也在一定程度上压抑了读者个人的思考积极性，现代传播媒介将文艺作品清晰完整地呈现在读者眼前，读者坦然接受信息的原本面貌，容易形成一种思考的惰性，可能会造成质疑精神的缺失。

三、现代传播媒介引发文艺信息传播格局的变革

现代传播媒介在文艺信息的传播格局中发挥着双重作用。一方面，现代传

播媒介是人体的延伸，能够增强人的感知能力，延伸人的感知范围，引发传统文艺信息传播格局的巨大改革；另一方面，现代传播媒介的广泛使用会在一定程度上降低人的实践积极性，引发人们参加线下活动的惰性，实践是文艺信息的根本来源，文艺信息一旦缺乏实践性就失去了生命力。

现代传播媒介对文艺信息的传播具有积极的影响，起到了人与外界、人际信息沟通的桥梁作用，通过现代传播媒介，人们可以比较迅速地将千里之外的文艺信息收入囊中。一般来说，媒介是人体的延伸，报刊书籍等纸质媒介延伸人的视觉，强化文艺信息的代际传承；电视、网络等电子媒介延伸人的听觉、视觉等，比如奥运会的实时转播使得全世界一起参与体育盛事，音乐平台用户可以立即听到自己喜爱的歌手的新歌。总体来说，现代传播媒介极大延伸了人体的感官功能，有力地促进并参与文艺信息传播总进程，促进人们获取信息、了解知识。

从另一个角度来看，现代传播媒介的便捷性会加快不良信息的传播速度、增长人的实践惰性，对文艺信息传播格局的长远发展具有一定的消极影响。现代传播媒介传播信息量大、传播速度极为迅速，尤其是近年来互联网飞速发展，网络平台提供了海量的信息资源，且较电视等传统现代传播媒介来说，网络媒介传播的速度更加迅捷，使网络用户获得前所未有的良好体验，娱乐化的思维方式悄然传播，文艺信息传播的质量也变得参差不齐，因此现代传播媒介的飞速发展对受众的整体素质具有比较高的要求，首先受众要掌握新型传播媒介的使用方法，其次受众在接收海量信息时要有敏锐的判断力以及不被不良信息诱惑的定力，最后受众在日新月异的传媒环境中还要保持本心，坚持道德底线不动摇。而这些要求对于大部分普通人来说是有一定难度的。另外，现代传播媒介能够提供海量的信息，这些媒介工具在无形中使受众的依赖性急剧升高，有一部分人甚至与世隔绝，拒绝与世界交流，每天靠网络平台了解信息，染上网瘾，他们极其信赖网络，不肯亲身实践，这样一来也就失去了生活的乐趣，丧失生命的活力。这种现象不利于文艺信息传播格局的持续发展。

四、现代传播媒介快速推进文艺传播产业化进程

人类的文艺传播的发展过程是极其漫长的，分为两阶段：第一阶段，文艺还未曾拥有属于自己专门的分区，也就没有专职的文艺工作者，文艺作品的作者与读者是合为一体的，它作为人们日常生活实践活动的附属物而存在，所以文艺信息所传达的内容不外乎普通人的生活；第二阶段，在基本的生存与安全需求得到满足后，人类开始追求更高层次的精神享受，这时文艺信息的创作者与接收者出现了明显的界限，文艺拥有了自己的专区，文艺创作也渐渐成为一

种职业，普通人主要作为文艺信息的接收者、消费者，参与文艺信息传播全过程。

现代传播媒介的广泛应用极大推进了文艺传播产业化的进程。在现代传播媒介出现以前，文艺传播也以表演的形式实现产业化，比如天桥说书、戏曲表演、街头杂技等娱乐消费活动，这一类"卖艺为生"的商贩、演员等，大多采取巡回的方式演出，光是赶路就要耗费大量的时间、精力、金钱等。现代传播媒介改变了文艺传播的产业规模，促进了文艺传播产业的集约化、现代化进程，对文艺传播产业的迅速壮大发展发挥了不可替代的巨大作用。

现代传播媒介促进文艺传播产业消费需求的细化。自古以来，人际传播所传达的信息内容是无法预估的，日常生活中人们进行交流都是随心所欲的，倾诉者往往都是想起什么就说什么，即使话题有一定的限制，传播的内容也可能偏离主题。所以在传统文艺传播过程中，作为受众的文艺消费者选择的空间是极小的。现代传播媒介出现以后，有效弥补了人际传播手段的不足，文字印刷等纸质传媒以及广播、电视、网络等更具现代化气息的传播媒介将文艺传播信息完整地呈现在消费者眼前，通过预览等方式让消费者选择自己最喜爱或者最需要的信息内容，公众对于信息选择的倾向性会引导文艺消费市场的产业发展走向，受群众欢迎的文艺传播产业类型应运而生，而后，该类型产业的不断发展壮大也会吸引越来越多的文艺消费者参与市场活动，从而形成一种相互促进的产业繁荣景象。这种现象在文艺界也是随处可见的，比如报刊行业的"新闻主攻、副刊主守"，就强调了报纸内容既要包含吸引消费者注意的"大新闻"，又要包括能够被消费者所认可的副刊；现如今，网络已经能够实现人们"追剧"的多样化需求，但众多电视台仍然在晚八点左右开播电视剧，这是因为由于过去电视传媒的发展，稍年长者早已养成睡前看电视的习惯。用电视看剧不仅可以获取文艺信息，组织家人一起观看还能够有效促进家庭和谐氛围的形成。

现代传播媒介强化了文艺消费观念。文化传播产业中，文艺信息提供者或多或少地带有营利目的，售卖文艺信息的盈利往往要用来养家糊口、维持生计，为了获取更多的利益，适应文艺消费的市场需求，文艺信息的提供者总会不自觉地向消费者市场需求靠拢，调整文艺传播信息以适应普罗大众的文艺口味，文艺传播活动也在这个过程中完成了产业化的自适应调整。文艺信息的广泛传播是有条件限制的，文艺信息的内容只有符合最广大人民的消费习惯以及根本利益，才会发展为家喻户晓的文艺作品。文艺消费观念对文艺信息传播具有重要影响。比如说书人一般会选择引人入胜的紧张刺激场面，所选体裁主要以传奇、历史故事、神话传说为主，以此引起听众的兴趣从而实现盈利目的。

不止普通商贩会受文艺消费观念影响，许多文艺大家也都曾经根据群众的呼声修改自己的文艺作品。比如现代文学史上著名的鸳鸯蝴蝶派作家，张恨水，他的章回小说在我国现代文学史上大放光彩。其作品充分吸取了平民读者的建议后，加入了平民读者所喜爱的小说元素；他曾根据读者需求修改小说结局，在报刊连载其小说时刻意设置悬念，揪着读者的心，吸引了大批忠实读者，实现了作品创作与传播在文艺产业进程中的共生互补。

在文艺传播过程中，信息把关是必然存在的，只不过现代传播媒介的出现改变了以往信息把关的形式。综观早期的文艺传播，信息把关的主要力量是作者自身和官方部门，作者在文艺创作时谨慎地选择信息内容，对那些不适宜的进行删减，官方部门则发挥监管作用，根据标准对文艺内容加以把关。官方把关现象在我国古代普遍存在，作者创作的小说、戏剧等都要经过官方的审阅，若内容不符合标准，很有可能被直接禁毁。随着现代传播媒介在文艺传播中的渗透，文艺信息的把关人更加多元，除了作者和官方外，还包括媒体机构，其是文艺信息的直接传播者，所以必须承担信息把关的责任。媒体机构对文艺信息的把关标准集中于三方面：一是艺术标准，这是由文艺活动的本质决定的，所传播的文艺信息应具有较高的艺术价值；二是社会道德、政治和法律标准等，这是对文艺作品最基本的官方制约，只有达到这些标准，文艺作品才有可能引起良好的社会反响；三是市场标准，文艺创作的目的之一是激发文艺消费，所以文艺作品应能经得起市场的考验，能够产生良好的经济效益。当前，越来越多的文艺创作者过于注重文艺作品的市场反响，忽略了文艺作品的文化本质，导致文艺作品应有的社会效益没有得到发挥，这种情况应引起文艺创作者的反思。

五、现代传播媒介滋生了全新的文艺形式

文艺信息的表达符号丰富多样，常见的有文字、图片、声音等，这些符号经过组合形成了各种艺术门类，如文学、绘画、音乐。在现代传播媒介出现之前，以上艺术门类就已经存在，现代传播媒介出现之后，它们的传播轨迹发生了变化，传播边界也不断扩大。与此同时，一些新的文艺形式得以产生。

电影就是一种基于现代传播媒介的文艺形式，它借助现代科技的力量，将画面、声音与屏幕文字融为一体，为观众创造了良好的观看体验。电影创作的初衷是反映现实生活，表达人的思想感情，这也是其艺术性的来源。在电影诞生之初，很多人认为它并不是一种艺术，而是机械发明的产物，实际上这种观点并不正确。电影的存在固然离不开摄影机、录音机等设备，但这些设备仅仅具有工具属性，并不参与电影内容的创作，创作者与表演者才是电影的灵魂，

是他们让电影具有了精神价值。与现实生活相比，电影中呈现的生活更具典型性，更能带给人们理性的思考。自诞生开始，电影就受到人民群众的喜爱，发展到今天，电影已经拥有非常强大的受众群体，观看电影成为人们重要的休闲娱乐方式。

除了电影，电视剧也是在现代传播媒介的推动下产生的。显然，电视剧的出现建立在电视发明的基础上，电视作为载体承载了各种类型的电视剧。分类标准不同，所划分的电视作品类型也是不同的。按照艺术标准，可以将电视作品划分为电视剧、电视综艺、电视纪实艺术、电视文学、电视艺术片这五种类型。电视剧与电影之间有着密切的关系，两者具有相似之处，也存在差异。电视剧与电影是相似的，两者都能够为观众提供具有艺术性的声、像组合产品，存在基础均为电子、视听技术。电视剧和电影又有许多不同的地方，一方面，电视剧创造的观感体验可能不如电影，因为它的屏幕比较小，清晰度也受到限制，不宜长时间观看；另一方面，电视剧具有强于电影的艺术综合性，在电视剧中，人们既可以看到戏剧与电影的艺术手法，还能体会到小说、广播的艺术手段，由此获得的艺术体验是非常丰富的。此外，电视剧的拍摄周期也短于电影，其对当下现实生活的反映更加及时，是一种更贴近生活的艺术形式。在大众传媒时代，电视剧显示出强大的生命力，它的辐射面与受众群体是其他艺术形式难以企及的。

六、现代传播媒介促使文艺传播利益关系多元化

文艺传播的利益关系并非现代社会的产物，在古代说书、演唱等文艺传播活动中，也存在某些简单的利益关系，且这种关系主要源自雇佣劳动，即被雇佣的人为雇佣者创造利益，其本身获得一定的劳动报酬。就古代的文艺传播而言，个人行为占大多数，所以很多情况下简单的利益关系也不存在，是一种较为纯粹的个体性创作与表演。

现代传播媒介引入文艺传播中，使得其中的利益关系复杂起来，对这种利益关系的认识必须立足多元视角。首先，传统的艺术创作大多属于个人行为，现代传播媒介的参与改变了个人化的艺术创作方式，一部电影、一部电视剧往往需要众多人员进行创作，如导演、演员、摄像、制片等。这一方面使得影视艺术的创作者在创作过程中的地位和作用往往是碎片式的、主体性不完满的，许多影视作品甚至曝光出主创人员如导演、关键演员之间就遵从谁的意志和想法等发生冲突的事件。另一方面这种合作关系也影响到影视作品创作参与者的权利关系，他们固然可以对自己的创作享有充分的权利，但其权利行使经常受到他项权利的干扰或阻碍。更重要的是，由于影视作品是协同创作、集体合作

的结晶，最终的影视作品版权归属于制片方，这在各国法律上均有明确规定。此外，抄袭、剽窃等文艺传播中的侵权概念被引入并用于规制行为失当，在现代传播媒介兴起之前，文艺传播缺乏利益诉求，人们对于抄袭、剽窃等概念普遍是很陌生的，一般人通常不会抄袭、剽窃他们的文艺作品；缺乏利益追求，人们也懈怠于追究他人的抄袭、剽窃等责任。但是，传播媒介推动文艺传播产业化进程加深后，文艺传播行为往往裹挟着一定的经济利益，有时这种利益甚至非常大，促使少数人采用抄袭、剽窃等手段非法获得、使用他人的创意、作品等，为自己牟取经济利益，而被侵权者也会因为利益较大而行使权利，追究对方的责任。

第三节　网络媒介引发的文艺传播变革

一、网络媒介引发文艺传播变革的初期

（一）全民参与的文艺传播新格局

互联网问世之初，便渗入进传统文艺的生产方式和传播格局。传统大众媒体三个重要的角色：告知、教育和影响受到网络新媒体的受众参与式改变的挑战。网络文艺产生以后，受众从过去模糊传播时代的接收者和评价者转型到网络传播时代的参与者和反馈者。政府和精英的产生并控制了传统大众传媒形式（新闻、广播、电视），普通大众在论坛、微博、微信等便捷的社交媒体上得以自由分享文艺作品。这些发展强调网络的一个重要特性——用户充当了在新的在线交流过程中的轻量级系统设计师。与此同时，草根文化日渐兴起，草根与其他媒体进行合作在互联网上以网络音乐、网络文学、微电影、网漫、网络剧等多种形式进行自我发挥，代替精英成为核心的传播力量，使传统的精英文艺创作走下神坛。全民介入的网络文艺内容生产和创作模式，颠覆了传统传播格局的精英文艺创作与传播制度。可以说，以网络为媒介的文学传播，用数字传播告别了纸张，用自由传播告别了复杂的文学审查程序，用双向传播告别了单向传播，用即时传播告别了滞后传播。

（二）需求多元化的文艺传播新模式

互联网的崛起让受众的话语权、主动权大大提升，也让其需求日益增多，

日趋多元。媒体开始重视受众并纷纷向互联网靠拢，开始采用数据挖掘和处理技术对小部分受众的行为习惯进行抽样调研，通过受众对作品的转发量、评论态度等反馈信息对网络文艺作品实时创作与修正，来迎合网络时代受众多元化的趋势。但此时的传播模式主要局限于分析小范围的数据以及相应的传播行为，海量数据尚缺乏相应的技术支撑。

（三）产业链延伸的文艺传播新思维

互联网改变了文艺产业结构的竞争格局，用户的消费需求和产业链发生了变化，使得网络文艺作品建立了市场化的产品经营模式并采用现代企业管理机制和公司化运作方式。网络文艺的产业化运作类型主要有两种——内吸式与外推式。"内吸式"即音乐、影视、文学作品等通过推行会员制度、部分作品采用点击率和"收费+广告"吸引广告主投资资金的运营模式；"外推式"的产业化运作模式延伸了产业链，其中主要结合了出版产业链、影视产业链、游戏产业链这三种方式。譬如《仙剑奇侠传》《古剑奇谭》等网络文艺作品集书籍、游戏、影视作品于一体，探索产业生态链向上下游投资并购的市场化运作机制。

二、网络媒介引发文艺传播变革的中期

（一）构建网络文艺平台打造良性传播系统

网络媒介下，运营商通过各种方法凝聚创作主体，完成平台的文艺作品推送。运用病毒式反应原理，建立创作者的竞争机制，对创作者的分享内容量化考核，借助平台创作者的个人社会关系网络强化文艺信息传播。网络媒介引发文艺传播变革的中期，网络媒体平台与自媒体创作者融合，通过内容平台、关系平台和服务平台重塑传播平台，爆发出无穷的作品生产和传播活力。以个人账号和聚合类 APP 为代表的自媒体与传统媒体相结合，既符合知识的常规需求，也满足了情感的长尾需求。

（二）利用网络算法，提升个性化文艺内容服务

在个性化社交平台上采用数据算法呈现不可阻挡的趋势。网络媒介引发文艺传播变革的中期，传播主体或内容运营商以机器算法等前沿技术为基础，计算方法和算法编码具有高效率、透明化和因果延展性的优势，在洞悉用户的兴趣习惯和行为认知之后，及时优化传统文艺作品的线下运营以及网络文艺作品的线上体验，增强用户黏性，提升购买转化率。在网络文艺作品的运营当中，

引入社交维度数据和个性化标签，为用户构建一个最佳选择的作品场域，解决了文艺作品泛滥充斥市场难以抉择造成的尴尬局面。目前有众多普通人在社交平台上公开记录和分享生活，商家为了在竞争中保持领先，采用算法监控工具预测人们的需求。与此同时，个性化的服务打破了传统被动接受信息的模式，不断贴合用户需求的同时，也使得商家明确了用户定位，为争夺市场空间提供了平台。根据在后台监测到的关于用户搜索痕迹的数据，爱奇艺在内的众多视频网站都推送私人订制的视频服务。

（三）自动推荐文艺信息，匹配网络用户需求

网络媒介引发文艺传播变革的中期，地域之间的文艺信息流动壁垒进一步被打破。文艺信息整个产业链的全球化运营进一步加剧，原来由于物理地域分割而阻止的文艺信息流动的现象将会越来越弱化。为了满足用户对于新信息和及时更新服务和内容等需求的持续增长，根据用户的感知或部分特定兴趣，网站自动化通过自动寻找和收集新的相关内容，并且自动分类、总结和组织。如何运用大数据分析等技术将用户的文艺需求精准化，从源头上去发掘用户的特征，将智能推荐的分析结果融入创作体验中，使得传统文艺内容的传播摆脱同质化的困境，达到精准投放和高效定制的效果，将成为当下媒体或商家精确市场定位技术考察用户行为特征的关键。

（四）网络文艺传播实现高度市场化的渗透与扩张

在网络媒介引发文艺传播变革的中期，传播环境变得复杂，营销模式较以前相比发生了巨大改变。网络媒介引发文艺传播变革的初期，营销平台重心发生转移，由传统媒体转向数字平台，商家采取内容免费或部分内容收费的运营方式，在广告商的赞助下参与文艺产品的市场消费。这种营销模式不能实现受众的精准定位，在一定程度上阻碍了文艺产品市场的扩张。网络媒介引发文艺传播变革的中期，新兴媒体采取提供免费大量内容的运营方式，在特定广告商的赞助下，联合电商，延长了网络文艺产业链。在此运营过程中，商家实现了广告的精准投放，针对受众群体寻求合适的广告合作商，并根据平台与广告商的合作确定合作电商；采取多元化竞争策略，提升平台运营内容的专业性，将社交元素加入运营系统的整体设计中，满足消费者的市场诉求，运营的专业化特性不断增强。一般地，人们将这种销售运营模式成为电商模式。电商模式的特点是精准性、主动性，依托核心技术向现有消费者和潜在消费者推荐信息，面向网络平台的海量创作者、消费者投放广告，主动营销售卖文艺产品。比如，腾讯为了让合作伙伴拥有更加广阔的营销空间，也为不断提升自身竞争

力，在 2016 年制定了媒体内容运营战略，在付费业务领域坚持"自制""版权""用户体验"三大核心战略在这个时期，新兴媒体为顺应全球化趋势、探索产业链条发展新方向，以积极的姿态主动融入互联网环境，维护文艺行业生产本身具有的优势，网络文艺传播由此实现高度市场化的渗透与扩张。

（五）网络媒介的文艺传播催生"新媒介赋权"效果

网络媒介的出现有利于社会各群体提升其在政治、经济、文化环境中的权力与能力，特别是数字化媒体出现后，权力结构变革成为一种可能。这种趋势也展现在文艺传播过程中，新兴媒介成为权力的重要实现力量与源泉之一，这就是人们常说的"新媒介赋权"。新媒介赋权使原有社会关系和社会结构受到冲击，新的社会意义在不知不觉间已经建立。

在传统媒体中，文艺传播权利结构体系的集中度很高，地域等外部因素极大限制了文艺信息与艺术思维的传导，使艺术信息的传播局限于某一固定区域范围内。网络媒介进入文艺传播领域后，民众运用新型社交媒体，传达个人观点，展现个人的艺术思维，从而促使文艺传播个体权力的生成，带有鲜明的"去中心化"特点，至此，原有的集中权力体系开始向结构性分权体系转变，文艺信息得以实现跨时间、跨地域、跨文化传播。

新媒介赋权往往产生于个体之间或者群体内部的交流活动，被赋权的对象（包括个体与群体）不只可以收获外部救助，而且还能够通过参考他人经验与自身进行对话，完成内部互动，从而不断提升自我，这才是新媒介赋权的主要目的所在。这个过程揭示了网络结构性分权促进文艺传播、重塑人类思想与意识的原理。

网络传播的过程对新媒介赋权局面的形成具有重要的意义，网络媒介的文艺传播作为一种新的传播方式，超越了原本的信息传递功能，以互动和对话的方式发展出了组织价值，有利于更好地解决社会成员之间的问题，促进组织成员之间的互相理解，改变多重社会关系，从而推进社会变革。网络媒介下，信息与传播的重要性急剧上升，文艺界的无权或弱权群体能够借助接收传播信息、参与传播过程的途径，获得知识，接近文艺权力核心，从而实现群体内个人的发展。新媒介平台不仅实现文艺信息获取、分享、传播、互动过程的平等性，促进权力体系形态的转变，而且正在逐渐形成新的、双向的文艺传播局面，新媒介赋权的核心也转移到了多个主体之间的双向传播。

网络媒介赋权的依据是使用新媒介技术的人群之间的互动。网络媒介的赋权面向整个社会，并不针对性地赋权于某一种社会群体。同时，网络媒介赋权是有先后顺序的，网络文艺信息首先传达到那些能熟练运用新媒介技术的社会民众当中，他们最早接收文艺信息，因此拥有了首先被赋权的机会。这个最先接受赋权的群体一般来说以青年人为主，他们接收文艺信息后又将其加工，加入自我意识与艺术思维，加入信息传播的前沿行列，成为社会文艺的引导者。

三、网络媒介引发文艺传播变革的后期

（一）机器创作实现文艺的智慧传播

网络媒介引发文艺传播变革的后期，机器创作将成为辅助未来网络文艺作品的手段之一。基于机器学习的方法能够使挖掘算法和相关的平台更智能化，并减少冗余计算成本。高级计算机（机器人）通过将文艺作品的构成元素（包括相关语法）碎片化、编码化、标签化，然后通过机器算法制作出亿万级的排列组合模板，创作出多样文艺作品。此外，机器人通过汇编推荐和算法判断用户喜好，实现用户定制一对一、一条龙的即时智能化服务。机器人可以影响个人的后续行为以及与技术系统交互的水平。从这一点看，机器人作为助手，可以影响文艺作品的作者并且带来更多深度的人文的思考，使文艺产业的传播和运营更为活跃，但并不能完全取代人类的智慧。与此同时，用户也积极展开互动，针对多种表现形式和多种版本结局进行自由选择，甚至修改结局。从市场分析机构来看，服务机器人销量呈现总体增长趋势。

（二）万物众媒重构文艺传播的媒介生态

麦克卢汉（Marshall McLuhan）认为："整个未来是一个所谓的万物皆媒的时代，是一个泛化的时代，不管信息的采集者、加工者和中介者或者屏幕或者整个平台。"① 关于"媒介是人的延伸"这一观点在网络媒介引发文艺传播变革的后期得到了更好的诠释，所有的媒体乃至于所有物体都在互联网化，这意味着万物都可能成为网络文艺内容的来源，成为更自由的"人的延伸"，因此，传统媒体空间将会被极大扩充。可穿戴计算机技术、虚拟现实技术、大数据技术的蓬勃发展使得媒介生态发生了巨大变化，目前可穿戴计算机和其他网络（物联网）设备等技术支持前所未有的海量异构数据访问。未来文艺的智慧传播时代将重构传播主体和内容接收者的关系。为网络文艺的传播衍生出无限可能和想象空间。基于 AR（增强现实）技术的应用程序将增强现场学习体验，为人们了解自己和别人的过去以及保护历史文物和遗迹提供了动机。

---

① 李本乾，牟怡. 未来媒体 机遇与挑战 第三届上海交通大学 ICA 国际新媒体论坛精粹［M］. 上海：上海交通大学出版社，2017：101.

（三）万物数据化实现文艺传播的智能形态

目前，在微博微信等新媒体中以静态形式的可视化数据展示受众对网络文艺作品的反应，但数据的呈现也只是点击率和播放量，用户体验不佳。而且，在大多数研究大数据分析中，普遍存在的情况是，他们认为大数据的结果是有价值的，但商业模式尚不清楚。大数据时代，万物皆可为媒介，多元化的海量数据推进了网络文艺作品智能新时代的诞生与发展，数据在人们生活中占据着越来越重要的地位。根据 IDCO（互联网数据中心）的报告表明，2014 年的大数据市场价值约为 161 亿美元，2017 年将增长至 324 亿美元，在 2018 年分别达到 463.4 亿美元和 1140 亿美元。由此可见，未来大数据的商业模式将成为各大互联网巨头关注的焦点。在智能社会，新的知识和交叉领域将进一步延伸到网络文艺作品中，媒体或商家在智能化引导下得以重新构造受众供需并寻找潜在的商机与趋势，创造目前难以想象的新价值，甚至从某种程度上颠覆现有的社会形态，但也容易出现加剧传媒垄断格局的现象。此外，由于数据的开放性，信息的高度自由流动、隐私的暴露和信息的入侵成了最大问题。

（四）智能升级实现文艺传播信息的高度整合

智能化是网络文艺传播的一种必然趋势，要想占领未来的网络文艺产业发展高地，就必须积极探索网络文艺领域人与人、物与人、物与物之间能够实现价值匹配与功能整合的高度智能化路径。目前在市场中有 7D 效果观影体验的电影作品，在未来科技当中运用可穿戴设备与传感器（监测用户前期体验、生成并提供用户个人的定制服务）作为定制化生产的基础，网络文艺作品也极有可能达到视、听、触、嗅、味五位一体的高效用户体验。

以人工智能技术渗透为代表的未来网络发展将全方位立体式改变网络文艺的生产方式和传播格局。在文学作品中，有不同的术语分析社交媒体，比如社会分析，社交媒体分析，社交媒体监测或社会网络分析，最后持续受到关注的更多是用户之间的连接，而不是内容本身。因此，未来的文艺作品应在智能技术的辅助下，融合各种智能终端、服务与用户的连接，在基于用户的场景和个性化需求的前提下连接人与作品、人与人、人与服务，形成完整的服务闭环流程。在这个流程中，服务系统要具备文艺信息智能化筛选、精准高效语言表达自动生成、个性化形式风格自动匹配等功能，在整体设计中充分运用分类处理思想，智能处理不同题材和类型的文艺作品，通过智能升级最终实现文艺传播信息的高度整合。

四、网络媒介引发文艺传播变革出现的问题

从前文可以看出，网络传播时代的文艺传播机制和传统传播时代有很大不同。网络媒介引发文艺传播变革的初期，网络文艺内容对于用户的行为难以精准定位和判断，用户体验较差，服务意识较为薄弱；网络媒介引发文艺传播变革的中期则呈现出内容服务个性化和精准化趋势，但一对一服务仍然欠缺；网络媒介引发文艺传播变革的后期，机器人创作将改变网络文艺内容的传播格局和舆论生态，全球化进程不断向前推进的趋势逐渐破除区域信息壁垒；长尾理论将得到进一步应用，人们的个性化文艺消费需求得到进一步满足；随着数据价值的不断升高，人们也将越来越重视获取、分析数据的能力培养。此外，原有的网络文艺、生产传播、评估、运营机制被打破，很有可能出现以下问题：

网络传播媒体寡头垄断格局进一步加剧，网络文艺大数据检测更加困难；地域之间的文艺信息流动壁垒进一步被打破，信息全球化的进程进一步加剧，尤其是由于原来物理地域分割而阻止的文艺信息流动；机器与人的关系更加复杂，可能会出现机器化冲淡人类情感等问题；个人信息安全空间易受到侵犯，需重新界定隐私的侵犯问题；文艺运营企业内部的大数据智能定位与传播，与外界受众的盲目使用之间的矛盾，以及外部检测困难之间的矛盾加剧；机器智能化不断发展前进，进一步影响到人类社会的生活的方方面面，人与人、人与机器之间的关系将变得更为复杂；网络文艺陷入全民狂欢境地时，注意力经济也在蓬勃发展，建立在这种经济形态基础上的新规模经济、范围经济使用户注意力短缺；贫富地区之间网络文艺的地域鸿沟进一步扩大，网络文艺的市场生态系统被重构的现象发生。

总体来说，网络媒介下的文艺传播是机器的、理性的、精确的传播。未来智能文艺传播将会形成以机器人操作为中心环节的产业格局（当然，一些复杂的情感、价值判断、不同行业等创作方面，人类的智慧依然不可或缺），其将会为用户提供具有巨大智力潜能、用户黏性、社群互动潜力的优质网络文艺作品。但是，如何防止传播主体发展不均衡而带来的文艺信息享用不公平、不公正、不合理的行为和现象，机器化冲淡人类情感等问题，以及非理性网络文艺传播行为，应得到进一步重视和研究。

第三章　网络音乐及其传播机制

随着现代社会网络技术的飞速发展，传统音乐和新媒体技术紧紧地结合在了一起，这也让传统音乐的创造和传播发生了翻天覆地的变化。二者之间的完美融合，将区别于传统音乐形式的网络音乐带到了人们的生活之中。正确认识网络音乐传播成为当前网络音乐健康发展的重点。

第一节　网络音乐的界定、分类与特点

一、网络音乐的界定

从 20 世纪 70 年代传播艺术不断发展变化以来，全世界互联网飞速发展，各地局域网和广域网快速增加，陆续实现完善了各地不同网络信息互换和统一，随之便逐步形成了世界最广大的广域网——互联网，为今天强大的互联网时代的到来奠定了务必坚实的基础。计算机网络的主要功能便是资源共享、快速传递信息，以其独特的性质提升了全人类的生活品质。网络音乐，并不是指某一具体音乐形式，而是把网络音乐作为一种新时代下网络传播的新模式来理解的。文艺界对网络音乐的概念界定主要分为两种：第一，传播过程涉及网络领域的音乐就被称为网络音乐，传播工具的外在形态既可以是有线的又可以是无线的，网络音乐的获取、传播、消费等活动都要借助网络完成；第二，普通网友借助网络创作音乐作品，而后其成品进入网络信息传播流程中，这样的音乐作品才能称之为网络音乐。这里主要讨论第一种概念界定的网络音乐作品。网络音乐作品的分类多种多样，常见的有广播音乐、电视音乐、电影音乐等。网络媒体以数字技术为支撑，也属于数字媒体的组成部分。数字媒体的很多优势是传统媒体不可企及的，它的实时性更强，能够完成远程距离的文艺作品再现；它以丰富性与多样性极大影响了人们的日常生活，充实了人们的娱乐生

活，从"阳春白雪"到"下里巴人"都被囊括其中；另外，数字媒体还拥有着极强的共享性与现代性，由于技术的发展，数字媒体下的文艺信息传播具有高度开放性，人们在数字媒体中实现创作者与传播者的任意转化。网络等新媒体具有传播信息量大、传播范围广泛、传播互动性强等优势，因此越来越多的人在开展文艺活动时以新媒体为重要工具，采用全新的创作与传播方式、尝试崭新的艺术消费模式，从而反映出当下人类社会的文化价值取向。网络音乐从其根本上完成了音乐创作到数字图像、审美视觉效果与听觉神经享受的完美融合，凸显了音乐文化深层次上的符号意义，形成了新媒体自身富有的独特的人文色彩和强大的创造空间的无与伦比性。

二、网络音乐的分类

（一）根据网络音乐产品的风格和内容分类

根据网络音乐产品的风格，网络音乐主要分为古典音乐和流行音乐。其中，流行音乐在网络音乐中占有较大的份额和比重，特别是摇滚音乐深受广大青年网民的喜爱和欢迎，被誉为"流行中的流行"，是他们叛逆的青春和强烈个性的尽情展示。

根据网络音乐产品的内容，网络音乐可以分为很多种类，如按音乐产品针对对象的年龄来划分，有儿童音乐和成人音乐：按音乐的主题，有歌颂性的音乐、讽刺性的音乐和调侃式的音乐。其中讽刺性的网络音乐和调侃式的网络音乐最容易在网络上走红。比如，《做人别太 CNN》以讽刺的创作手法，反击美国有线电视新闻网 CNN 对中国的恶意报道。再比如，在大学校园里耳熟能详的《大学自习曲》歌曲，更是以讽刺的口吻调侃大学生中那些不良生活习惯，给人留下了深刻的印象。

在网络音乐作品中，传统音乐类型所占比重较小，比如古典乐、爵士乐、通俗音乐、戏剧等，一些新的音乐类型被频繁应用，比如游戏音乐、动漫音乐、特效音乐、网络音乐等，除此之外，一些新颖的具有音乐属性的声音元素也出现在网络音乐作品中比如水滴声、风声、恶搞音乐元素等，所以，目前暂时无法根据网络音乐的风格及内容对其进行一个清晰且细致的划分。

（二）根据网络音乐产品的表现形式分类

根据网络音乐产品的表现形式，网络音乐主要可以分为原创网络音乐、改编网络音乐、借助网络传播的传统音乐和音乐游戏。

1. 原创网络音乐

原创网络音乐是由普通网友或专业歌手自发谱曲、作词和最后合成的音乐产品，并在网络上流传的音乐。这类网络音乐具有极强的平民意识和草根精神，容易被广大网民接受，所以它在网络上的流行和传播的速度也很快。但另一方面，由于制作者多为了迅速在网络上走红，致使这类网络音乐的制作时间较短、经典歌曲较少、思想性不够强、有的歌曲节奏过于单一，所以这类音乐在网络上多是流行一阵后即被后面的网络音乐所覆盖，很难留下精品。当然，也有一些不错的原创网络歌曲。

2. 改编网络音乐

改编网络音乐是根据已有的现成歌曲改编歌词而成的网络音乐，它常常具有讽刺、夸张的意味。例如，深受网民喜爱的《禽流感之歌》即是根据电视剧《打工妹》的主题曲《我不想说》而改编的。《禽流感之歌》创作时正值2005年禽流感爆发，作品以小鸡的悲惨遭遇为内容，在一定程度上反映了当时社会大众对家禽的恐惧情绪，借小鸡之口控诉人类不平等对待生物。

3. 借助网络传播的传统音乐

顾名思义，这种网络音乐是最广义上的网络音乐，是传统音乐在网络上的"翻版"，给推动传统音乐产业的转型和发展带来了巨大的机遇和挑战。

4. 音乐游戏（Music Game）

音乐游戏是一种富有消遣性的音乐产品，这种音乐产品会根据乐谱和节奏设置弹奏节点提示，玩家通过按键或击打模拟乐器，触发游戏系统发出相应的音效。在游戏中，弹奏点（玩家们称之为 Note）贯穿整个乐曲，会随着乐曲的播放不断出现，不同的弹奏点也对应着不同的按键。因此，当玩家在玩游戏的时候，就仿佛亲身在演奏音乐。

音乐游戏需要玩家对音乐的节奏有很好的把握，同时手指的独立性以及手眼协调的能力也非常重要。玩家独立完成弹奏的曲目难度越高，其手眼协调性越高。在这个过程中玩家不仅能够获得通关的成就体验、自我肯定情绪，还能够宣泄不良情绪、释放生活压力。音乐游戏是一种非常好的放松方式，比起单纯杀怪、升级、炼装备的游戏，也更为健康、绿色。

（三）根据网络音乐产品传播渠道分类

网络音乐按照产品传播渠道的分类标准可以划分为无线音乐、在线音乐。无线音乐也被称为移动音乐，其音乐产品传播渠道是移动通信网络，借助此种渠道无线音乐向人们提供手机等移动终端的音乐播放或下载功能。在线音乐也被称为互联网音乐，其音乐产品传播渠道是互联网，借助此种渠道在线音乐向人们提供由服务商到个人移动终端的下载或播放功能。计算机的应用使音乐作品创作逐渐摆脱了对商品媒介的依赖，创作者的音乐语言更具有自由自主性。音乐作品的网络传播将对新时代的音乐产业产生巨大影响，引导音乐产品的生产、传播。网络音乐发展成了不同的传播形式，主要包括以下几种。

1. 免费下载

用户不需付费，即可在网站上下载获得音乐资源。由于涉及版权归属问题，目前免费下载的途径已经逐渐由网络下载转为搜索链接下载。

2. 收费下载

用户通过包月或者计量等方式支付一定费用，即可获得所需的音乐资源。与免费音乐下载相比，收费下载的速度通常较快，音乐产品的质量也较好，服务器也较为稳定。

3. 手机铃声下载

有运营商加入，通过移动通信网络进行的收费下载。

4. 手机彩铃、固话彩铃下载

下载要收取一定的费用，囊括各种音乐类型，依托于电信、移动手机增值业务的发展迅速兴起。

5. 网页音乐、彩信音乐

以背景音乐的形式出现，通常嵌入在网页 Flash 或手机彩信中。

6. 在线音乐音效库

有下载要收取费用的音效，也有免费的音效，音效库包括背景音、经典音乐、流行音乐，其中以背景音为主要音效类型，网页编辑、混音、影视声音编辑等都要用到背景音。

网络音乐消费者可以通过上述传播模式在不同地点、时间接受网络音乐作品，也可以自由自主地选择、试听下载音乐，并与他人在网络上互动，网络传播以其显著的速度快、范围广、工具多样化等传播优势促进了音乐作品的传播与完善。

三、网络音乐的特点

（一）自主性和交互性

人们在互联网的交互活动过程中不仅是资源共享的受益者，同时也通过互动、协作、展示等手段将知识信息反馈回网络，在无形中也担任着信息资源的建设者角色。不同年龄、文化、价值观和意识形态的人们都能获得广泛而自由的认知空间，也增加了更多知识的涉猎机会，从而获取多元化的信息来满足内心的需求和喜好。计算机网络所呈现的人与计算机、人与网络信息源、人与人之间全方位、多层次的即时互动特性促使音乐信息在进行传递的过程中一并完成教育目的。它提供了多种交流的服务，可以通过多种聊天工具在线进行的文字、语音、视频等形式实时交谈，也可以通过网络邮件、网络贴、微博等页面的留言、评论来进行非实时性沟通交流。在网络中的教育者和受教育者可以建立双向或多向的交流互动，学习者可以向专家进行问询，也可以在音乐爱好者之间展开互动，交流对象足以扩展至五湖四海，从而形成学习交流圈，增强音乐学习的环境和氛围，促进个体音乐学习的效率。网络音乐教育正是站在网络这一优势平台上扩大音乐艺术的影响，在不一样的音乐学习和教育体验中提升人们对音乐学习的自发性和主动性。

（二）多样性

随着科技的不断发展，传统的音乐传播方式发生了巨大的变化，音乐沙龙、歌剧院等传统音乐传播场所也采用现代化的传播手段，以此实现快速有效的信息传播。网络与音乐的发展是相互影响、相互促进的，音乐是时间与传播的艺术，互联网的迅速发展为个人参与音乐创作与传播创造了平等的多媒体平台，两者结合发挥出了传统音乐传播无法比拟的优势。现代音乐传播方式出现后，音乐的多样化特点日益突出。音乐的形式呈现多样化发展趋势，由此为人们的音乐生活提供了多样化的新颖体验。网络音乐传播是网络音乐区别于其他音乐传播方式的显著特征，其形成的必要条件是计算机与互联网的应用和发展。

网络音乐的多样性体现在音乐形式、种类的丰富性。依据音乐用途标准，可以将网络音乐划分为网络游戏音乐、网络广告音乐、视频音乐、FLASH 音乐、MIDI 音乐等多种音乐形态；依据惯用的乐种分类标准，可以将音乐划分为民族音乐、现代音乐、古典音乐、通俗音乐、声乐、器乐等。由此可见，网络音乐涵盖了丰富的音乐种类，彰显了极强的多样化优势。

需要注意的是，虽然网络音乐传播媒介极大地改变了人们传播音乐信息的方式与过程，使音乐的题材、风格等方面发生了巨大变化，但传统音乐传播方式仍然存在，且与网络音乐传播共存并行。

（三）重复性和再现性

音乐信息的传播给人们带来美的享受，但在传统音乐传播方式中，人们只能去往某种特点的音乐提供场所才能欣赏自己喜欢的音乐，比如音乐厅、歌剧院、音乐沙龙等，而且一场演出结束后，观众再也不能欣赏到与之完全相同的曲目表演，因此，传统音乐传播方式会受到空间、时间的限制。信息传播方式的变革打破了传统音乐传播方式的困局。

电视、广播等现代传播媒介的出现，打破了传统音乐传播方式在时间上的限制，借助录影、唱片等手段，音乐作品能够再现特定时间、场合的音乐表演情形，有利于保存经典音乐作品，极大丰富了人类艺术的宝库。但是，这种传播方式也存在一定的缺陷，电视、广播在音乐传播中存在时间以及内容的局限性。

网络音乐传播方式的出现，使音乐作品仍然保持再现性，同时，与电视、广播等媒介相比，网络彻底打破了时空、内容的局限，网络音乐作品能够被不断地重复、再现。借助互联网，人们能不受任何时间、空间限制，无限量的传递、下载自己喜爱的音乐作品，在反复欣赏音乐作品并实时分享审美感受的同时，把自己从作品中获得的审美愉悦感传递给志同道合之人。网络音乐传播从根本上摆脱了外部因素对人类视听的种种限制，这都要归功于互联网的远程性、交互性、开放性等特性。

在网上欣赏、下载音乐作品已经成为人们音乐产品消费的主要模式，音乐作品形式以 MP3 格式的音频文件为代表，可见网络对社会音乐生活带来的巨大冲击。网络音乐作品在消费市场上的流通，强化了它的再现性与重复性。

第二节　网络音乐的制作方式及产业价值链

一、网络音乐的制作方式

（一）前期 MIDI 技术

乐器数字接口（Musical Instrument Digital Interface）是在音频领域内应用的电脑多媒体技术，其英文名字缩写为"MIDI"。MIDI 主要的功能就是将键盘乐器的声源转化为数字信息并完成储存，其系统由 MIDI 连线、数码录音机、合成器、调音台、电脑、音源、电脑音乐软件等共同构成。

MIDI 的信息获取是自主的，只要演奏者用键盘乐器演奏音符，MIDI 就能将其记录并存入电脑。以第一国际标准音 A 的创作录入为例，MIDI 乐器获取、储存信息的过程如下所示：演奏者以特定速率演奏标准音 A 音符，这种速率通过常表现为音符的音量，借助键后触感技术，改变按压键盘的力度，随后停止演奏，如果键盘乐器弹奏出音符的音色不理想，可以借助合成器调整；随着演奏的结束，MIDI 系统也完成了信息的转化与录入工作，乐器声源被转化为数字信息传送至电脑音乐软件，众多参数汇聚在一起一同被工作站记录下来。MIDI 系统对乐器声源的信息转化是非常精准的，如果演奏过程中某个乐器部件发生改变导致演奏音符有所改变时，MIDI 系统也会将这种细微变化记录下来。

MIDI 系统对音乐信息的记录是一一对应的，音符音乐性质相同，MIDI 的记录内容也会保持一致；相反，音符音乐性质不同，MIDI 的记录内容也会发生变化。以第一国际标准音 A 为例，无论演奏者用的是什么样的乐器，只要演奏标准音 A 不变，那么录入的 MIDI 信息都是一样的。MIDI 标准的内核就在于此，这种规范化声明方式使得 MIDI 系统生成的二进制信息拥有高度一致性。

MIDI 规范声明方式适用于所有 MIDI 乐器，这也是任意乐器演奏都能转化为准确音符组合的原因所在。这种生成信息的高度一致性也使 MIDI 乐器之间、能够进行 MIDI 识别的计算机之间的信息交换成为现实。在接收端的 MIDI 乐器或者计算机接收、识别之前，MIDI 接口须将 MIDI 系统从乐器演奏中获得的 MIDI 信息转化为二进制代码。MIDI 接口常见于 MIDI 乐器内部、计算机声卡内部。

电子音乐制作所采用的电脑软件称之为数字音频工作站。现今比较流行通用的工作站有斯坦伯格公司（Steinberg）开发的 Cubase、Nuendo，Cakewalk 公司开发的 Sonar，苹果公司推出的 Logic Pro 和 Pro Tools。这些软件都可以进行电子音乐创作，对于混音来说，Pro Tools 可能会更为人性化，更方便操作和应用。人们在进行编曲活动时，首先要有音源，而后可以利用数字音频工作站这一基础操作平台进行创作。最初的电子音乐制作靠的是硬件音源，也就是将录制好的采样素材制作成硬件音源，方便工作站的随时调用。计算机技术不断发展，软件技术也在不断更迭，软音源顺势而生，相对于硬件音源来说，软音源彰显出体积小、内容数量多等优势。常用的软音源开发公司有 Roland、Yamaha、Native Instrument 等，这些公司开发的音源种类多、便于调用，因此大多都已经成为现在主流的编曲音源。

如今，软音源已经发展到了一定高度，只要编曲制作者认真仔细地修改调整编曲素材，就能够使曲目呈现真实乐器的演奏效果，其真实程度已经能够与真实演奏相媲美。例如，LA strings 弦乐音源的使用技巧在于力度值的控制，不一样的力度值范围代表着不同的弦乐演奏技法。这一点与罗兰管弦乐音源的力度值控制音量大小、斯坦威大钢琴音源的力度值控制钢琴触发的力度等都是不一样的。

另外，电子音乐制作所采用的数字音频工作站的软音源还有很多合成性音源音色，比如 pad 音色、lead 音色、鼓机 loop 和 groove 音色等，这些都是正常乐器演奏不能发出或是超出演奏技巧之外所发出的声音，电子音乐制作技术通过数字合成将这些音色制作出来，便于编曲者更好地进行编曲创作。例如，雅尼和万吉利思等"New-age"风格的作曲家都是得益于合成性电子音色的出现，才使得他们的曲子有了新的表现力和时代的特征。

综上来看，无论是利用硬音源进行读取性创作，还是运用计算机软音源进行编曲，都需要制作者对数字音频工作站有着极其透彻的了解，对不同音源自身的特点有着相当深入的研究才能使得编曲过程更为迅速，编曲的结果更加贴近真实演奏。这样才能更好地让不同年龄的受众群体接受电子音乐制作方式创作出来的乐曲。

（二）后期混音技术

优秀的后期制作是网络音乐作品制作的重要一环，其中对人声的处理是否正确直接关系到歌曲的成败。网络音乐作品的后期制作，就是在作品录制完成后，为使人声更加突出、取得良好音乐效果而进行的音乐作品加工与完善。一般来说，网络音乐作品的后期制作步骤主要为降噪、激励人声、压限、增强人声的力度和表现力、混响、转化立体声等。

后期制作首先要进行降噪，这样才能尽可能排除外部环境音的干扰，制作出更为纯净、可赏性更强的音乐作品。

再有就是激励人声，这一步是为了迎合听众的审美需求。音乐后期制作者要将整首作品的不合理之处调整修改，所以他们往往要将每个细节都听得清清楚楚。听众则不同，他们欣赏音乐作品一般会出于一种情绪目的，所以不会注重作品的细微之处，曲调和人声是听众最关心的两个要素，因此，必须要激励人声，让听众听得清楚明白。面对不同频率的声波，人耳的听觉反应灵敏度是不同的，人耳对中频、中高频、低频人声的反应灵敏程度顺次递减，所以录制好的声音振幅一般在 2~2.5 左右最为适宜，如果录入人声力度较小，就要以高音激励。处理好人声后，制作人员再根据人声来调整总音量，这样就可以实现比较优秀的听觉效果。除此之外，压限也是调整人声的重要步骤，贯穿于人声调整的全过程。压限的目的是将人声控制在一定数值的平均线上，避免高音转为噪音，也避免低音太过浑浊。为此，后期制作人员可以通过调节人声音量大小的方式来完成压限。

经过激励人声、压限等步骤，制作者已经将人声的基本状态调节完毕，接下来就要优化人声使其达到均衡状态，增强人声的力度与表现力，使其表现效果更清晰、通透、自然。在均衡人声的时候可以运用混响技术，混响时长视具体情况而定，录制环境、演唱者专业程度、演唱者性别等因素都需要纳入考虑范围。从录制环境来看，如果演唱者在容积较大、吸气不足的房间完成录制，那么混响时长应短些；从演唱者专业程度来看，业余歌手声音多有不足，可采用较长的混响时长加以掩盖修饰，专业歌手的原有音色特征比较强烈，混响时长不宜过长；从演唱者性别来看，女声演唱时可采用较长的混响时间，男声演唱时宜采用较短的混响时间。

转化立体声是处理人声的最后一步。一般情况下，网络音乐作品录入都以单声道形式表现出来，为此，制作者应采取立体声转化的方法使作品人声更加富有立体感。

完成以上步骤以后，制作者还应根据歌手的演唱水平、整体作品效果等，对作品进行微调使其更加完善。网络歌手的演唱水平较高，制作者应适当减小伴奏音量以避免掩盖人声；相反，网络歌手如果出现音准不佳等问题，制作者就应该采取混缩方法，加大伴奏音量，加以掩盖不足。最后，制作者还应完整地听一遍作品，检查音频是否均衡、是否需要增加辅助性音效等，调好 EQ，保存。保存音频文件时，一般选用 MP3 格式，这种格式在目前来看应用最为广泛，与各种设备的适配度更高。

二、网络音乐的产业价值链

（一）网络音乐产业价值链模式的构建

网络技术的不断进步带动着网络音乐的不断发展，如今，网络音乐已经成为音乐产业中最重要的利润来源，网络音乐产业蓬勃兴起，对传统音乐产业价值链造成巨大冲击，并以传统音乐产业价值链为生长基础，构建起网络音乐产业价值链新模式，成为音乐产业价值链的重要一环。

音乐产业新型价值链共有四条，一号链是传统唱片发行链，二号链是传统媒体产业链，三号链是演艺经纪链，四号链是在线音乐、无线音乐产业链，前三条产业链属于传统音乐产业链，四号链是网络音乐产业链。

一号链在我国现在的音乐产业链中比较薄弱，其发展呈现淡化趋势，原因主要有两点：第一，从音乐产品生产的角度来看，与网络音乐产品相比，传统唱片发行的成本更高。发行同样的音乐作品，传统唱片的盈利空间更小，其收入不及网络音乐作品的三分之一，对于产品生产者来说，商家贩售产品的主要目的就是盈利，这样一来，商家传统唱片的生产意愿大大降低了；第二，从消费者的角度来看，即使有一部分拥有收藏情怀的消费者愿意为了唱片付出钱财，但就普通民众来说，网络音乐的便捷性、技术性更高，人们购买网络音乐产品的意愿更为强烈。值得注意的是，虽然传统唱片行业发展并不旺盛，但它仍然存在于音乐产业中，拥有相对固定的市场消费群体。

二号链在当今社会中仍然占据着相对重要的地位。传统媒体产业链形态以电视、电影最具代表性，其覆盖范围以及用户数量依旧非常可观，本身就具有重要影响力。该链条虽然会受到网络音乐产业链的冲击，但也会与新型媒介发生交互作用，促进新旧媒体之间的互动、联结，这也为音乐产业提供了发展机会。近年来，越来越多的电视节目借助电视、手机、互联网这三大媒体平台进行宣传，其中手机为付费主平台，电视、网络为宣传主平台。

三号链为中国的音乐产业提供了重复发展的机会，目前是中国最重要的音乐产业收入来源。过去，由于经济利益的驱使，演艺经纪链曾经将中国音乐产业发展引入歧途，但不可否认的是，演艺经纪确实促进了音乐产业投资的收回，从而为音乐产业发展提供动力。网络音乐时代来临，新旧媒体融合促进影视行业进入良性发展轨道，中国的演出市场日益兴盛，演艺经纪链将依然支撑中国音乐产业的持续发展。

四号链所提供的网络音乐是当今最受欢迎、应用范围最广泛的音乐形态。网络音乐是未来音乐产业产品的主要形态，提供网络音乐产品服务的数字平台也将因此得到极大开发。

网络音乐在中国呈现迅猛发展态势的原因主要有三点：第一，移动端多种支付方式发育成熟；第二，移动通信链条严格保护音乐版权；第三，移动端口用户数量不断增加。互联网发展初期，虽然音乐传播与消费超越时空局限，但由于计算机不便于携带，所以网络音乐产业的发展并不迅速，随着手机、网络的更迭，网络音乐产品才以迅猛发展之势占领音乐市场，从此，网络音乐链条在中国音乐产业链条中发挥着日益重要的作用。

网络音乐作品传播的模式主要有两种："创作——乐谱——表演——唱片——网络——听众"模式，它被称为 CNPRIA 传播；"（创作——乐谱——表演）——网络——听众"模式，它被称为（CNP）IA 传播。

CNPRIA 传播的对象是已出版发行的录制音乐作品，其传播、处理具有一定的格式要求。从理论上来说，CNPRIA 传播不受任何时空局限，只要音乐网站存在，网络音乐就可以无限传播从而到达世界任意角落，并且能够一直保持传播的活力状态，这是无线电传播所不能实现的。排除其他因素的制约，如音乐著作权等，CNPRIA 传播能够实现唱片传播基础上的新一轮强势传播。

网络音乐传播与无线电传播相比，拥有巨大优势。首先，从空间层面来看，网络音乐传播不受空间因素的干扰，其传播范围遍及世界各个网络空间，音乐作品以立体声形式传播。无线电传播具有极大的空间局限性，容易受到空间电磁波的干扰。调幅广播是无线电传播模式的代表性媒介，其短波的传播受到电离层反射与发射功能影响较大，其中波在白天的传播只能覆盖方圆 100 公里的范围。在传播过程中，外部环境中各种电磁波的干扰会对音质产生不良影响。更何况，调幅广播所传播的音乐作品并不具备立体声形态。

其次，从时间层面来看，网络音乐传播具有永久性，音乐作品只要进入网络服务器内，流入传播领域，就能产生传播效应，只要传播不死，作品将永远处于被传播状态。无线电传播具有一次性，一首音乐作品只能被传播一次。从某种意义上来说，无线电传播重在传播结果，而网络传播实现了过程与结果并重。

（CNP）IA 传播的对象是自我原创音乐或自我其他音乐，传播者为满足自身需求，用自己的作品参与传播过程，以此实现宣传自我作品、满足自身创作欲及表现欲、与他人进行交流交往等目的。由于传播者发布的是自己的作品，因此该传播模式不受著作权制约。

（CNP）IA 传播模式意义非凡，能够以实现作品的无限次传播。在传播过程中，传播者主要以 MP3 格式、MIDI 格式、WAV 格式上传作品，接收者主要以远端计算机在线浏览、下载的形式获得音乐作品。

（二）发展网络音乐产业价值链需要注意的问题

1. 音乐内容永远是价值链核心

网络音乐产业链的核心永远是高质量的音乐产品内容，无论科技怎样发展、所提供的音乐产品服务如何便捷，消费者对音乐产品的终极诉求永远集中在音乐产品本身，只有产品本身的质量够高，网络音乐商业模式才能更好地发挥作用。歌曲和歌手是唱片公司的两大资产，进入网络音乐时代后，这两者仍然是音乐公司核心竞争力的组成部分，公司发布的热门歌曲数量、热门歌手数量是其综合能力的直观体现，不同公司之间的多方面竞争最终都会归结到原创能力、造星能力的比拼。技术的进步、数据的发展都不能取代优质内容的地位，新平台、新媒介只能加速音乐信息的传播，并不能从根本上改变音乐作品传播的整体趋势。所以，应以音乐内容为核心标准，通过创新赋予音乐内容以时代精神，通过创作高质量音乐作品的方法来维护网络音乐产业链的持续发展。

2. 多元化价值链，完整利用价值链

网络的发展为中国音乐产业提供了新的发展机遇，促使众多经济发展因素进入音乐产业，从而促进了音乐产业价值链的扩张、延伸。中国音乐产业高度数字化，正在经历数字革命，音乐产业的盈利模式、产业链结构因此发生着巨大变化。音乐产业的数字化具体表现在网络歌手选秀节目、网络音乐软件平台、在线收听和下载音乐作品、网络音乐产品在线消费等方面，音乐的网络化、数字化正在把多个产业连接在一起，推进"音乐+"模式在众多产业的实践。

技术、版权、政策、利益分配等多方面因素都对音乐产业价值链的生成和发展具有重要影响，这些也是实现网络音乐产业链动态平衡发展需要重点关注的要素。当下，人们日常生活中最常见的音乐娱乐活动都与网络音乐产业有着密切的关系，但产业的规范化还有待加强，为此，需从两个关键因素入手，即完善网络音乐产业相关法律法规、调动唱片公司积极性，这样才能更好地引导普通民众规范化参与网络音乐产业消费活动，才能实现整个音乐产业价值链的长久运行。除了完善网络音乐价值链自身之外，还应促进新旧媒体融合发展，实现传统唱片发行链、传统媒体产业链、演艺经纪链与在线音乐、无线音乐产业链的协调发展，加强传统音乐产业链与网络音乐产业链之间的联系、互动，以多种产品形式包装、传播优质音乐作品，以多元化的音乐产业链形式发挥网络音乐产业链的最大价值效用。

第三节　网络音乐的传播技术与传播方式

一、网络音乐的传播技术

网络音乐的传播技术是以 MP3 为核心的技术。MP3 本意并不是某种音乐播放软件或是播放器。它是国际标准化组织与国际电工协会共同发起的运动图像专家组开发的一种音频压缩技术。MPEG 音频压缩算法是一项国际化的标准，它专门用于处理高保真音频信号的压缩。MPEG 标准是一种具有高复杂性、高密度性、高音质的算法。这种数字压缩算法使数据的存储与传输更为有效，同时，压缩的形式多样性也使编解码器变得更为复杂。MPEG 音频标准中的压缩明显分为三个层次。第一层是使用最小化编码形成的最基本的算法，最适用于信道比特率高于 128kbit/s 的情况。第二层具有中间层的复杂性，最适于信道比特率在 128kbit/s 左右的情况。本层的应用有数字音频广播的音频信号编码等。第三层是最复杂的一层，但是它提供了最佳的音频质量，特别适用于信道比特率在 64kbit/s 左右的情况。音频信号经过 ISDN 传输时，最适合使用本层所提供的压缩算法。

（一）MP3 的产生

MPEG-1 的第三层可以提供一套完整的基于感知的音频编码方案，这就是大家所熟知的 MP3 新标准。这一算法中应用了心理声学模型以达到 1∶12 的压缩比率。这一模型应用人耳的特性，最大限度地保持了原始声音的质量。MP3 是 MPEG 音频编码家庭中最有力的成员。对于既定的声音质量，它能提供最低的比特率，或者说，对于既定的比特率，它能获得最好的声音质量，也就是人们常说的性价比最高的状态。

（二）MP3 编码器

编码器是一种计算机算法。它使用心理声学模型（即基于感知的模型）将原始的数字音频文件压缩成为 MP3 文件。压缩算法使用心理声学模型以缩小原始声音文件的大小，同时也使用了均衡量化器和编码器。通过使用快速傅里叶变换（FFT），时域的原始声音信号被转换至频域，以提供各个频率元素的振幅。人类的耳朵所能听到的声音信号的振幅只有确定的一些值，而且频率在 15~20000Hz 之间，了解了这一事实，音频信号的大小就很容易被缩小了。例如，对同时具有很大声响（即信号中有许多的频率元素）和微弱声音（即信号只有少量的频率元素）的音频信号进行压缩时，压缩算法去除了微弱声音的信号，因为这种声音不可能让每一个人都听到。这一技术被称为声音掩蔽。这种做法是十分有利的，因为被移除的信息不再需要占用硬盘空间和互联网带宽。

MP3 文件的一个重要特点是在它被编码后还可以被"流动化"。MP3 文件流其实是将 MP3 文件中的比特段经由互联网传送至电脑的过程。MP3 文件流的产生使互联网上可以拥有 CD 音质的广播站。WAV、AIFF 和 AU 等这些旧格式的音频文件容量都较大。如果想通过网络播放这些格式的文件，首先需要等待整个声音文件通过互联网下载完成之后，才能开始收听。但是，使用音频文件流不需要等到整个声音文件完全下载完毕，就可以开始播放声音了。当然，只有拥有了高度压缩的声音文件以及快速的调制解调器，音频流体化才可能实现。过去，大多数在线广播的音质与调幅无线电广播的音质相仿，有较严重的失真。因为只有缩小原信号的带宽，才能将信号传送至标准的 56kbit/s 调制解调器进行处理。而现在，通过使用电缆调制解调器技术，同样的广播站可以使用 MP3 工艺经由互联网广播出高质量的声音信号。

（三）MP3 解码器

MP3 软件解码器是一种计算机算法，它将 MP3 格式的文件转换成为可以通过声卡或其他音频设备播放的 WAV 文件。解码器接收比特流，并对其进行与编码器相反的处理。首先，比特流被解码，而后被简化。最后，使用傅里叶逆变换（IFFT）将频域中的信号重新转换至时域，这样声音信号才可以通过声卡或其他音频设备播放出来。

（四）MP3 发展现状

随着 MP3 技术的出现，对音频文件的存储及恢复得到了惊人的发展。最初，通过互联网下载一首 60MB 的歌曲需要近 4 小时 10 分钟，而在利用了 MP3 技术和它 12：1 的压缩率之后，现在下载同样的一首歌曲可能只需要 20 分钟。如果再使用电缆调制解调器的话，可以节省的时间就更多了，只需要 1.5 分钟就可以下载这首歌曲。网络快速下载的能力，使人们越来越热衷于在互联网上下载和交易 MP3 文件。而 MP3 强大的压缩算法使整个 CD 音乐库可以被存储在几张而不是几百张 CD 中。

除了 MP3 技术，目前还有一些其他的音频编码技术。MP3pro 是 MP3 技术改良而来的，在拥有与 MP3 格式同样音质的同时，文件的大小却只需原来的一半，且与 MP3 技术之间相互兼容。也就是说在 MP3 上要用 128kbit/s 来达到的音质，在 MP3pro 上仅用 64kbit/s 就能够实现，但是由于技术版权等问题，这一项比较有潜力的技术被淹没了。又如 Real Networks 公司推出的 Real Audio，它最大的特点就是可以实时传输音频信息，尤其是在网速较慢的情况下，仍然可以较为流畅地传送数据，因此 Real Audio 主要适用于网络上的在线播放。但是，这种声音格式的音质由于受到自身编码的影响，只能够达到广播收音的质量，所以在随身听的市场上也没有得到广泛的推广。

MP3 技术很好地克服了其他编码技术在发展中所遇到的阻力，成为目前音频编码技术中当之无愧的霸主。经过短暂的十几年发展，MP3 技术已经从默默无闻变成了一项应用最广泛、知名度最高的音频标准。但未来是什么样子，没有人能够预知。由于技术的不断发展，更新的技术还会出现，MP3 技术的前景也许并非想象中那么光明。然而，可以肯定的是 MP3 技术目前使用广泛，不可能突然之间彻底消失，其格式可能还会经历一些变化，比如满足 MPEG-1 第四层协议或者其他压缩率更高算法的格式，也许有机会亲眼见到下一代更为强大的 MP3 标准的出现。

二、网络音乐的传播方式

（一）P2P 共享软件的音乐传播

P2P 共享软件是 Web2.0 时代的产物，目前国内使用范围较为广泛的 P2P 工具以 QQ 音乐、网易云音乐、迅雷等软件最具代表性。其中，QQ 音乐、网易云音乐是专门下载音乐作品（包括音乐、视频）的软件，迅雷则是综合性的文件下载工具，它不仅能下载视频、音乐，还能下载软件、文档等。这些 Web2.0 的时代产物与 Web1.0 时代的工具产品存在较大差异，下面将从三个方面进行分析比较。

1. 资源配置差异

Web1.0 时代，音乐网站的管理人员独享音乐资源的发放资格，他们对音乐信息进行筛选、把关，而后将选取信息进行数字化处理，通过网站平台将音乐资源公之于众。这个过程恰好表明，在网络音乐发展初期，产业运行模式还带有传统音乐产业的色彩，这种发放资格的局限性，导致网络音乐资源不全面。Web2.0 时代，网络音乐资源实现了多样化发展，众多网络平台出现了以前不被主流媒体所认可的音乐资源新类型，这是因为音乐资源发放资格已不再独属于网站管理人员，普通网民借助网络平台就能随意发布、接收音乐信息，这种资源配置模式促进了网络音乐产业的良性发展。

2. 传受角色转变

Web1.0 时代，传受双方角色固定，各司其职，传播方决定音乐资源的具体内容，接受方只能被动接受音乐信息。Web2.0 时代，音乐共享理念盛行，传受双方角色发生转变，传播者与接受者之间的界限变得模糊，一个人上一秒还是音乐资源传播者，下一秒就有可能成为音乐资源接受者。Web2.0 时代，平等性、去中心化、个性化思想发展旺盛，网民对千篇一律的音乐信息逐渐产生了抵触情绪，网络用户对音乐资源的接受与传播过程都具有鲜明的自主性。

3. 下载途径变化

Web1.0 时代，网络门户网站垄断网络音乐资源，搜索工具的先进性也不及现在，因此，网络音乐作品的查找与下载都很不方便。在当时，专门的网络音乐网站与平台并未出现，网络音乐作品只能通过门户网站下载，这些门户网站以新闻资讯为主要内容，许多音乐信息以图文形式呈现，要下载网络歌曲就要在多个页面之间跳转，最终跳转到音乐作品所在软件的下载页，用户在下载软件后才能下载自己想要的网络歌曲。Web2.0 时代，网络音乐门户网站以及软件的出现使音乐作品的下载更加便捷，用户登录软件后就能够直接搜索并下载相应歌曲，这主要得益于搜索、下载工具一体化。

（二）抖音音乐可视化传播

1. 易用性传播

（1）操作步骤简洁

抖音的操作步骤十分简洁，主要体现在软件的使用条件、登录选项、页面操作这三个方面。第一，在抖音的软件使用要求上，用户打开软件无须注册就能够观看各类视频，当用户在试看过程中获得视听享受后，就会主动注册用户身份，这种试用模式增强了软件用户的注册意愿；第二，抖音为用户提供简单便捷的登录体验，用户在登录时可以选择 QQ、微信等多端口账号之一，完成一键登录，这种简洁的登录体验提高了软件用户留存率；第三，抖音的观看页面简洁，软件实现了对手机屏幕的合理布局，屏幕空间的功能性操作按钮、信息通知等十分醒目，页面层级跳转较少，这种交互设计既满足了用户多样化的观看需求，又增强了用户的便捷化使用体验。

（2）创作页面直观

抖音的易用性不仅表现为用户观看步骤简洁，而且表现为用户创作页面直观。抖音是视频软件，所以用户的平台创作就是视频制作。抖音视频制作包括拍摄、加工等功能。拍摄页面与手机相机拍摄页面相似，充分利用手机屏幕空间，减少不必要的功能设置；视频加工功能是抖音吸引用户创作的主要手段，抖音的视频加工工具主要包括各式各样的特效、贴纸等，开发者还根据时事热点等更新特效和贴纸素材库，这个功能设置不仅增加了抖音的趣味性，而且还赋予软件以潮流特质。

2. 符合年轻群体需求

（1）满足年轻群体展现自我的需求

抖音作为音乐可视化平台，开辟了年轻群体展现自我的新途径，满足了年轻群体展现自我的需求。

抖音的内容推送机制具有"去中心化"的特征，平台通过用户的视频喜好数据，推送给用户可能感兴趣的视频类型，这种推送机制不仅满足了观看者的个性化需求，也增强了创作者的积极性，有利于视频创作者集思广益、创新创作思路、表现形式与题材内容等，通过竖屏视频、特效贴纸、美颜滤镜等满足视频创作者改变自己外貌的需求，呈现放大、美化、猎奇等不同效果的视频风格。这些创作功能都使年轻群体的表现欲得以满足，获得平台用户的关注与欢迎又进一步增强创作者的表现欲望。

（2）满足年轻群体的社交需求

抖音的音乐可视化传播具有社交价值，其功能设置放大了用户的分享欲，分享功能与个人社交媒体账号授权式连接，音乐作品不仅能够在抖音平台传播，而且能够在微信等社交软件上传播，通过音乐作品的分享可以聚集一大批对作品内容产生共鸣的同好，扩大潜在平台用户群体，吸引更多新用户注册使用。

3. 可观察性与便捷性强

抖音正受到越来越多年轻人的青睐，其竖屏视频的音乐作品传播形式延伸了人们对音乐的视觉体验，平台本身创新性强，注重用户的个性化体验，功能使用简洁便捷，满足使用者的社交需求，这些都是抖音可观察性、便捷性的具体表现，这些优势条件与"创新与扩散理论"的创新五要素不谋而合。

抖音的音乐作品寻找新颖的平台运行机制，给使用者带去无与伦比的视听享受。算法机制的应用为用户提供了高度个性化的平台服务，有利于留存现有用户；推广机制扩大了潜在的用户群体，在推广过程中抖音不仅进行官方宣传，通过在网络综艺等节目中提供赞助等方法，提高知名度，而且还注意与线下实体店加强合作，进行跨平台宣传。分享与传播机制的应用满足了用户的参与感、期待感、分享欲，新话题的持续创作促进了音乐内容的实时创新，社交账号关联功能提高了抖音的曝光率，老用户分享喜爱的音乐视频作品能吸引更多新用户入驻平台。

第四节　网络音乐传播中的侵权问题

一、网络音乐传播中的侵权现象

（一）互联网综艺节目使用音乐侵权

很多有热度的音乐综艺节目让优秀音乐作品得到传唱，为音乐爱好者提供了视听盛宴。但是在演出后，总会引发音乐版权问题。音乐授权维权引发持久热议，作为高收视率的音乐类综艺节目，不仅在现场比赛中赢得收益，而且对演唱曲目的现场版进行二次售卖与广泛传播中也能获得巨大的经济利益。曲目演唱者一般不会事先征得原作者同意就在节目上演唱，翻唱者确实没有从他人音乐作品中直接地获取实物利益，但这种行为本身就已经进入了音乐消费的行业领域，原创者的著作权理应得到尊重，不申请作品授权将会严重损害原创者权益、打击原创者的创作积极性。一般来说，这种的翻唱作品的热度越高、传播范围越广，对其原创者的伤害就越大。

（二）数字音乐平台侵权

数字音乐平台以音乐作为主打，音乐作品收录，歌曲授权等工作本应是最基本的工作。在互联网时代下，音乐平台的音乐收录范围进一步扩展，授权音乐在音乐平台中播放需要多方授权，这里的"多方"不仅包括歌曲的表演权，而且包括歌曲的录制版权、词曲使用版权以及平台发行权等多个方面的权力，只有平台被授予多方原创版权许可后，才能使用该音乐作品并从中盈利。无授权直接收录作为自家平台的盈利歌曲，是对著作权人的权利的极度侵犯。一方面是数字音乐平台的侵权问题，部分歌曲未得到著作权人授权就被收录到音乐平台，所获得的利润归平台所有。另一方面是音乐著作权人在数字音乐平台进行音乐上传时需要仔细研读服务条款，了解版权归属问题。如网易云音乐服务条款第 11 条信息储存及相关知识产权中就存在这样的表述"用户在提供内容时将授予网易公司一项全球性的免费许可，允许网易公司使用、传播、复制、修改、汇编、改编、再许可、翻译、创建衍生作品、出版、表演及展示此等内容。"简单来说，一旦将自己的原创音乐作品上传到网易云音乐上，则该原创音乐的版权归网易云所有。

（三）音乐人创作表演侵权

互联网承载资源十分丰富，在音乐领域借助互联网能够进一步打破国家界限，音乐作品创作中有众多的国际间交流合作进行音乐创作，但是也存在着一些音乐人利用跨国界的便利进行音乐的侵权创作行为。音乐创作人在音乐创作上需要重要的灵感与辛勤的努力，尤其是在作曲方面上，在网络直接使用作曲进行再创作时一般会签订曲调的使用协议，双方需共同遵守，在创作时更应该表明作曲者姓名等，作为作曲者的授权声明。跨国际范围内通过网络达成协议同样具有法律效力。

（四）网络直播中的音乐侵权

商场门店未经原作者许可播放音乐作品的行为也是一种侵权行为，长时间以来，大部分商场已经形成了这种行为惯性，许多经营者潜意识里觉得这种行为算不上侵权，这种思想一直延续到互联网时代。在互联网时代任何场景都可以被复制到互联网上，借助网络飞速传播。目前网络直播兴起，短视频，Vlog

等将机械表演的场景不断扩大，几乎与互联网空间范围重合，音乐被侵权的现象更加猖獗。机械表演，即利用光盘等记录载体，记录并传播表演内容的行为。自 2016 年以来网络直播飞速发展，直播内容涉及众多领域，但是网络直播的大部分都离不开音乐，有些直播内容是音乐类如对音乐作品的进行翻唱改编等。直播面向的用户群体巨大，有回放功能以可供用户随时进行收听。但是需要注意到大部分演唱歌曲并未得到著作权人的授权而擅自进行翻唱改编，同时会从这一活动中得到经济收入，但是作为歌曲的著作权人并未获得任何经济收入。

（五）短视频制作的音乐侵权

短视频创作吸引观众注意的一个重要因素就是适宜的背景音乐，被选取的音乐片段较短，但这也需要获得原创者的授权。以抖音短视频为例的主打音乐的短视频产品，已经注意到音乐版权的保护问题。先后与多家唱片及词曲版权公司达成合作。短视频音乐侵权的关键，不是短视频制作平台，而是 UGC 自发创作的短视频。中国音乐著作权协会副总干事刘平表示，网络经营业态下的所有短视频应用均不属于著作权法规定的"合理使用"。

二、网络音乐传播中的侵权问题解决途径

（一）上传端与下载端双管齐下，规制网络传播不规范行为

上传端是指音乐服务平台、网络表演平台等各传播平台，接受音乐创作者的上传申请，将音频、视频、文字由创作者个人账户上传至平台，进行全网共享或部分共享的端口。下载端是指使用者通过音乐推广平台或者网页搜索对某一歌曲进行试听、下载、观看 MV 等各类下载行为的端口。各类音乐传播行为都需要"上传端——中转处理器——下载端"三步配合进行，根据美国的经验，治理网络版权问题的核心为对 P2P 软件的"P"进行控制①，因此对上传端和下载端的严格规制，可以在很大程度上杜绝侵权行为。

具体来说，上传端需要以音乐版权全网授权取代目前使用的独家授权。正如在案例一中网易云音乐的困境，部分大型音乐平台进行正版化整治，对平台上的歌曲采用付费制，但其他音乐平台继续使用盗版音乐供使用者免费下载。这对于积极获得音乐创作者授权的正版化音乐服务平台而言是不公平的。因此，对于音乐授权应当做到全网全软件授权，而对于音乐创作者明确拒绝授权

---

① 张晓薇．美国网络音乐版权制度分析［J］．出版广角，2018（12）：67-69.

的平台应进行上传端封锁，避免未经授权的平台上传盗版音乐作品。

同时，对下载端监管不严密是盗版音乐得以盈利的直接原因，因此需要对该端口的下载增加付费前置程序。美针对我国版权保护薄弱的现状，可以放松对该付费程序的要求，如可以借鉴 QQ 音乐的治理方案，暂时允许使用者免费下载低品质低热度音乐，付费下载高品质高热度音乐、歌曲 MV 及其他高级服务，随后逐步缩小免费下载的范围，从而在不引起民众大量排斥的情况下，逐步加强版权保护。

（二）以互联网批量管理技术为主，人力举报和督察管理制度为辅

互联网环境下的音乐传播，速度迅速、范围广泛，我国现在虽然有音著协对音乐侵权行为进行集中认定和追偿，但单独依靠人力的监督管理是远远不够的，因此可以从互联网软件本身入手进行改进。互联网音乐传播侵权行为的主要特征为重复使用他人音乐作品，因此对于非传统 P2P 模式的音乐传播行为，如直播翻唱、网络营利性表演等，可以通过认定是否重复使用他人音乐作品对侵权行为进行精准定位。这种重复性的检验工作完全可以交由 AI 软件处理，在 AI 数据库中输入所有可以进行数字化的音乐作品，由 AI 系统自行进行数据化处理和储存，同时将该数据库与版权人许可平台、网络表演平台联通，对于全网各类音乐表演者的行为进行实时监控，一旦搜索到有音乐表演者演唱他人歌曲的行为，则进入版权人许可平台搜索该表演者是否与版权人就表演该歌曲达成合议，若发现表演人未经版权人许可私自表演该歌曲，则向网络表演平台发送警告，由网络表演平台选择关闭该表演者的表演窗口或用其他方式中断表演者的侵权行为。

需要说明的是，该体系构建并非天方夜谭，在人工智能技术先进的美国、德国等发达国家，类似体系已经应用于监测医生合理开药、工厂合理排污等领域。该体系的核心为相似行为识别、授权行为排除和违约行为警告，属于中级 AI 操作，且可以识别到大部分音乐传播侵权行为。

此外，对于无法进行数字化处理的音乐，或者对于是否侵权难以单纯通过音乐雷同识别的行为，由音著协最终认定，从而节约大量人力并保护音乐版权人的合法利益。

（三）完善法律制度，对互联网新生事物是否侵权进行明确界定

目前我国对音乐版权保护的有关条文主要分布在《著作权法》《著作权法实施条例》以及相关单行法中。《著作权法》第 48 条规定：有下列侵权行为的，应当根据情况，承担停止侵害、消除影响、赔礼道歉、赔偿损失等民事责

任；同时损害公共利益的，可以由著作权行政管理部门责令停止侵权行为，没收违法所得，没收侵权复制品，并可处以罚款；情节严重的，著作权行政管理部门还可以没收主要用于制作侵权复制品的材料、工具、设备等；构成犯罪的，依法追究刑事责任。该条款主要规定了七种侵犯著作权人权益的行为，并在《著作权法实施条例》中进行了进一步规定。

可见，我国法律虽然对属于侵权作品的处罚额度和执行主体进行了规定，并且规定了七种侵权的行为，但是并没有根据时代发展规定有关互联网共享、网络微视频等新生事物的侵权行为，导致在实务中法官判决不一致，且多为私下调解。，随着网络的迅速发展，音乐的主流形式已经从过去的唱片、现场演出、MP3 变为网络传播，制定一部约束网络音乐传播版权使用的法律十分必要。因此，立法部门需要与时俱进，针对互联网的音乐传播中的侵权行为进行细致的规定①。

例如，在当下网络直播全部盈利化的情况下，是否每一位主播翻唱每一首歌曲都需要经过版权人的同意尚有待斟酌；网络直播的高额利润如何在翻唱者与版权人之间分配；对于网络微视频、网络翻唱等并非完全营利性的互联网平台，如何界定哪些行动需要征求版权人的同意；对于上传作品本意并非盈利，而由于上传者的演绎为上传者带来了后期利润时，该利润是否需要与版权人分配；将歌曲作为网络微视频的背景音乐的营利性考量是否与将歌曲作为翻唱对象同等考虑等。

---

① 赵一洲. 我国网络音乐市场的现实困境与法律制度完善 [J]. 网络信息法学研究，2018（1）：281-292，316-317.

第四章 网络文学及其传播机制

随着互联网的不断普及，我国网络文学迅速发展，网络文学用户规模和营收规模持续扩大，网络文学行业发展路径更加清晰，涌现出了不少网络文学影视化及海外传播的优秀范本。本章主要对网络文学的概念、特征、价值、语言形态进行分析，并在介绍网络文学不同传播主体的基础上，对其相应的传播动机与传播策略加以研究。

第一节 网络文学的概念、特征与价值

一、网络文学的概念

网络文学，指以互联网为展示平台和传播媒介的，借助超文本链接和多媒体演绎等手段来表现的文学作品、类文学文本及含有一部分文学成分的网络艺术品，即以网络为载体发表的文字作品，随着互联网的发展而诞生，对互联网有很强的依附性。

广义上讲，网络文学包含所有在网络上发布的文学作品，例如文学网站、论坛以及个人微博。狭义上讲，指创作后首次发布形式为网络的文学作品。网络文学是一种新颖的文学类型，体裁广泛，如小说、诗歌、散文和喜剧等，其中以小说为主，文笔灵活，情节生动，具有很强的互联网属性。网络文学以其多样化的创作题材、娱乐互动形式吸引了大批用户群体，尤其是年轻人群。网络文学以网络载体来创作、传播、储存和阅读，在多个方面展现出了有别于传统文学的新特质。

二、网络文学的特征

(一) 表现形式的独特性

网络文学与传统文学之间有明显的区别，这主要体现在两者的表现形态、表达效果等方面。从表现形态来看，传统文学主要以"白纸黑字"为外在表现形态，以纸质媒介为主要传播工具，具有不可变异性、固定性；网络文学则以超文本为主要表现形态，依托于计算机以及互联网技术的发展，以多种媒体为传播工具，具有多样化、动态化的显著特征。从表达效果来看，传统文学借助纸质媒介能够实现图文并茂的艺术审美效果；网络文学的表达效果更直观、形象，并且突破了纸质传播媒介的固定性，实现了文学与音乐、图像、之间的完美融合，为读者提供更新颖的审美体验。这些差异产生的根本原因就在于，传统文学与网络文学之间的技术支撑不同。

从文学的叙述内容来看，网络文学承载的内容及其形式更丰富。网络文学的多媒体、超文本为读者提供互动性极强的阅读体验，网络文学的虚拟真实能力不断提高，读者不仅能够在网络文学作品中阅读文字，还能观看图片和视频、收听音频等非文字资料，随着技术手段的不断更新，读者还能在网络文学作品中产生震击等触觉感受。当然，这些技术手段的进步也对读者提出了更高的阅读技术要求。从文学的叙述模式来看，网络文学的叙述模式更具有多维度特点。传统文学倾向于直线式叙述，比较固定，读者阅读时也要按照作者的创作顺序进行。网络文学的叙述模式是没有固定顺序的，作者创作时按照网络结构组织块状信息，建立一个多维度的全息时空，作者创作、读者阅读都带有明显的非线性特点。除此之外，文字符号并不能直观、完整地表现出文本所描述的客观物象，这种特点一方面调动了作者的创作积极性、增加了作品朦胧美、扩大了读者的想象空间，另一方面，作者在创作时面临一定的表达困境，读者也有可能完全无法想象作品所描述之内容，只能借助想象以及生活经验等，才能勉强体味作品意境。而网络文学采用的是超文本结构，众多技术的应用延伸了人的感官体验，这不仅有利于作者在创作过程中的准确表达，也有利于读者在阅读过程中扩展思维，与作品、作者实现良性互动。

(二) 创作主体的平民性

自中国古代至中华人民共和国成立以前，文学界虽然也出现过不少平民文学、民间文学，但总体来看，文学的话语权主要掌握在少数人手中，自中华人民共和国成立以来，文学大众化进程有效推进。1949 年至其后的很长一段时间内，文学大众化的程度依然不高，在商品流通领域，文学作品作为一种商品，它的出版质量关系着销量与口碑，故其内容审核、作者资格审查等程序繁冗。拥有文学创作爱好的作家也只能通过这种形式发表作品，并通过报刊、信件等方式与读者进行交流互动，这重重关口有利于保证发布的文学作品的质量，但也不利于文学的多样化发展。

网络文学的出现大大增强了文学创作的平民性，文学创作的话语权得到有效扩展，任何人都可以在小说平台上以匿名形式投稿，成为网络作家，文学作品的发表程序也大大简化，发表门槛越来越低，这都使得文学的平民性、民间性大大增强，传统专业作家掌握的创作话语权扩展到整个网络世界中去。

从技术角度看，网络创作只需要一台电脑进行写作，发表到网上就可以。这种简单便利的发稿机制，为广大文学爱好者提供了开放、平等、自由的创作空间。这对于文学来说是一场革命，它推翻了精英的舞台，将文学创作置于大众广泛参与的平等自由空间之中，网络的宽容激发了所有文学爱好者的创作欲望，使广大网民普遍具有成为创作主体的机会。网络空间为人们提供了最大限度的平等和自由，使得网络文学创作在此意义上最接近文学的本质特征。

但是，网络文学的自由也带来了一定的问题，诸如网络的意识形态性相比传统媒体削弱了一些，把关人的概念也逐渐淡化，对政治经济集团的利益影响也常被忽视，网上出现了不少垃圾文学作品。这类文学作品虽然满足了少数人的猎奇心理和低级趣味，但作品充斥着放纵主义，过分强调文学作品对接受者的娱乐功能。一些作品语言粗俗，模式单一，艺术粗糙，都严重地影响了网络文学的质量和公共形象。

（三）创作内容的现实性

文学是人学，文学既然要反映现实生活，也要反映时代。传统文学，尤其被视为经典的作品往往有广阔宏大的社会历史背景，有丰富的社会生活，从而也折射深刻的思想意蕴，这仿佛已经成为衡量作品成功与否的标准。正是基于这种标准，有的批评家批评网络文学作品题材的固定化、模式化，反应的社会生活不够丰富。这是有道理的。但是，网络文学还是社会生活的反映，首先它是时代的反映。目前时代的主题之一就是网络技术的迅猛发展，由此进入了信息化时代。它不仅使文学的表现形式得到了大大的拓宽，而且为文学的创作和作品的发行提供了新的手段和媒介。网络文学的出现很好地适应了这个时代的主题。网络文学所要反映的生活不同于任何一个时代任何一个领域，它是这个电脑网络时代所特有的产物，它是表示独立于我们现实生活的符号，虽然无法在所谓真实中找一个简单的对应物，但网络文学仍是现实生活的反映。

在传统文学领域中，作家是专门的作品创作者，他们以创作为生，所处的社会层级也比较集中，并且，文学作品沦为政治统治工具的例子并不少见，比如"罢黜百家独尊儒术"，这种文学创作带有一定的功利性、教化目的。这种创作的相对不自由在网络文学领域有了较大改善，大部分网络作者并不以文学作品创作为生，他们的创作大多出于自娱目的，其创作内容主要迎合自身的审美需求，创作风格比较质朴，摆脱了现实生活对创作题材的束缚。其作品因其创作的主动性、平民化、真情实感，往往更能引起读者的共鸣，更能表现当下普通网民的共同心理感受从而易被普罗大众所接受，更加符合文学批评的现实主义原则。所以，网络文学反映的是网络生活本身，网络文学创作具有极强的现实性。

三、网络文学的价值

（一）创新价值

网络文学相较于传统文学形式而言，具有一定的创新性。不仅是在文学创作形式上有着一定的创新，同时在传播方式、呈现方式上也有着一定的创新，体现出一定的创新价值。

第一，媒介载体的创新。文学作品的传播必然离不开媒介的支持，传统文学的载体是纸质方式，是纯文字的方式，而网络文学的载体则是互联网，是多媒体方式，对于快消时代的人们来说，网络文学载体的形式使阅读更加方便。现阶段，很多人的手机里都装了网络文学 APP，可以随时随地进行阅读。而在 APP 中，网络文学作品并不只是以文字的形式出现，同时还可能会伴随着音乐、在线朗读等方式出现，这种传播的方式相较于传统的文学传播方式来说，创新性较高，且声音能够传达出更多创作者的思想情感，很容易与读者产生共鸣。在文字形式上，网络文学的字体相较于传统文学字体来说更具选择性，形式也多元化，很多网络用语都被应用于网络文学中，满足了读者不同的阅读审美。

第二，呈现方式的创新。在呈现方式上，传统文学作品的呈现方式是一个完整的艺术成品，是经过作者和编辑人员无数次的修改、审核之后才出版的艺术成品。而网络文学的方式则不同，很多网络作者都是在写了一部分作品之后就开始在网络上发布，且慢慢更新，读者的阅读方式也呈现出了阶段性特点。与此同时，由于网络是开放的，因此，很多读者都会在作品下方进行评论，有的还会给作者提供建议，作者如果对发布的章节不满意，那么就会删掉重新修改。有的作者还会在网络上更新自己的故事大纲、构思过程、创作背景等内容，读者们可以参与到其中，展开"全民创作"。这与传统的文学呈现方式有着较大的区别。

由此可见，网络文学有着一定的创新价值，无论是在传播方式还是呈现方式行，其创新性价值都能够激发并调动"全民文学""全民创作"的氛围和热情。

（二）精神自由价值

第一，对于网络文学的作者来说，创作自由空间较大。网络的整体环境要更加开放，兼容并蓄，在网络上发表的文学作品遣词造句、推敲斟酌的情况要相较于传统文学形式少很多。在传达作品精神、内涵的时候，也不需要考虑到太多束缚因素，只需要按照自己心里的想法进行创作就可以完成作品，既不会受到舆论的抨击，也不会受到大众主流话语的约束。因此，对于作者来说，作品中的精神内涵是自由的，无拘无束的。

第二，对于网络文学的读者来说，阅读自由空间较大。网络文学体裁的爆炸性增长，为读者提供了极大的阅读方便，读者的选择空间也更加广阔。读者如果阅读传统的文学作品，那么其需要到书店购买才能够阅读，如果读到一半不想读了，那么就会造成金钱的浪费。而网络文学则不同，其自由性和开放性都为读者的阅读提供了方便，多数的网络文学作品是免费的，就算是收费的情况下，如果读者不想要阅读了，那么可以随时终止阅读，避免金钱的浪费。

由此可见，网络文学对于作者和读者来说都有着一定的精神自由价值，作者和读者在精神表达和选择上都有着更大的自由空间。

（三）商业价值

网络文学具有一定的商业价值，对于一些网络作者来说，通过网络文学的方式能够获取更多的经济利益，因此，越来越多的网络作者出现，促进了网络文学的繁荣发展，并为网络文学平台、网络作者提供了更多的商业价值。

第一，收费阅读。网络文学发展到今天，已经具备了一定的商业价值，其中，收费阅读是较为常见的盈利模式之一，也是发展最为成功的盈利模式。对于一部作品来说，前几章免费，后面设置成为 VIP 章节，读者需要付费就可以读完一本书。由于网络读者的群体较为庞大，因此，收入是相当可观的。

第二，广告收入。文学网站由于具有较高的流量，因此，很多企业都会选择在平台上打广告，这样就会直接提升文学作品的商业价值。如一些广告会投放在页面不影响阅读的底部位置，或是通过做任务购买 VIP 章节的方式投放广告。

第三，对于网络作者来说，其商业价值主要体现在稿费、版税、衍生品等方面。其中，稿费主要是指通过阅读收费来获得一定的稿酬。版税则主要是指作者出版作品或是将作品改编成为影视剧或游戏等，出版社以及相应的商家支付给作者的版税。衍生品则是指本学作品本身衍生出来的另一种作品形式，包括影视剧、网络游戏、阅读终端等。

由此可见，网络文学有着一定的商业价值，并且在今后的发展中，这种商业价值也会随着文学作品的发展而展现出更多的价值。

（四）融合性价值

网络文学除了具备上述价值之外，还具备了融合性价值。所谓融合性价值主要是指，网络文学不再单纯地以文字作为唯一的媒介，如果作者有需求或是意愿，那么可以将插画、音乐等剪辑到其中，让读者体验到更多的艺术熏陶。如网络文学与音乐的结合，能够借助音乐来渲染作品，并有效渗透作者的思想情感，达到作者与读者产生共鸣的情况。

实际上，网络文学的融合性价值除了与音乐、插画等结合到一起发展之外，还可以与教育行业结合到一起，为教育行业提供更多的教学资源。此外，在有需求的情况下，网络文学也可以与其他行业结合到一起，更好地发挥自身的融合性价值。

第二节　网络文学的语言形态

一、网络小说语言

网络小说语言在兼容传统小说语言的同时，也刷新了传统的小说语言。但网络小说语言的随意性、灵活性、多样性令传统小说语言望尘莫及，几千年来文字在表情达意功能上一统天下的权威触网而散。电脑术语、符号、谐音、数字、图形、音乐、戏仿流行语构成了众语喧哗的局面，网络小说表现出一种符号意义上的杂合纷呈。网络小说的语言，正如网络小说本身，从它的诞生开始，就引起人们的关注。

（一）文本语言

网络原创文学作品，由于其生成方式的不同，传播手段异，在语言形式上、话语文本上也与传统的文学形成了很大的不同。电子化文本的方面书写形式也大为不同。

网络文学作品的标题有所改变。在传统文本书写情况下，标题要居中书写，上下至少空一行。如果标题是两三个字，字与字中间应当空开一两格。标题一般不要写在下半页，尤其不要写在最后一行。但是网络原创作品，由于其文本是读者与作者共同创造的，往往会注明此段被修改过。另一种是大标题下面有小标题，或是序号。这是因为网络文学作品通常是即时性发表，因此在每一次更新下都会写上序号，代表作者书写这个标题的日程。

在署名上，网络文学与传统文学也有很大的变化。通常是作者的真实姓名。而在网络上，署名方式则发生了很大的变化。如有英文字母式的署名，有的也用汉语拼音。更多的则是作者的网名，如"安妮宝贝""面对大海"等。

在正文的书写上，传统文本的书写的格式是起始行与标题或署名之间应该空一行；如果是篇幅比较长的文章或是大部头的小说，正文可以从下半页开始写；上下段落之间没有间隔，另起一行空两格书写；并且在传统文本书写中每段句数不得过少。可是在网络文本中正文的书写格式却发生了很大的变化。

隔段空行。在网络文本中经常有隔一段空一行，或者隔几段空一行的现象。

短句成段。电子化文本在正文格式方面最显著的一个特点就是短句成段。他们放弃了长段落的语言形式，采用一行自成一段，每一行都采用短小的句式，甚至借助标点符号和分行将长句分解成若干短句。

顶格书写。传统文学文本每段开始空两格书写。但是在电子化文本中，常常会有顶格书写的文本形式。每行都顶格书写，如同诗歌一般，用一到两个空行对文本内容进行简单的划分，以表示情节内容上的停顿。

（二）叙事语言

1. 口语化

口语化是网络小说叙事的一个特点。网络小说的语言，既秉承白话文的明白如话，使"说话"和"文章"直接相通，将大量的口语词、口语句式、语调，甚至是粗俗的话语融入作品，实现了"我手写我口"的语体模式。叙事的口语化，抒情的口语化，甚至成语运用也能变得口语化。

2. 跨文体化

网络小说的语言在文体方面显示出消弭界限以及融合的趋势特性。语言形式的这种跨越，营造一种全新的阅读体验。如多媒体文本形式是网络小说的一个新颖独特的形式。

（三）修辞语言

网络小说语言的修辞，既有传统修辞格式的广泛运用，也有网络技术语言的特殊修辞效果。它们的交叉使用，使网络小说在人物塑造、性格揭示、环境气氛等方面，展示出一种新鲜的活力。如返璞归真的象形语符，这里所说的象形语符是指身势情态符号，创作者巧妙地、有选择地利用计算机既有的文字、符号系统，构建出许多各种有趣的、可以十分生动地传情达意的身势情态符号，并由此产生由符号所传达的一种真实的交流效果。这可能是网络语言最大的魅力所在。

二、网络诗歌语言

随着互联网的发展，网络诗歌也随之风起云涌，非常繁荣。网络诗歌在语言上继承传统诗歌的语言特征的同时，形成了自身的特征。

（一）审美观念的重构

诗歌语言的审美性是诗歌作为一门语言艺术的重要属性，诗歌的审美性具有一种间接的和想象性特点，对诗歌语言审美感悟需要审美主体以其自身的经验对其进行审美性还原、想象性品读。诗歌语言的审美性还在于它语言的音韵特征，因为诗歌语言的音韵与节奏有利于诗人更加充分地表达感情，更有利于增强诗歌的抒情色彩，同时也可以唤起读者的审美注意，引起读者的共鸣。但是在网络上，人们对诗歌（特指网络诗歌）的要求更多的是满足他们的好奇心理，能够在诗歌的阅读中寻找快乐，大都忽略对其诗性的体验和审美品读。网络诗歌在传播的过程中诗性因素逐渐被音像速度拆解，成了名副其实的叙事语言。这是对传统审美性的解构，也是新的审美观念的重构。

（二）客观平静的呈现

抒情是诗歌的旗帜。诗歌依据的都是主体性原则，诗人总是凭借主体的旨趣，运用诗的语言和熟练的艺术技巧抒发内心情感。抒情还要求抒发美丽的、健康的情感，能给人以美的享受。敏锐的诗人已经不再用叙述处理经验和记忆，而是处理声音和色彩、梦和冥想。网络诗歌的叙述性更侧重于那些不确切之物以及不可能之物的呈现。用叙述性语言反对与矫正过分的抒情，力求建构一个充满梦和冥想的世界。

（三）反逻辑性

诗歌语言是讲求逻辑的，特别是用叙述性语言写诗，更需要有较强的逻辑性进行客观陈述和理性阐释。值得关注的是，在网络时代，人们求异思维的倾向越来越明显，他们回避用逻辑语言写诗，甚至回避客观陈述和理性的阐释。他们善于描写一个想象和幻觉的世界，那是一个不能放入人们日常经验中加以检验的神秘世界。他们在进行这样一种探索，努力用平淡朴实的叙述语言构造一个意蕴无穷的画面，让这些画面在一种无规则的紊乱中实现彼此对比和相互映衬。作家车前子正是在一种反逻辑的体验中创作。他的诗怪诞、灵动、妙语惊人，洋溢着逼人的才气。他试图让他的诗成为有着多种层次、色彩和视点的画廊，靠各自的独立画面构成完整诗章。

（四）反讽性

1. 基本反讽

所谓的基本反讽，就是正话反说，所言非所指。它又可以细分为矛盾话语反讽、悖论式反讽、佯谬式反讽、游戏调侃式反讽四方面。

（1）矛盾话语反讽

典型的矛盾话语反讽表现为正话反说，或反话正说，言轻意重，或言重意轻，褒中含贬，或外抑内扬。这种矛盾的话语能充分展示诗人的内心世界，他们也乐意采用这种方式宣泄自己。综观网络诗歌，不难发现，这种正话反说，或反话正说的矛盾话语现象有很多。面对商业化的竞争，网络诗人们要在生活的海洋里打拼，生活的忙碌，事业的压力，导致了他们对生活现象的一种"反"写。在看似荒谬的、不合生活常理的矛盾中，人们感受到了一地鸡毛式的生活的琐碎，看到了一种真实的生活。

（2）悖论式反讽

悖论式反讽的特征是正反相对的两个判断同时存在，即双层相反意义同时出现于字面上。在悖论语言反讽性中，往往也将不相容的事物并置，从中形成某种悖论。网络诗歌中，这类具有特色的语言经常可见。

（3）佯谬式反讽

网络诗歌把严肃的与调侃的、优雅的与粗鄙的、悲伤的与喜悦的拉到了同一水平线上，形成一种通俗易懂，幽默风趣的语言，能起到很强的反衬作用，适应了消费社会对文学文本的要求。

（4）游戏调侃式反讽

网络时代，是游戏的时代，网络诗歌带着游戏的因子。这种环境下的网络诗歌，也必然带有游戏调侃色彩的反讽。

2. 深层反讽

反讽作为表现手法，在更高的意义上，反讽不是指向这个或那个具体的存在，而是指向某个时间或情状下的整个现实，它不是这个或那个现象，而是经验整体。介于这个层面，深层反讽分为情境情节反讽和主题意象反讽。

（1）情境情节反讽

任何事物的发生发展，都需要一定的情境情节，当美好的梦幻和并不美好的现实之间，预期的目的和实际发生的情况之间，出现差异的对立，造成的急剧扭转，这就是我们认为的情境情节的反讽。例如，贺建飞的《大街上嘈杂》。

他拿着喊话机/朝马路对面的一群人/喊着什么/对面的人群无动于衷/他很生气/急匆匆穿过人行横道/正欲发火/这时/他突然发现喊话机有开关/忘了打开

这个情节非常滑稽，把街道上的喧闹、嘈杂，用另一种反讽的形式展现出来。具有戏剧的效果，给人以深刻的印象。

（2）主题意象反讽

下面一首诗为宋晓贤的《朴素的生活是静悄悄的》。

在大街上/我被一阵怪声/吓住，一辆汽车/敲锣打鼓/在广播里/放着走调的哀乐/它是开往火葬场/生怕人们不知道/就用高音喇叭/大声音宣布：

有人死啦！/有人死啦！/死亡并不是哀痛的事情/跟出生一样/跟相亲和出嫁/一样/而朴素的生活总是静悄悄的

在庄子那里，死亡只是生的另一种方式，它的来与去都是如此的自然。而普通中国人的心理，死亡仍然是可怕的、肃穆的、悲痛的，丧事是一定要轰轰烈烈的。作者把如此热烈的宣扬的死亡横截给人们看，呈现出的就是一种对大事操办的不满，具有反讽的艺术力量。

第三节　网络文学的传播主体——作者、读者、阅读平台

一、网络文学传播主体——作者

文学创作者往往具有十分敏锐的生活感知力，他们细致地观察社会生活，并将其以文字的方式呈现出来，网络文学创作者亦是如此。从网络文学诞生

起，广大的网络文学创作者就坚持写作，到现在经历 20 余年的发展，网络文学已较为成熟，网络文学也收获了一大批忠实读者。作者除了扮演生活感知者与记录者的角色，还承担着传播者的责任，即把文学作品加以传播，实现文学作品的价值。网络文学的作者在创作网络文学作品的同时，也在大力传播其作品，借助网络的巨大优势，网络文学作品的传播效果大大提升。近年来，网络文学的作者群体不断壮大，究其原因，无外乎 Web 技术的更迭与市场经济的发展。与初期的网络文学创作相比，现在的网络文学创作更加关注读者的需求，只有满足读者多样化的阅读需求，网络文学作者才有更广阔的发展空间，由此可以看出，作者与读者是相互成就的，二者依托网络文学这个载体实现共同成长。消费性是当前社会的重要特征，越来越多的人愿意为文学作品消费，包括严肃文学，也包括较为轻松的网络文学，前者的创作受到条条框框的束缚，后者创作的自由度很高，因此备受欢迎，网络文学作者也正式从小众的"写手"转变大众的"作家"。在网络文学作者的努力下，中国文学的格局逐渐发生了变化，网络文学在文学市场中的地位得以提高，许多作品不仅创造了可观的经济效益，而且产生了良好的社会效益，这一切都得益于网络文学作者的艺术书写。

（一）因文学理想推出精品

网络文学 IP（Intellectual Property）在影视、动漫、游戏等领域广泛渗透，表明网络文学有着巨大吸引力与带动力，能够引领其他艺术门类的发展。网络文学的风靡，让网络文学作者实现了从"写手"到"作家"的转变，他们的心境也产生了变化，他们认为自己得到了社会的认可，就应当为社会创作出更多文学精品，这也是实现个人文学理想的必然选择。著名作家酒徒就有着远大的文学理想，他从来不把文学创作等同于以文字获得经济利益，甚至认为物质生活可以清贫，但文学理想必须实现。酒徒的文学创作之路并不顺畅，他经历了网络文学的拓荒期，艰难地进行着网络文学创作，最终在网络文学圈中站稳了脚跟，取得了网络文学创作的佳绩。唐家三少是网络文学界标杆性的作家，其所创作的网络文学作品字数超过 4000 万，他之所以能够常年坚持创作就是因为心中的文学理想，他真正热爱网络文学，创作出了多本堪称经典的网络文学作品。

（二）因竞争压力而懈怠创作

文化产业的繁荣发展驱使越来越多的人加入网络文学创作的行列中，有些作者深受读者喜爱，因此获得了巨大的经济利润，有些作者则时常遭遇创作瓶颈，创作出的作品也没有什么市场反响，因而收入堪忧。这部分作者为了缓解自身的经济压力，不得不屈就自我，创作一些违背初心的网络文学作品。事实上，网络文学创作的最大特点就是自由，但当兼职的"写手"转变为专职的"作家"，文学创作的自由度就大幅降低，作者受制于资本运作，创作出迎合读者趣味的文学作品。以阅文集团大神级别的作家宅猪为例，其网络文学创作的实力已经得到广泛认可，但其在创作初期也经历了许多挫折。当时，他的作品《水浒仙途》没有达到预期的销售效果，销量一直不好，这给他造成了很大的心理压力，他不仅反复思考如何增加《水浒仙途》的销量，而且常常陷于"下一本书销量是否依然不佳"的困境中，由于没有收入，他的家人也开始质疑这份工作的价值，这让他倍感迷茫。文学的魅力源自作者独具匠心的文字书写，当文化工业体系形成，作者的创作就被经济利益束缚住，他们不得不创作千篇一律的网络文学作品，但能在激烈竞争中脱颖而出的只是少数，这让很多网络文学作者产生了倦怠情绪，他们的创作热情受到极大影响。近年来，较为火热的网络文学题材为玄幻仙侠，这让很多网络文学作者投身玄幻仙侠类小说的创作中，就像网络作家西窗白一样，除了历史和军事题材的文学作品，其余的他全都写过，但并非所有题材他都擅长，所以部分网络文学作品的质量并不高。网络文学作者应当意识到，急于求成的创作心态要不得，文学精品都是细心打磨出来的，这样的作品才有可能获得成功。

二、网络文学传播主体——读者

读者是网络文学的受众，也是网络文学重要的传播主体，优秀的网络文学作品会通过读者的推荐实现更大的经济与社会价值。网络技术的日渐成熟赋予了读者更多能量，其在网络文学传播中的作用越来越大。第一，网络上传播主体的边界模糊。如果将网络比喻成一块巨大的黑板，那么每个人都可以在主观能动性的支配下在上面涂鸦，也就是说，每个人都有机会成为网络文学的作者，同样地，也可以成为读者、传播者。网络环境下的文学传播主体显示出平民化的特征，读者在阅读网络文学作品之后，可以自由地将其传播出去。第二，网络传播过程中的互动性增强。在传统观念中，文学传播是个单向的过程，即由作者传播给读者，读者扮演的完全是被动接受的角色，但在网络环境中，读者可以和作者互动，与作者交流文学创作内容。身为文学作品传播者的读者，还可以通过官方网站、社交媒体等与他人进行交流，如此，网络文学作品被广泛传播出去，其生命力也更加顽强。第三，读者群体的传播赋予了网络文学作品新的意义。很多网络文学作者一开始仅仅是读者，因为对网络文学的热爱，所以从单纯地阅读转向了创作，从这个层面来说，网络文学就是读者写给读者看的作品。在读者与读者的口口相传中，网络文学作品有了诸多新的意义，它的多重价值也得以实现。

（一）因理性而有效达成传播目标

读者群体在达成网络文学传播目标方面有着明显的优势，因为他们有着共同的爱好，人生观与价值观也趋同，所以他们能够形成网络文学传播的合力，将优秀的网络文学作品传播给更多人。例如，宅猪的《牧神记》之所以大获成功，除了过硬的文本质量，另外一个重要原因就是粉丝群体的大力宣传，正所谓"众人拾柴火焰高"，单个粉丝的力量是有限的，当众多粉丝集合在一起，网络文学作品的影响力就大大增强。当作家没有闲暇时间与多余精力进行作品传播时，其粉丝群体还会帮忙管理书评区和书友群，让作家能够集中精力完成作品创作。如果作家遇到创作瓶颈，粉丝群体会给予作家精神鼓励，而非以催更的方式逼迫作家持续创作。如此理性的粉丝群体，必然能有效推动网络文学传播目标的达成。

（二）因偏执而导致不文明传播事件

根据蝴蝶蓝同名小说改编的热血励志青春剧《全职高手》的男主为当红小生杨洋，这原本是很正常的角色选定，却遭到了一部分原著粉丝的不满，他们认为杨洋的形象与小说男主不符，于是对杨洋施以网络暴力，用粗俗的言论诋毁他、谩骂他，这让杨洋蒙受了伤害。为了结束这次网络暴力，《全职高手》剧组发布了声明追责网络暴力者，作者蝴蝶蓝也表示，不论选择哪位演员作为该剧的男主，演员本身没有任何错误，读者与观众应该保持起码的礼貌和应有的尊重。虽然部分原著粉丝的偏执增加了这部剧的热度，但也给许多没有看过小说的新人观众留下了不好的印象，影响了该剧的传播效果。基于此，原著粉丝应该形成理性的态度，以包容之心对待网络文学作品向影视作品的转化，这毕竟是网络文学作品成功的表现，是对网络文学作者的极大肯定。

三、网络文学的传播主体——阅读平台

网络文学网站在形成之初具有浓厚的兴趣化色彩，它不是一种产业，而是众多网络文学爱好者兴趣的承载地。1991年，汉语网络文学正式诞生，但由于国内发展环境的限制，其代表性刊物创办自北美，为《华夏文摘》。随着中国网络技术的发展，网络文学逐步进入探索阶段，2003年国内原创文学门户网站起点中文网建立了VIP收费阅读制度，阅读平台的商业化特征显现出来。2009年，智能手机的普及程度越来越高，用手机阅读网络文学作品成为一种

潮流，这标志着网络文学进入了移动阅读时代。在网络文学探索发展的过程中，形成了诸多阅读平台，2015 年后，阅文集团、百度文学、阿里文学成为行业佼佼者，在网络文学的传播中发挥着重要作用。近些年，网络文学的传播掀起了泛娱乐的热潮，以阅文集团为代表的阅读平台化身泛娱乐传播中心，依托娱乐化的方式向受众传播网络文学。

阅读平台都非常重视文学 IP 的培养，因为这是延伸网络文学作品价值的最佳方式，如果营销得当，网络文学作品就会拥有巨大的传播优势，传播效果也将极大提升；反之，网络文学作品便会因为 IP 孵化不当，而给人们留下负面印象。

（一）对文学 IP 的精细化开发

阅文集团在网络文学的产业化发展方面有着较为丰富的经验，其对众多文学 IP 的精细化开发极大地延长了作品的价值链，不但引起了较好的社会反响，而且获得了不小的经济收益。以猫腻的网络小说《将夜》为例，阅文集团与其他影视企业合作，将其改编为同名电视剧，该剧一经播出便好评如潮，在豆瓣的评分更是高达 7.4 分。陈飞宇、宋伊人是这部剧的主角，尽管两人没有太多的表演经验，但与原著的人物形象较为贴合，整部剧的节奏也很适宜，所以形成了很好的口碑。《将夜》在腾讯视频播出时，观众不仅被优质的剧作画面所打动，而且被右下角不时弹出的原著小说阅读链接所吸引，在这种情况下，《将夜》又迎来了一波阅读热潮。阅文集团对文学 IP 的精细化开发无疑是成功的，这使得作者、读者、阅读平台共同受益。

（二）对文学 IP 的粗放式开发

与《将夜》的大获成功相比，《回到明朝当王爷》的市场反响十分平淡，甚至遭到了原著粉丝的吐槽，他们认为《回到明朝当王爷》的影视改编没有亮点，浪费了如此精彩的原著资源。《回到明朝当王爷》这部网络小说是由著名历史小说创作者月关所写，该小说早在 2007 年就已经出版，经过 11 年的沉淀，才得以搬上屏幕，以电视剧的形式呈现出来。然而，由于开发方式的错误，导致这部剧和原著的差距非常大，在豆瓣仅获得了 4.2 的评分。月关表示，虽然他是原著作者，但该书的版权已由网站售卖，购买方有权利对该书进行二次编创，而自己没有权利对购买方的行为加以干涉。总而言之，粗放式的文学 IP 开发不仅伤害了原著书粉的情感，也损害了阅读平台的利益，阅读平台在售卖作品版权时应多方面考察，从而将优秀的网络文学作品成功转化为影视作品。

第四节 基于不同传播主体的网络文学传播动机与传播策略

一、网络文学作者群体的传播动机与传播策略

(一) 传播动机

1. 初期的兴趣因素

传统文学与网络文学之间并没有难以逾越的鸿沟,在互联网技术的辅助下,二者实现了沟通与交流,乃至转化。互联网时代,全民写作成为可能,所有的文学爱好者都可以在网络平台上抒写内心情感,将自己的文学创造力充分发挥出来。早期的网络文学创作者大多是一种"我手写我心"的状态。在网络文学走向产业化之前,写作无法带给作者收益,很多作者写作诚为兴趣使然,将创作的东西在论坛、网站等平台发布,以抒发心中的所感所想,在作品的传播中遇见志同道合的人群。作者追求的创作初心与文学的自由特征高度契合。技术支撑兴趣,并带来传播的自由与灵活,使得作者可以在网上便捷地创作与传播。单纯、真诚、简单,是早期网络文学创作与分享的魅力。图雅,他被公认为是早期海外华文网络文学最有影响的代表人物之一。图雅与涂鸦谐音,"涂鸦"的态度正好描绘了以图雅为代表的早期华文网络文学传播主体的创作心理,他们不求名不求利,只是自由地、随意地表达着最真实的自己。图雅处在中文网络非商业化的黄金时代,"涂鸦"则是这群自由创作者的一个象征。

2. 后期的利益因素

网络文学走产业化道路是市场和文化双重催生的结果。在商业化时期,文学网站要依靠产业运营而壮大,职业写手依托商业运营而生活。如著名网络文学作家猫腻、妖夜、天蚕土豆、唐家三少、丛林狼、流浪的军刀等,都因各种生活困境而走上网络创作之路,并在作品获得广泛关注后成长为一代大神。作品只有获得了广泛的传播才能带来可观的收益,解决生活窘迫。2017 年获 1.2 亿版税收入的唐家三少,已经五度蝉联网络作家富豪榜之首,但他早年生活并不顺利。因薪资问题,他从央企跳槽到一家互联网公司,不料遇上 2003 年的泡沫经济遂被裁员。他在经历了开餐馆、搞零售、卖汽车装饰均以失败告终后,受到网络小说的启发,于是在读写网连载开山之作《光之子》。成立于

2002 年的读写网，是第一个试行网上收费阅读的玄幻网站，许诺为推动原创文学的发展，计划向作者支付网络刊载的稿酬。网站和作者在商业化发展阶段可以说是唇亡齿寒的关系，有着共同的盈利归因。三少开始在网络上笔耕不辍，创作了大量超人气作品，如《斗罗大陆》《善良的死神》《为了你，我愿意热爱整个世界》等。

（二）传播策略

1. 在传播方式上，开展自媒体尝试

凭着作者自身的能力和日积月累的人气，自媒体运营打开了一个新的传播渠道。网络作家"南派三叔"于 2013 年开通了自己的微信公众账号并推出会员制，开始试水商业化运营。公众账号由"南派三叔"小说（包括《盗墓笔记》《世界》《藏海花》）及漫画和会员论坛、博客、新闻发布区等构成。以推文的形式进行周更小说，篇阅读量大多在 5 万左右，不时达到 10 万以上。"南派三叔"也参与运营公众号，凭借自身的人气集聚更多粉丝。

南派三叔的公众号为服务号，可以自定义菜单，还有微信支付的功能，而唐家三少开的是微信订阅号，菜单分为"神澜奇域""影视作品""精品推荐"，用小说与爱奇艺阅读、腾讯视频来形成联动传播。"神澜奇域"目前是唐家三少的连载作品，点击便跳转至爱奇艺阅读页面，该页面还有同类作品、热门推荐等栏目，读者可以直接阅读免费章节，付费部分则需登录爱奇艺阅读再购买。"精品推荐"是围绕作者的作品来写推文，涉及作品的核心人物、精彩情节、IP 衍生情况等，大部分推文阅读量都达到了 10 万以上，这为"影视作品"的播放量带来了不小的增长。

在自媒体尝试上，网络文学作品和影视作品的传播形成一种相辅相成的趋势，它给创作者们带来示范效应。目前尽管还很不成熟，但是当完成了付费阅读、读者与作者交流渠道建设等更多功能的开发时，这种传播方式将带有不容忽视的传播力。

2. 在传播内容上，创作有生命力的叙事文本

一方面，现实主义题材作品增多，不断俘获广大受众。阅文集团新增的原创小说中，现实题材作品的增幅达 100%，网易云阅读等平台上现实题材网文数量甚至超过幻想题材，占比超过 60%。在玄幻仙侠剧席卷网络文学市场的时代，现实主义作品似乎是一股清流。现实主义题材的作品反映时代变迁，高度契合中国改革开放 40 余年的宏大背景，如斩获高收视率的都市剧《欢乐颂2》，还有赞美普通英雄的《朝阳警事》《明月度关山》等充分展现了多元的社会热点。文学素材来源于生活，贴近人民生活的作品往往有着厚积薄发的生命

力和传播力。

另一方面以彰显生命价值、人生成长等正能量为主题的作品，集聚大量粉丝。从优秀网络文学推介作品的主题情况来看，励志类作品和爱情类作品占比较高。著名文化学者赛义德主张"多元文化观"，世界是普遍联系的，世界文化在很多方面也展示着水乳交融的关系，这说明文化作品中的思想内涵，能流传于世界各地并为大家所接受，都有着共同的、共通的价值，即善良高尚、忠诚正义、坚毅勇敢等。例如入选为国家新闻出版广电总局2017年优秀网络文学原创作品《择天记》，讲的是主角陈长生敢于冲破命运的桎梏，与朋友一起携手披荆斩棘的励志故事。阅文集团大神作家天蚕土豆的几部作品同样如此，《斗破苍穹》里萧炎的一句"莫欺少年穷"使读者热血沸腾，《大主宰》里的牧尘一样踏上了不平凡的成长之路。

二、网络文学读者群体的传播动机与传播策略

（一）传播动机

1. 个人因素

（1）满足表达的需求

作者通过写作来满足交往和自我表达的需求，读者从某种角度来说也有这种需求。以往传统文学的传播，因受限于传播媒介，读者看书时或看书后不方便反馈。但阅读从来都是"读者——作品——作者"的多向交流过程，得益于新媒体技术的进步，读者看完书或看书时遇到精品好书想要推荐，遇到想要倾吐的情节、人物等，都可以很及时地去表达。与同城的朋友、与崇拜的作者、与异国他乡的书友等，来一场跨越时空的交谈；用评论、留言、批注等形式，表达自己的观点和思想。在交谈之余，读者的表达需求跃然纸上。

（2）情感归属的需要

只有少数人读自己喜欢的作品和多数人读自己喜欢的作品时，内心的满足感是不同的。读者作为积极的受众，也在集体无意识中习惯性将自己喜欢的作品分享给他人，形成不断扩大的书友圈。在圈子里，通过谈论书中人物或情节等，可以从中找到情感共鸣，与他人一致获得归属感。若是听到不同的声音，则可能会产生别样的启发。

2. 社会因素

（1）社交需求

人是群居动物，从某种程度上讲，他们是有一定社交需求的。阅读学研究认为，在人类交往的系统中，阅读是缘文会友的交往过程。阅读后的分享行为可以产生一种人际关系效用，人是社会中的人，阅读分享行为有助于人们在社会化过程中收获更广泛的社交关系，思想的交流容易擦除创意的火花，也可以结出友谊的果实，网络文学营造了一种开放的阅读环境，读者之间分享交流的对象可以是作者、书友或朋友，可以在微信、微博、贴吧等社交平台交流，实现一对一、一对多等即时的交流行为，这样可以促进人们的社交能力并获得满足感。

（2）平台助推

仍以阅文集团为例，其为网络文学的传播提供了更多样化的平台、更自由宽松的环境。平台丰富的储备，能满足读者获取多样化作品资源的需求。平台服务器强大的服务功能，为读者在进行作品传播过程中提供了良好的技术支持。比如简洁的界面、便捷的分享链接，在增强用户黏性的同时，还培养了用户的传播习惯。如 QQ 阅读是基于社交来活跃读者传播。读者可用 QQ 号、微信号、手机号等登录进入个人阅读账户，界面上方动态壁纸，是同期影视剧同名原著作品，点击原著进入作品阅读界面，右上角的分享键可让作品快速分享到朋友圈、QQ 空间、微信好友、QQ 好友、新浪微博等各个平台。

（二）传播策略

1. 粉丝圈的形成

文化传播仅依靠个人的力量远远不够，由相同爱好、相同价值观念的个体形成的群体才是文化传播最重要的力量，该群体也就是所谓的粉丝群体。基于粉丝群体对文化产品的热爱与追捧，文化产品的社会与经济价值得以体现，粉丝经济就是在这种背景下衍生出来的。在基于互联网的阅读传播市场，读者群体就是粉丝群体，他们具有非常高的阅读传播度，为网络文学作品的传播做出了很大贡献。

书粉在社交中形成不同的粉丝圈。书粉的身影活跃在官网阅读网站、贴吧、粉丝群等地方，为一部部作品的热度贡献力量。群体在智力上总是低于孤立的个人，但是从感情及其激起的行为这个角度看，群体可以比个人表现得更好或更差。就像明星们拥有自己的粉丝群，如杨幂的过亿粉丝们叫"蜜蜂"，书迷们也有自己的圈子，《鬼吹灯》的书迷们叫"灯丝"，《盗墓笔记》的粉丝叫"稻米"，更有大量《斗罗大陆》的读者笑称自己是唐门弟子。

书粉在社交网络中促进作品传播。以网络文学为源头，聚集的粉丝圈极有可能成为一个持久的文化现象。读者粉丝圈自身能独立构成独特的艺术世界，一个远离媒体制作者直接控制的自我运转的世界。受众可以自主地选择媒介信息，这表明读者在传播中也同样具有能动性。网络传播带来了多样化的传播技术，读者可以在群体构建的网络中传播作品，可以在不同的平台以不同的方式进行参与式传播。

2. 挖掘网络文学传播的社交属性

读者群体利用大众文化实现文化表述和社群连结，进而构建出文化传播者形象，有力的回应着中国移动互联网时代的大众文化生产与传播经验。

（1）粉丝应援传播

粉丝参加应援活动，助推作品在多个领域扩大传播影响力。游戏竞技类小说《全职高手》2011 年首发于起点中文网，当时官方的营销声势不大，但来自读者和书粉的传播力量直接推动该书走红。2018 年 5 月 29 日是蝴蝶蓝同名小说《全职高手》主角叶修的生日，一场有组织有规模的粉丝应援活动拉开序幕。在 2018 阅文集团 IP 生态大会上，CEO 吴文辉表示，粉丝通过投票和分享等传播活动参与进来应援，最后高达一亿的应援值中有一半是由海外粉丝贡献的，这充分体现了粉丝对作品的鼓励与认可，还体现了粉丝团超强的传播价值。

（2）微博话题传播

"0529 叶修生日快乐"这个微博话题近几年频上热搜。粉丝们在里面发帖晒自己如何为叶修庆生，有的绘制生日贺卡，有的录制祝福视频，极尽各种图文形式表达自己对叶修的喜爱。本是书中的主角，何以使得无数粉丝心怀挂念？作者蝴蝶蓝认为，这大概是因为叶修表现出的诸如勤勉、永不服输的性格打动着大家。粉丝团以叶修的名义，联合"免费午餐"公益平台，捐助爱心午餐，将追星上升到公益事业的层面，正能量的传播主题无疑会带来良好的社会反响。随着真人版影视剧的推出，关于叶修和杨洋的话题会进一步发酵。剧播前后，由于影视剧改编和原著存在一定的差异，往往就会出现明星粉丝和原著粉丝意见不合的情况，热门流量明星的粉丝群和原著粉丝群相遇，自会争议不断，而这带来的将是话题热度持续上升。只要有热度，原著的传播周期将在粉丝们的众议之下延长。

三、网络文学阅读平台的传播动机与传播策略

（一）传播动机

阅文集团以原创作品为营销起点，运营影视、游戏、动漫等多条产品线，强有力的多层级传播使当下泛娱乐生态不断升级。

1. 经济产业链上的传播起点

（1）企业生存需求

在市场经济的背景下，如果想要生存，不探索健康的盈利方式是行不通的。只有增强网络文学作品的传播影响力才能吸引更多的粉丝，为企业生存打基础。在技术、资本、政策的引导下，消费升级的影响下，网络文学产业迸发出前所未有的活力，屹立于时代机遇的风口。作为上游的网络文学 IP 提供平台，如果各方运营得当，组织的专业传播能够扩大作品的传播面和辐射面，可以撬动千亿级资本，打开共赢的局面；反之，若是运营不当则容易毁掉经典IP，败坏粉丝好感度。

作为承载网络文学的网站，在发展中自身的知名度越来越高，访客持续增长，服务器压力增大，这些原因导致了网站的访问速度减慢、读者大量流失等问题，引发阅读平台生存危机。所以此时文学网站进退两难，一条路是结束运作，另一条是与时俱进，拥抱网络。"龙的天空"文学网站显然走上了一条错误的道路，本来该网站凭借积淀多年的资源成为网络玄幻文学的新中心，但是面临斥巨资购买新服务器的压力，"龙的天空"选择放弃网上发展道路，走实体出版路线，脱离网络文学市场，成为文学资本市场角逐的旁观者。与此同时，很多文学网站趁势崛起，起点中文网在 2003 年探索了阅读收费制度，增强了自身的运营实力，一直活跃到现在，仍是一个强大的中文文学网站。

（2）企业发展需求

在风潮涌动的市场，企业只获得生存不等于能够长久发展。文学网站间的竞争已经产生"马太效应"，目前国内已有一些网络文学上市企业，如掌阅科技、阅文集团等，直接把网络文学的竞争推向了资本市场的制高点。上市意味着融资渠道的多元化，资金流转加快，企业便有望扩大再生产，在网络文学市场的浪潮中激流勇进。

在媒介融合日益发展的大环境下，网络文学企业只有采取产业化运营的方式，走集约化的发展道路，方能在竞争中立足。盛大文学收购起点中文网，腾讯文学收购盛大文学，阅文集团收购新丽传媒，并不断与多方开展合作，从这一系列动作可以看出阅文集团打算以阅读平台为源头，着力打造一条完好的产业链。沿着这条产业链，不断汲取文化产品的剩余价值，也就是扩大传播领域，目的是获得较为长久的发展。阅文集团探索的文学 IP 全版权运营模式，使其在行业内雄踞领头羊地位。

2. 企业的社会责任感

阅文集团是目前我国最大的网络文学原创平台和 IP 孵化平台，所谓企业越大，责任越大。阅文集团秉持"全媒出版的创新者、全民阅读的践行者、全新知识的传播者"这样的企业使命，要想获得社会认可，就得为平台作品的传播担负起一定的责任。

（1）促进中国文学的发展

新媒体文学如何在"市场化"与"艺术化"以及"效益追求"与"文学追求"之间找到一个适当的平衡点，解决好"艺术正向"与"市场焦虑"的矛盾，是一个需要认真对待的问题。也就是说，企业在广泛传播网络文学作品时，不能只以盈利为目的，要以身作则，严格把关内容，传播正能量的作品。只有传播优质 IP，才能彰显网络文学的时代价值，增强社会影响力。网络文学和传统文学本质相同，不应只着眼于区分何为阳春白雪、何为下里巴人，毕竟在技术与市场、审美与品格方面它们各有优劣，应探讨如何使二者在新世纪相互融合、取长补短、相互帮扶，促进中国文学繁荣发展。

传播网络文学作品，打造明星 IP，有利于人们认识它对企业的价值和对文学的意义。网络文学在中国文学场域开辟了新生态，网络文学的穿越幻想、玄幻仙侠、游戏竞技等类型小说丰富了文学题材。网络文学转换了文学的表达机制，从纸质书写向键盘输入、从物质世界到虚拟空间都有了巨大的变化，较之传统文学写作，在叙事方式、语言描写、情节构思、人物关系等方面也实现了有效的转化。多种信息交汇的网络呈现出一个全新的隐喻世界，它为艺术想象提供了成长的沃土，极大地满足了人们企图通过想象扩展自己探索世界的欲望。

（2）助推中国文化走向世界

中国优秀的文化是世界文化库的瑰宝。企业在促进中国文化广泛走向世界的同时，也意味着为世界文化添上了浓墨重彩的一笔，这对国家、企业、个人都有着重要的意义。阅文集团秉持将优质内容以合适的形式呈现出来的理念，为文学作品提供了集中展现和大范围传播的渠道，将阅读、发表、交流融会贯通，颠覆了传统的文学欣赏途径。阅文集团旗下的品牌起点国际成立于 2017 年 5 月，该平台致力于向世界传播网络文学作品，在开拓世界文化版图的同时，让更多读者感受到中国文化的魅力。起点国际网站集聚了业内优秀的翻译团队，为海外读者提供精良的译作。在中国改革开放与文化全球化的背景下，阅文集团乘势扬帆出海，积极参与到全球泛娱乐市场的竞争中去，使中国文化产业在世界市场占据一席之地。

（二）传播策略

1. 开创"IP 共营合伙人"模式

IP 的有效运营意味着网络文学作品可以打破文学产业的壁垒，以不同的形态在各个领域传播。2016 年 6 月，首届阅文 IP 生态大会上"IP 共营合伙人制度"被首次提出，这一新型的网络文学开发模式能有效延长 IP 的生命周期，这也充分昭示了阅文集团要打造中国漫威的野心。

阅文集团创立了 IP 共营合伙人制度，核心观念是开放、共赢、共生。阅文集团秉承开放的态度，接受任何有创造力和合作意向的人或机构参与到开发中来；坚持融合共生的理念，打造不同形态的 IP 成果；以共赢的心态与合作方共事，在这种极具活力的生态圈中，不断提升 IP 价值，分享共赢的利益。网络文学的可塑性、延展性很强，从诞生到现在就是一个开放的产业。从降低写作、阅读的门槛，到后来移动阅读打破阅读场景的限制，其特点就是开放。阅文集团正是洞悉这一点，着力孵化超级 IP。

（1）上游精选作品

筛选优质网络文学 IP 作品。如《斗破苍穹》2009 年 4 月 14 日连载于起点中文网，2011 年 7 月 20 日完结，这是天蚕土豆的第二部长篇小说，也是他在起点的封白金之作。近十年后，同名剧在 2018 年播出，可谓十年磨一剑的积淀，自然唤醒不少原著书粉的记忆和热情。

（2）中游转化与传播

与其他企业合作，形成多渠道全方位联动传播态势。阅文集团既借道腾讯旗下的优势品牌，如腾讯视频、天美工作室、企鹅影视等，又加强与其他制作公司、播放平台的合作，如幻维数码、B 站、万达等。在网文 IP 的转化过程中，一般会遵循二次元先行的 IP 孵化策略，先进行投资改编成本相对较低的动漫，提升 IP 人气。动画第一季由阅文集团、腾讯视频联合出品，2017 年 1 月 7 日在腾讯视频首播，B 站同步跟播，开播首日，播放量破亿，这无疑是一个开门红的好兆头。截至 2018 年 7 月，在腾讯视频上已达 15.4 亿的播放量。2018 年 3 月 3 日，动漫第二季强势回归，由阅文集团、腾讯视频、万达影业联合出品，在腾讯视频独播首日点击量破 1.6 亿，截至 7 月腾讯视频播放量达 3.4 亿。广大的受众在评论中表示第二季动漫质量有所提高，一方面对场景精雕细琢，宫殿楼宇、溪水泉流，有着与影视剧场景比肩的精美之处，另一方面在人物的塑造上下足功夫，使其更加鲜活立体，在打斗时画面流畅且富有艺术美感。动漫的成功改编，使阅文看到了市场的广泛认可和继续拓展的价值。因此，除了动画，《斗破苍穹》还分为电视剧、电影、游戏等方面的开发。电视剧《斗破苍穹》第一季由腾讯影业、阅文集团、企鹅影视联合出品。由吴磊、林允、辛芷蕾主演，他们是带有高流量与高话题量的人气偶像，有着较强的吸粉能力，为电视剧能热播打下基础。《斗破苍穹》前两季动漫在播出后就积累了不少人气，电视剧的拍摄也紧随动漫播出的步伐，汲取动漫积累的热度，

2018 年 3 月发布的宣传片在微博播放量达七百多万次，9 月 3 日在湖南卫视这一粉丝拥趸的平台播出，进一步扩大其影响力，吸引更多的粉丝。《斗破苍穹》的游戏由腾讯游戏旗下推出过《王者荣耀》《穿越火线》《天天爱消除》等多款热门游戏的天美工作室负责开发。在开发初期，团队就奉行题材、角色、剧情等的还原原则。此外，身为作者的天蚕土豆会在网游中担任首席架构师，确保游戏与原著相符合。

（3）下游由周边衍生品来延长作品传播热度

网络文学作品或者其改编作品完成后，进入到线上线下变现的渠道。团队会加紧进行宣传或加强与其他企业的合作，如打造主题餐厅、销售游戏手办、商场举办相关的主题活动等。由粉丝拉动网络文学产业经济，为各方带来营收，形成产业链上多方共赢的局面。

2. 海内外传播布局

平台传播的力量是惊人的，尤其是大型企业的规模化运营，使得网络文学作品的传播记录不断在刷新。依靠阅文集团海量的资源优势、成熟的运作模式、创新的探索精神，2018 年 5 月，起点国际成立一周年之际，交出了一份可观的成绩单。起点国际的作品储备由上线之初的 38 部到 150 余部英文翻译作品，620 余部原创英文作品，总量在同类网站中遥遥领先，累计访问用户超1000 万。起点国际以英文版作品为主，为满足全球读者的需求，还推出韩语、日语、等多种语言版本。为实现便捷阅读，阅文集团攻克跨文化交流方面的难关，除了 PC 端外，Android 版本和 iOS 版本的移动 APP 也同步上线。在全球化的语境下，以多元便捷的阅读服务吸引全球读者。凭借简洁大气的页面设计、流畅便捷的检索通道，以及《天道图书馆》《全职高手》《放开那个女巫》等热门译作，阅文集团俘获一大批海外读者。

第五章 网络综艺及其传播机制

随着互联网的迅猛发展及智能手机的全面普及，网络视频用户数量骤增，网络综艺开始出现在人们的视野之中，短时间内，凭借着题材新颖、话题度高、类别丰富、表现形式多样、接地气、符合观众需求等一系列优势迅速收获大批受众，在很大程度上推动了视频行业市场化、快速化、规模化发展。目前我国网络综艺的整体发展状况良好，其传播模式日趋多元化，传播效果显著。

第一节 网络综艺的内涵、特征及发展历程

一、网络综艺的内涵

经过近年来丰富多样的实践和经验积累，网络综艺逐渐形成了自身的鲜明特性。就基本内涵来说，网络综艺是指由视频服务商、制作机构或个人制作，以网络平台为首播渠道、以网络观众为主要受众群体，综合运用各类视听表现手法、广泛融合多种艺术形式并对其进行二度创作的视听节目。其中，以网络平台为首播渠道、主要在视频网站等网络视听节目服务机构播出是网络综艺区别于电视综艺的显著标志。

当然，为尽量满足大众艺术审美和休闲娱乐需求，同时，视频网站及节目制作机构为进一步扩大节目影响力，还会制作播出多版本的节目和衍生节目，或者说，所用素材由特定主体在节目拍摄过程产生，或与主体节目情节设置有相通性的节目。从更大的范围说，这两类节目亦是网络综艺的题中之义。其中，前者是对原版节目的重新编排，比如，增加一些花絮、互动内容等；后者是指围绕节目本身，在原有素材上进行二次创作。

近年来，我国综艺节目数量整体呈上升趋势，而"网络"成为一个绝佳的突破口、移动端成为重要视频观看渠道，同时，与大众观看视频习惯的变化

相表里、与满足大众碎片化时间的消费需求相适应，加之资本的大量涌入、优质内容生产者的参与，诸种物质基础和生产力因素的综合作用使得网络综艺创作生产迎来了爆发性的增长。

二、网络综艺的特征

（一）网络综艺的主体特征

在发生、发展的历史进程中，网络综艺节目的创作生产主体及其格局、合作模式等经历了一系列的变化，经过近年来的快速发展和竞争、消长、合流、沉淀，目前已相对成型。其中，制作机构仍以视频网站和各专业机构为主力，具体包括视频网站独立制作、参与制作，以及专业制作机构制作出品。近年来，网络综艺节目制作机构日趋多样化，特别是，随着传统制作机构、专业制作人的陆续加入，以及直播平台、营销公司、平台内部制作团队的纷纷涌入，视频网站独立制作、参与制作的节目数量虽有所增长，但占比仍呈现大幅下降态势，而专业制作机构则占据了网络综艺制作的大部分市场。相应地，平台与制作方合作模式亦逐渐清晰化、成熟化。具体而言，一是联合投资，即投资行为属于多方的，网站根据需要选择一家或多家合作方，以确保制作质量；二是委托制作，即网站由于自身力量或其他方面的不足，委托具有专门资质的第三方进行制作；三是资源投入，即网站主要为制作方提供各种资源，包括平台资源、人力资源等，这种情况下节目的版权归网站和制作方共有；四是平台分账，即节目创造的收益由网站和制作公司平分，网站在其中扮演着开放平台的角色；五是版权采购，即直接购买已经制作完成的节目的版权，这是一种最便捷的方式，采购面向的通常为电视综艺节目，尤其是有着庞大受众群体的节目。

就现实情形而言，不管是从历史发展、制作实力，还是播出平台、生产格局、合作模式等方面看，大型视频网站和平台依旧是网络综艺节目制作的特殊主体，其作为和动向具有重要的作用力和引领力，乃至形成了优酷、腾讯、爱奇艺、芒果 TV 四家主流视频网站各出奇招、发力相争、群雄逐鹿的局面。比如，优酷布局综艺矩阵、腾讯强化节目原创、爱奇艺主打青年路线、芒果 TV 借势乘风突进，同时，各大网站平台还通过深耕主流类型与垂直领域、注重新技术的创新突破、引进国外优秀模式、加强版权布局、强化营销价值等多方面的努力，促使网络综艺创作生产逐步走出前些年的野蛮生长模式，朝着精品化之路不断迈进。

（二）网络综艺的创作特征

在互联网文化语境中，或者说，在新的媒介生态、新的艺术生态中，面对"传统——现代"的张力结构，网络综艺创作生产的最大特点莫过于体现在"艺术思维"上。何谓"艺术思维"？广义地说，它是指以艺术创作生产为中心，涉及诸多要素和环节，并与一定时代、一定生产方式相适应，表达人们思想感情的思维结构与方式方法。无疑，基于互联网这一全新特质媒介的深刻作用和革命性影响，网络综艺创作生产的艺术思维发生了质的变化。

在一篇关于时下二、三线卫视收视率问题的观察文章中，作者谈及"电视"思维与"互联网"思维巨大的差别：互联网思维是一种用户体验至上的思维；电视人却仍然停留在受众思维。可问题是，谁还是单向的信息接受者？谁还是围在一起看电视的那群众呢？如此一来，"英雄老去和美人迟暮总让人伤感，但没有办法改变事实"，以至于"电视台正在走向死亡"。且不同该观察令人惊异的措辞是否真实反映了媒介的更新换代正在上演着"三十年河东、三十年河西"、风水轮流转的戏码，但有一点可以确定和肯定，那就是参与、分享、互动和个性化等是互联网媒体区别于电视媒体的显著特点，互联网时代的艺术思维，是一种可概括为以"网感"为表征、以"时尚体验"为内容、以"互动交流"为核心的表达方式。

尽管这种艺术思维和表达方式已渗透、贯串到几乎网络文艺诸种表现形态的创作生产之中，但就网络综艺来说，其情形更为突出和鲜明。比如，和传统的电视综艺相比，"网感"是网络综艺的显著特点之一。而"网感"基于"网生"，以及因技术创新而提供的更多的互动方式、人人可参与创作体验和直播态的即时感，换言之，基于网络传播特质而生产出来的节目在题材类型、受众体验、思维方式、网络语言等方面带有很强的时代生活烙印。简要说来，相比之下，电视节目大多是一个与观众没有太大关联的闭合圈，而网络综艺节目尽管也具有类似闭合圈的形式，但必须要有网友参与其中，甚至观众不太关注网络节目内容说了什么，而更关注其下的评论，因为评论有时比内容更精彩。这样一来，网络综艺的节目设计、话题选择等，往往是从私人话题出发并通过吸引人们关注而将其扩展为公共领域的公共话题。相应地，网络综艺节目的语言表达多带有网络文化的符号特征，精彩之处不乏私人化表达的犀利、有趣和深刻。比如，《奇葩说》《吐槽大会》《拜托了冰箱》等节目往往形式简单，但所讨论的话题涉及青年亚文化的诸多方面，更重要的是，节目内容接地气、节目品质蕴含着现实生活的深刻经验，因而受到青年群体的广泛喜爱。在某种意义上，网络综艺之所以被众多年轻人喜爱乃至追捧，也正是"网感"所带来的新的收看体验。就发展而言，如果将"网感"和互联网艺术思维视为一种独特的"优势"，那么，它不仅使网络综艺显现出与电视综艺不同的新变化、新特征，还使其获得了超越以往的强大动力和发展的广阔空间。

三、网络综艺的发展历程

（一）萌芽生长期

这一阶段有几个标志性的节目出现并推动着网络综艺的发生、发展，一是网易旗下的文化、娱乐、女性三个频道下属社区联合推出了"2002年虚拟春节联欢晚会"，这台"晚会"巧妙运用了生动的网络文字、Flash动画、声音和图画等形式，较CCTV的晚会模式和语言等均有不同，属网络综艺晚会的萌芽；二是2006年《全球华人春节网络联欢晚会》真正发挥网络的特点，开辟了与电视截然不同的互动模式，将娱乐的空间从舞台扩展到PC，突破了电视媒体的瓶颈；三是搜狐视频2007年推出《大鹏嘚吧嘚》，该节目开始固定时间、固定形式进行制作、播出，标志着网络自制综艺的开始；四是中国网络电视台2010年开播的《明星来了》可以说是早期比较专业的网络自制综艺。总的说来，这一阶段的网络综艺是伴随着互联网技术和新媒体的进步而发展起来的。其中，一方面，一些门户网站开始布局视频网站建设，出现了一些网络自制综艺，同时，一些传统主流媒体开始自身网络电视台建设，可视为台网融合的肇始；另一方面，此时的网络综艺制作成本较为低廉、节目类型单一同质、节目数量不多，且有的节目以搞笑为宗旨，有的节目更靠大尺度吸引眼球，意义不大、生命力不长，因此，网络综艺的数量和质量都与电视综艺相去甚远。

（二）探索突破期

这一时期有两个突出特点。首先是资本开始关注，一些网络综艺开始加大制作投入。从2011年开始，资本市场开始逐步关注视频网站的建设，2011—2014年视频网站经历了逐步完善的过程，其中有几个事件标志着视频网站的格局形成：2012年8月20日，优酷土豆集团公司正式成立；2013年5月7日，百度宣布3.7亿美元收购PPS视频业务，并将PPS视频业务与爱奇艺合并，PPS将作为爱奇艺的子品牌继续保留；2013年10月28日，苏宁宣布向PPTV投资2.5亿美元，占PPTV股份的44%，成为第一大股东。

其次是节目类型以语言类为主，虽然较为单一，但为新起点。2011年7月，《爱GO了没》在当时的奇艺网上线，该节目由台湾地区金牌综艺制作团金星娱乐联袂打造，由陈汉典主持，开启了网络综艺的突破期；2012年3月，高晓松主持的网络脱口秀节目《晓说》，打造视频化的"高晓松专栏文章"；2012 年 6 月，郭德纲联手爱奇艺打造一档国内网络媒体自制高端评论栏目，利用综艺节目的内在规律，高度整合时事热点及新闻排行榜的有效资源，实现评论话题的可看性与可延展性。这三档节目均以谈话类、脱口秀为主，相较电视综艺仍有较大差距，但网络综艺已处于蓄势待发的状态，也为一些新鲜的、高质量节目的出现指出了新的方向。实际上，这一趋势和方向在 2014 年《奇葩说》成功后得以全面爆发。

（三）高速发展期

2014 年被称为网络综艺的自制"元年"，"爆款首次面世+数量翻番"是其显著标签。其中，各大视频网站，尤其是占主导地位的几家巨头纷纷制订自制内容计划，且有 100 多档网络综艺节目上线，制作水平和节目数量也大大提高。比如，马东制作并主持的爆款网络综艺《奇葩说》横空出世，播放量和口碑大获全胜，产生了前所未有的影响，颠覆了一直以来观众对于网络综艺的固有观念。2015 年，网络综艺热度继续，内容也愈发优质，《歌手是谁》《好笑头条君》《你正常码》《隐秘而伟大》等火爆网络综艺引发全行业对网络综艺的高度关注。2016 年以来，网络综艺数量和质量集中爆发，节目主题和形式也更；加多元化，再加上一批传统电视人纷纷走出体制，成立制作公司，进军网络综艺，致使众多节目在投资成本、制作水准、节目阵容、节目形式等方面已可与传统电视综艺相媲美。至此，网络综艺已成为相对成熟的网生内容类型，网络综艺的黄金时代也终究来到。其中，比较有代表性的网络综艺有《火星情报局》《爸爸去哪儿》《暴走法条君》《饭局的诱惑》《好笑头条君》《拜拜啦肉肉》《偶像就该酱婶》《了不起的匠人》《明星大侦探》《偶滴歌神啊》《美食台》《圆桌派》等。

总体说来，在视频网站的大力推动下，近年来网络综艺实现了高速发展，不仅节目数量、全网播放量均有提升，创作生产整体上升态势明显，而且，网络综艺与电视综艺在质量、水平等方面的差距在不断缩小，这与之前电视综艺绝对的垄断形势和格局有了很大的区别。

第二节　网络综艺的过度娱乐化问题

一、网络综艺过度娱乐化问题的出现

过度娱乐化是一个相对笼统的表述，其问题复杂多样，具体表现可归纳为以下三个层面。

（一）价值取向：过度强调金钱和物欲

"传递向上向善的价值观"是文艺作品的使命与追求，然而在部分网络综艺节目中，却出现了价值观的迷失与偏离。有的节目大肆宣扬拜金主义，鼓吹金钱至上，将金钱视为衡量一切的价值标准，把赚钱当成奋斗的唯一目标，一切向钱看。还有的节目宣扬享乐主义思想，过度追求物质上的享受和肉体上的欢愉，忽视对于注重精神层面的追求。还有的节目刻意宣扬一夜成名和一夜暴富的观念，助长走捷径、急功近利、不劳而获等不正之风。上述这些问题使得部分网络综艺节目缺少阳光美好、积极向上的精神气质和向上、向善、向美的价值观。

（二）内容话题：以"污"为卖点博眼球

娱乐是有底线、有节操的，和电视综艺节目一样，网络综艺节目也不能让廉价的笑声、无底线的娱乐、无节操的垃圾，淹没老百姓的日常生活。但当下部分网络综艺节目却将底线和节操丢到一边，竞相展示"污"文化，堂而皇之地讨论与性、暴力相关的话题。部分节目甚至以"污"为美，以"污"为卖点，大张旗鼓地讨论少儿不宜的话题，进行性暗示、性挑逗、玩暧昧、讲黄段子，不断触碰娱乐底线。部分网络综艺节目不注重打造优质内容，反而热衷于制造热门话题，试图通过一些敏感、露骨的话题来博眼球、博出位。

（三）形式表达：互撕恶斗与语言暴力

戏剧冲突是情节发展的动力，合理的戏剧冲突会增强网络综艺节目的表现效果，但过多刻意制造的戏剧冲突会降低节目的整体品质。当前，一些网络综艺节目中，主持互撕、嘉宾互撕、选手互撕，各种角色之间的冲突纠葛不断，屏幕之上充满互撕恶斗。有的节目刻意展示人性的阴暗面，推崇弱肉强食、勾

心斗角、尔虞我诈的丛林生存法则。此外，语言暴力也在部分网络综艺节目中频繁出现，谩骂、诋毁、嘲笑、讽刺等话语时常能够听到，片面、偏激、极端的言论也屡屡出现。节目中呈现的这些互撕恶斗与语言暴力，有的是嘉宾或选手个人为了博出位所进行的刻意之举，有的则是节目组为了所谓的节目效果人为制造的戏剧冲突。除了节目里面，视频弹幕中的语言暴力问题也很严重，一些弹幕口无遮拦、肆意乱评，进行人身攻击、地域攻击，不同明星的粉丝之间也是粗口频出、骂战不断。

二、网络综艺过度娱乐化问题的成因

（一）追求更多利润

网络综艺节目出现过度娱乐化问题，与节目制作人为追求更多利润有关。就目前来看，网络综艺节目以点击量为评价指标，普遍追求通过提高点击量吸引更多的广告商，从而达到获取更多利润的目标。在资本奴役下，一些网络综艺节目刻意制造娱乐话题以获得更多的点击量。

（二）迎合低级趣味

有需求就会有市场，低级趣味的需求在互联网平台上广泛存在，部分网络综艺节目为了获得更高的点击量，一味地去迎合这些低级趣味。金钱、美色、权力、名望，这些都是人性中的潜在弱点，窥私、猎奇、斗争、享乐，与此相关的内容总是有着旺盛的需求。部分网络综艺节目利用人性中的潜在弱点，一味迎合部分用户的低级趣味，在点击量的狂飙飞涨中迷失自我，丧失了对于社会责任的坚守，节目所呈现的价值观逐渐偏离。制作主体要分清受众的合理需求和低级趣味，要满足受众的合理需求，而不应是迎合受众的低级趣味。不断满足受众的合理需求，能够推动市场的良性持续发展，而一味迎合低级趣味，结果只能是被低级趣味所绑架。摆脱低级趣味的绑架，网络综艺节目才能谈及品质提升，行业才能健康发展。

（三）缺乏有力的监管

网络综艺节目之所以会出现过度娱乐化的问题，与缺乏有力的监管有直接的关系，比如湖南卫士被停播的《妈妈是超人》就在芒果 TV 播出。而这一节目原本停播的原因，就是由于被认为过度消费明星子女，呈现出明显的泛娱乐倾向，最终却能够利用网络播出。从历史发展情况来看，网络综艺节目在发展之初并未得到相关部门的重视。但随着网络综艺节目数量的发展壮大，依靠现有机构已然难以进行有效监管。而就目前来看，国家仍然未能建立专门的监管机构负责进行网络节目的管理，进而导致存在过度娱乐化问题的综艺节目依然屡禁不止。受这一因素的影响，越来越多的网络综艺节目和节目制作人开始出现娱乐化倾向。

三、网络综艺过度娱乐化问题的解决对策

网络综艺过度娱乐化问题的产生，涉及多个行为主体。针对这种情况，还要使多主体进行合力协作，才能有效解决网络综艺节目的过度娱乐化问题。

（一）制作主体：严格自律，不触碰底线

网络综艺节目过度娱乐化问题的解决，除了依靠监管机构的政策监管外，更需要制作主体的自律意识。当前，许多网络综艺节目是由民营制作公司进行生产和制作的，这些内容供应商的主创团队有一部分来源于各级电视台，还有一部分来源于互联网公司。经历过电视综艺节目长期锤炼的曾经的电视从业人员，往往自律意识较强，心中有底线，分寸感较强；但部分年轻从业人员没有经过这种锤炼，对于尺度的拿捏、题材的把握及其展现的分寸感不够纯熟，很容易触碰娱乐底线；也有一些从业者存在侥幸心理，觉得网络是"法外之地"，钻相关监管制度不够健全的空子，"打擦边球"，走灰色地带。

网络综艺节目的制作主体只有严格自律、加强学习，不触碰娱乐底线，把重点放在优质内容的生产上，节目才能真正获得市场认可，行业才能获得良性持续的发展。

（二）播出平台：加强把关，以规避风险

随着监管力度的逐步加强，播出平台所面临的风险也在不断加大，播出平台尚未或已经推出的网络综艺节目，且出现过度娱乐化问题，就会面临不能播出或被下架的风险，播出平台不得不承担相应的高额资金损失。只有加强质量把关，播出平台才能有效地规避和降低风险，在内部审看环节尽早发现潜在的种种问题，防患于未然，将风险降到最低。与电视台相比，视频网站的把关意识不强，审看力量较为薄弱，审片经验不够丰富，审看标准也不够严格，因此播出平台需加强把关意识，增强审看队伍，提高审看标准，积累审片经验，应充分借助外部力量，从电视台、高校、政府部门等多个渠道聘请审看专家严格把关，进行科学合理的播前评价和播后评价。

（三）监管机构：进行网台统一标准监管

网络综艺节目发展迅速，与电视综艺节目的差距正在不断缩小，二者的监管标准也在趋于接近，网络综艺节目与电视综艺节目进行同标准监管势在必行。中宣部副部长、国家新闻出版广电总局局长聂辰席在第四届中国网络视听大会上提出，网上网下导向管理要"一个标准、一把尺子"。随后不久发布的《关于进一步加强网络原创视听节目规划建设和管理的通知》正式宣布针对网生内容开启"备案登记制"，不仅要在前期杜绝不健康网生内容的出笼，播出后炒作过度造成不良影响的节目也会被下架。相关监管机构正在不断地加强对网络综艺节目的监管力度，电视台不能播的网络也不能播，线上线下采取统一标准，如此一来，可从政策层面上对网络综艺节目的过度娱乐化问题予以有效遏制。

第三节　网络综艺生产传播的基本模式

一、技术特性：在互动融通、开放的网状空间中结构价值

技术的发展消解了时空限制，使信息传播瞬息万里，带来了信息的高速交换。由此实现了信息内容生产与传播的资源共享、传播同时的在线"互动"可能。于是，在互联网平台上，主体、内容、渠道、受众等各要素之间，形成相互连接的关系，并能将内容产品的生产和传播过程，转变为即时互动状态下的行为链。

互联网已经成为一张巨大的"网"，开放网状结构让内容产品相关元素的联系不再是线性的、一元的，而是可以无限连通，带来了"连接一切"的格局变迁。信息在不同层面、环节的连接、贯通，结构、激发每个个体元素更多的能量和价值。信息的分发无限延伸的趋势明显，互联网平台上的内容生产和传播在无限的动能中连续、持续。

应充分认识、理解、把握、开发、运用好互联网以上两种本质特性。网络内容产品的生产和传播，应该是即时的、互动的、开放的和要素无限增值的。

（一）强调传播过程中即时互动

由于互联网技术革新，传播手段丰富，使用户的互动、反馈渠道越来越多元化，从而能生产出符合用户需要的高质量产品。随着传播的时效性不断增

强，互联网平台上内容产品的理想状态是生产与传播是同步进行的，并且以用户的需求为中心，两个过程可以即时互动并相互回馈，进行流程重塑、再造、融合。各相关元素也在动态、持续中进行连接，不断丰富内容产品、用户感受、渠道平道等。为此，网络平台及其所搭建的信息空间，更注重当下性：当下性的信息资源、当下性的即时生产、当下性的传收过程和效果。

技术作为互联网内容产品的最大内驱力，即时互动成为网络综艺发展的极大优势。传统综艺与观众互动和获取反馈的方式更多地来源于舆情报告，反应较慢，且效果不佳。而网络综合依托于互联网平台，节目一上线即可与用户高效沟通。用户可通过视频网站、APP 留言或微博、微信等社交媒体表达观点、沟通意见和参与节目讨论。在弹幕技术日益成熟的今天，用户在观看过程中可以随时评论反馈，当用户将自己的表达输入进弹幕框点击发送后，评论会实时出现在视频画面上。由此可见，相比于传统综艺，网络综艺强调即时互动，强调更及时、有效地与用户进行联系。

（二）凸显空间性开放增值

网络不仅是一个传播的平台，也是一个经营的平台，两者结合共构了互联网开放增值的特性。互联网从宏观和微观两个层面体现了开放性，由此信息不断在开放中无限延伸，实现共享与增值。从宏观上来看，网络传播格局呈现开放性，任何组织、社团、平台、个人等都可以参与信息共享，从中获益；从微观上来看，通过元素之间的连接，即"岛屿式"桥梁的构架，使元素获得多重价值、意义，实现单元素的价值增值。在空间架构上，元素的多向性连接，使得网络内容产品能够实现多元化的深度匹配，也使得内容产品可以有立体化的存在和呈现。另外，呼应网络技术的开放性特性，促进内容产品的多维度的结合，可实现价值延伸，无限增值。

网络综艺依托与视频平台，具有高效参与分享，资源共享增值的属性。在传播环节实现用户的观赏性与平台链接的商业性，可使内容的价值最大化，实现节目立体化的增值效果。目前，网络综艺+电商成为节目开放增值的首选。视频平台和电商平台双方分享资源，共同扩宽彼此的业务边界，实现商业价值增值。例如天猫酒水节冠名节目《举杯呵呵喝》，节目和酒水节将同是酒品领域的内容，及用户资源进行共享，从而达成内容和品牌的精准结合。通过节目输出的酒水品牌形象，在酒水节活动期间，相关电商的新增用户比例超过九成，活动页面浏览时长超平时 4 倍，酒水销量创新高。

二、内容产品产播模式：融合、跨界中形成资源共享

随着互联网技术渗透到社会的各个方面和层面，信息传播综合运用多媒体的手段为表征的媒介融合得到实现。媒体的融合发展，媒体平台的互动、媒体互为网点的空间性连接，构建出了全新的信息传播环境。由此也带来了媒体内部生产、传播环节的重构和不同媒体平台间节目内容自由共享。这是一个大传播的时代，在媒体基于互联网构建出广域的传播空间里，内容产品不单是以"篇""个"等来计数，而是可以从"流量"的维度来统一定义。作为互联网价值的依托，流量的意味是动态的、绵延的，联系的、发展的，同时也是"融合""边界模糊"的——互联网环境下流量可以渗透到平台的各个方面，甚至是跨平台：并在此同时构建出新的内容产品产播的新模式：在"混融""模糊"中，构建内容产品的无限、动态、连续不断的空间化、链条化的生产、传播状态。

（一）融合中节目资源共享、分发

互联网同时也是媒体的融合平台，以及信息资源的积聚平台和分发平台。互联网的双向、多向互动性拓展了信息的传播渠道，用户彼此联系，每一个人都是一个节点。每一个节点既是接受者，也是传播者。在这种"节点的社会关系"中，关系成为信息的传播渠道。复杂的关系连接在一起，构成信息的流动和分发渠道。媒介分发平台的延伸是影响传媒生态变革的关键路径之一。因此，互联网逻辑下信息的传播、分发方式也实质性地改变了网络综艺的生产与传播模式。

目前，每档节目的播出过程中，平台在除自身网站和 APP 外的各种社会化媒体中实现资源共享，不仅限于微博、微信，短视频、网络直播等平台都成了节目共享和分发内容的重要阵地。不少网络综艺节目很好地实现了这种融合的分发模式，引起了广泛的社会反响。例如《偶像练习生》节目出现练习生们通过考核评选出舞台中心位（即"C 位"）的情节，节目上线以后社交媒体的热搜榜普遍以"C 位出道什么意思"作为话题，"C 位"迅速在各大平台引发热议，还不断衍生出对"C 位"的科普、节目段子、表情包等内容，节目持续发酵。节目在融合中共享、分发，一方面使节目的热度持续时间延长，也扩大了节目的覆盖范围，实现二次传播，另一方面也节目在不同媒介、平台中的流动与融合，带来了新的"化学反应"，使信息价值延续。

需要指出的是，节目在融合中实现资源共享也会倒逼网络综艺的产播模式做出改变。无论是与社交媒体平台融合进行宣发，还是与传统电视台节目进行

"反哺"合作拓展渠道，节目应该在"事前"对节目的制作理念、节目研发、传播策略等做出设计，内容的多元触点、多版本分发、播出方式和宣传推广等方面都需要慎重考量。

（二）跨界传播中产业融合

在媒体融合趋势下，传媒行业与电信业、互联网业等其他相关产业的融合是必然趋势。"跨界综艺"成为流行趋势后，带来了节目更复杂的生产与传播模式。再者，跨界融合的意义不仅局限于某一个具体的网络综艺，而是对整个行业产生冲击，影响行业的产业布局和产业结构，使网络综艺产业链由闭合到开放，也带来了产业链的重构。因此，整个网络综艺行业若不在媒介融合格局下寻找自身节目的定位以变革，还停留在传统综艺的思维下去考虑节目的生产与播出模式的优化再造，恐怕就会在融合的环境中被边缘化。

作为跨界融合的先行者，芒果 TV 与互联网电商行业极链科技 Video++达成跨界合作，基于《明星大侦探》的超级 IP 打造衍生品，推出"一站式视频电商系统"，实现"边看边买"的模式。Video++节目定制了一些轻量化且使用度高的衍生品，如明星手机壳、U 盘等，根据节目剧情走向，在明星嘉宾推理时运用云图、卡牌等形式，在视频播放时弹出商品广告图，将用户导流到活动详情页，实现了无须跳转外部链接，即可购买的方式。此外，腾讯视频深耕体育业多年，推出节目《超级企鹅联盟 Super3》，通过专业篮球运动员+明星队员的方式举办篮球名人赛，将产业链扩展到线下，线上线下均创收。

因此，在媒介融合的背景下，网络综艺需对其他产业开放，用更积极的心态寻找产业链条中的合作伙伴，谋求共赢乃至融合的生产和传播模式。

三、场景：以沉浸体验的强化为节目旨归

（一）依托故事情节，优化情景设置

网络综艺场景需要合理设置节目情境，换句话说，需要讲好故事，让观众走进节目所讲述的情节中去，从而拉近与观众的距离。从人类学的角度看，人们需要故事，需要故事带来精神上的丰富与满足。而故事的核心在于情节，通过情节的叙述，在人的内心建立主观世界，赋予意义。网络综艺情景的构建并不是空穴来风，而是需要讲述真正的故事，需要对节目所反映的内容进行深入的观察和阐述。

在故事中搭建场景的方式有很多，既可以选择以真人秀的方式制造矛盾，展开剧情走向；也可以用游戏的方式触发情节开始。比如真人秀《心动的信

号》利用嘉宾以前的情感互动与冲突，展开恋爱情节，讲述四男四女以前的情感故事，营造了当下年轻人暖昧，甚至是处理情感时争吵的场景，让观众觉得嘉宾的境遇是年轻人处理感情时都会遇到的问题，与观众生活息息相关，从而拉近了距离。《明星大侦探》则是以游戏的方式渲染故事，以游戏式角色扮演讲述案件中的情节设定，让明星迅速适应了角色，消除了场景的时空阻隔，让用户投入案件侦破的情景中。

因此，网络综艺可以依托不同方式的进行故事讲述，从化场景设置，使观众快速进入状态。故事的讲述要从节目定位出发，注重贴近观众生和使情节富有真实感，避免不切实际、天马行空地虚构故事。故事风格以及故事细节都需要反复斟酌，缩短用户与节目之间的"知识沟"，更好地传达节目意图。

(二) 消解场景表演感，构建生活场

网络综艺是将生活场景以舞台表演方式呈现的典型艺术形式，它介于虚构与非虚构之间。网络综艺需要消解节目中场景的舞台表演感，尽可能搭建日常的生活场景以达到真实感，即通过营造"生活感"让用户获得"艺术真实感"。节目中所包括的人物、故事、观念、价值是场景的主要组成部分，这些细节越是逼真，越是贴近用户的真实生活环境，场景的效果就越成功。最典型的代表应该是谈话类节目，谈话是现实生活中最平常的场景，如果谈话类节目场景设置得过于繁复与华丽，则会让用户忽视节目本身讨论的话题。相反，节目场景越灵活，不拘泥于演播室，并且越模拟老友相聚，喝茶聊天的场面，越能让用户产生代入感。例如，同样作为谈话类节目，《圆桌派》的节目场景只设定在演播室中，虽然尽可能最大程度地模仿了朋友间喝茶聊天的模式，但主持人的台词和演播室的仿真场景还是令人有一种程式化的舞台感。而《十三邀》在场景设定上更为突破，场景依据嘉宾而定，节目穿梭于嘉宾的办公室、餐厅等场景，边吃边聊的场景设计将节目表演性最大程度化解。

因此，网络综艺的场景构建需要场性思维，节目与现实的主动关联性越强，场景越逼真，越拉近了节目与现实的距离，带给用户的沉浸式体验效果越好。节目中场景的设计从用户真实视角出发，效果最佳。比如《明星大侦探》嘉宾要摆脱原有身份，把自己变成一个与观众一样对案件思考的角色，同时随着案情会融入刑事侦查的手法和法律条文，这种场景的设置拉近了用户的距离，更贴近现实生活。

第四节　不同类型网络综艺节目的传播策略

一、《乐队的夏天》传播策略分析

（一）内容为王："大众"和"小众"的消解

音乐类主题一直是综艺节目的重要内容主题之一，从火遍全国的电视综艺《快乐女声》，到在疲软期逆袭的《中国好声音》，音乐类综艺节目内容定位始终以竞选成长类为主。随着时代的发展和社交媒体的更迭，在日益扁平化的社交标签下，网络综艺节目的主要定位青年群体越来越以兴趣群分。这一领域细分给予了相对"大众主流"文化而言更加"小众成圈"的非主流文化娱乐更多的表达空间和内容空间。《中国有嘻哈》这一节目正是针对嘻哈类音乐分支火遍全国，《乐队的夏天》抓住摇滚乐这一音乐类型完成创作。小众题材内容的创作虽能有效针对细分的内容领域，但似乎难以避免圈地自封。如何能在更大公众范围内寻得认同和关注，就成为传播策略中的核心内容。

大众文化是通俗的，广泛的，容易为广大人民所接受的文化。小众文化相对大众文化而言，局限于某一小圈子中形成的文化形式。作为一种小众文化音乐类型，《乐队的夏天》中，节目从主持人形象、评委类型、内容科普方面都体现了"大众"和"小众"的消解。在之前的小众类音乐综艺节目中，节目作用更多的是选手之间技艺的切磋，对于选手的商业价值提高微乎其微。《乐队的夏天》中主持人马东和《奇葩说》中睿智精明的导师形象不同，以"超级音痴"身份出现在舞台上，负责插科打诨，被选手和其他专业乐评人怼，马东成为对音乐懂之甚少又想了解摇滚乐这一小众音乐的人们的化身，这是比让马东控场更重要的一个元素。在音乐名词出现的时候，后期制作会配以小屏动画科普进行讲解，并且有简明易懂的例子辅以说明。当大众文化和小众文化两种不同文化特征代表相遇，形成了节目巧妙张力和看点。

（二）渠道互融：整合的传播圈层

爱奇艺利用自己的媒体资源，对《乐队的夏天》进行了跨媒体、多平台的传播。除了依托《奇葩说》的良好口碑和粉丝群体基础外，在爱奇艺视频网站平台以及 PC、手机端等各类智能移动终端进行传播。同时开设《乐队的夏天》官网微博和受众进行互动，并在多平台开展投票助力淘汰乐队"复活"。在推广策略上，还开展观众在朋友圈、微博等社交平台"实名安利"活动。通过受众的朋友圈层、社交媒体再次进行节目的二次传播，整合大众媒介、社交媒介的传播圈层。同时也打破了大众文化、小众文化的传播圈层。多平台、不同圈层的同时曝光使得《乐队的夏天》收获了高关注度和热度。与此衍生的周边节目《乐队我做东》，则以饭桌交谈的形式展现每个乐队生活化、个性化的一面，同时也消解了受众对于摇滚乐队以及摇滚乐的刻板印象，使得大众心理距离更为贴近和接受。以不同渠道、不同内容的传播方式，使得大众对节目的关注度累积起来形成长尾效应，达到系列宣传效果，从而进一步发展和巩固节目的传播度。

二、《奇葩说》传播策略分析

（一）创新节目形式，回归受众本位

在节目形式上，《奇葩说》声称自己是一个"严肃的辩论节目"，但它不同于传统的辩论形式，与以往辩论节目中辩手们正装出席、严肃论证的形象不同，《奇葩说》的辩手们奇装异服，辩论风格不一，他们有的逻辑严密，论证环环相扣；有的思维清奇，逻辑跳脱，不按常理出牌；有的语出惊人，标新立异。节目在以辩论为核心的形式上强调个性化和感情化，既有辩论的严肃思辨性，又具有脱口秀的综艺感，以逻辑为主线，将情感与价值观穿插在其中，鼓励选手充分展现个性特征。除此之外，激烈的赛制让节目变得更加紧张刺激，扣人心弦。在节目中，观众不仅是辩论的见证者，他们的投票也会直接决定正反方的输赢和辩手的去留，不仅增强了受众的参与度，也让节目抛去了传统综艺的呆板，变得更加新颖灵活。《奇葩说》在第三季和第四季分别推出了《奇葩来了》和《奇葩大会》两档先导节目，为之后的节目开播营造话题。它不是预告片，不是对正式节目的剪辑，而是具有完整综艺内容的"启下篇"，其实质和根本是为正式节目播出造势的同时带来二次盈利。

（二）内容为王，辩题贴近生活实际

网络综艺节目近几年来发展迅猛，但是一直存在着泛娱乐化和内容同质化、原创性低的问题。《奇葩说》在辩题的选择上能够坚持原创并反映当下热点，节目组会通过百度知道、知乎、新浪微博等各大网站的数据后台，在民生、人文、情感、生活、商业等领域，选取网友最关注的问题，动员公众参与调查投票。这样通过大数据处理和对网友的实际调查而得出的辩题具有很强的

现实性和高关注度，容易引起受众的兴趣与情感共鸣。纵观传统的语言类节目，不难发现，其表达方式通常是温和的、平铺直叙的。但是《奇葩说》这一节目则使观众对语言类节目固有的认知被颠覆，节目中所有的表达都是较为直接的，甚至是针锋相对的。来自不同领域的选手代表着不同的受众群体所具有的多元的价值观和思维方式。而不同观点间的激烈碰撞，也增加了受众群体的思考维度，起到一定的舆论引导功能。"ta 真的很努力，是一句好话吗？""职场菜鸟被前辈压榨，要不要 say no？""熬夜伤身，但使我快乐，还要不要熬？""面对女朋友的求生欲测试，该演戏还是做自己？"在这些涉及职场、日常生活、恋爱交友等诸多人们常讨论的话题中，人人都有发言权，因此能够更贴近受众。《奇葩说》在娱乐、夸张，甚至是极端的表达方式背后，给受众带来的更多是对辩题的思考和对自我的总结与反思。节目中，不仅有阅历丰富的辩手用自己的经历现身说法，导师和嘉宾团也会就自己对辩题的理解发表看法，升华主题，引导受众做节目以外的深层次思考。《奇葩说》作为一个网络综艺节目，它的意义不仅仅是博受众一笑，更重要的是使受众在笑之后去思考及提升自身。

三、《令人心动的 offer》传播策略分析

（一）相信观众

"给予就会被给予，剥夺就会被剥夺。信任就会被信任，怀疑就会被怀疑。爱就会被爱，恨就会被恨。"这是心理学上的互惠关系定律。当一档节目以真诚对待观众，信任观众，那么观众也会将这一信任回馈给节目，这是一个回报的过程与关系。

节目中"加油团"看似为了多一个转正名额的诉求而存在，实则他们更是带领观众进行互动，并一起参与到节目进程中的一个重要窗口。其中，何炅除了主持人的身份，他还和岳屾山这个法律顾问一同起到了科普、解读和意见领袖的作用。而 papi 酱是自带话题的网红人设，蓝盈莹是颜值担当，郭京飞则是综艺担当。根据节目组的规则，他们能决定一个实习生的命运，给"加油团"施加压力和同时，也赋予了观众更强的代入感。真人秀的内容包括工作和生活两个方面，通过第二演播厅的代入，观众们会看到初入职场的新人，不同性格的观众会关注不同性格的实习生，并因节目中的种种事件而联想到自身的经历，这是环环相扣的沉浸式节目形式与设置。这些节目的制作形式起到了与观众互动的效果，从观众的角度出发，给予观众喜欢的综艺体验，在腾讯视频的播放量、评论数量以及微博等社交平台的"话题"中就会有相对应的

收获，如该节目在豆瓣上的评分为 7.4 分，对真人秀节目而言是相当不错的成绩。信任观众，为观众考虑，观众也会将信任回馈给节目。从"使用与满足"这一传播学的视角，可以把受众看作是有着特定"需求"的个人，把媒介接触活动看作基于特定需求的动机"使用"媒介，从而使这些需求得到"满足"，也就是观众会通过节目使某些需求获得满足的过程。有些观察类综艺节目往往会涉及催婚、家庭矛盾、事业困难等来制造、贩卖焦虑，并试图击中观众的痛点，刚开始会让人产生共鸣，但长时间观看会让人失去兴趣。而《令人心动的 offer》是以职场观察作为节目的核心定位与手段，同时将重点放在新人的成长过程与职场的合作竞争，不但没有刻意呈现焦虑反而有意弱化冲突，将节目基调定为比较温馨的一类，从而获得受众好感。节目最后以温情以及大团圆的方式收尾，"加油团"点亮六盏灯，为实习生们拿到额外的入职名额，而没有拿到 offer 的实习生们也拿到了相关职业的介绍信。该节目提出就业问题的同时还提供解决问题的方式，不仅注重共鸣还注重与观众之间达到共情的效果，以"治愈"打动观众，达到"令人心动"的效果。

（二）保持自我

刺猬法则强调的是人际交往中的"心理距离效应"。在该节目中可以看到如果一档综艺节目要获得更好的效果，就应该与大众保持一种"亲密有间"、不远不近、恰当合作的特殊亲密关系。做大众喜爱的节目，同时还保持自己的特色和内涵，既能吸引大众又可以与观众产生良性循环。《令人心动的 offer》利用新媒体精准传播、速度快、距离近等特点拉近双方距离的同时，又在节目形式、节目内容等方面进行深入，尽管细节上还需要打磨但已经有自己鲜明的特点。例如，四位律师导师的人物设定上除了突出其个人魅力和不同的个性，不忘强调其专业性以及作为导师的责任和细心，在迎合观众的同时又保留自己的特质。另外，节目内容中不断抛出时下关注的热点话题，作为实习生的考察和引发观众讨论。例如"艺人与经纪公司签下的天价合同""当下网络暴力事件""声优女主播通过美颜等手段对直播观众索要巨额打赏，算不算欺诈"等课题的设置，正契合众多网民参与网络暴力、"乔碧萝事件"等话题的关注，通过实习生和导师以法律的角度为大众提供一些专业的观点和解答。该节目的受众定位聚焦在实习生上，一般分为即将离开校园步入职场的毕业生和刚踏入社会参加工作不久的职场新人。该节目定位比较精准，能够较好地把握受众心理从而做出应对措施。近年综艺节目大多是娱乐至上，有些节目为了吸引受众，过于娱乐化、同质化、媚俗化，不仅无法保持受众的黏性，还破坏了市场。因此需要理性看待市场需求，优化观众体验的同时树立自身的品牌观念。

（三）循序渐进

"南风"法则，也称"温暖"法则，是指一切都是一个循序渐进的过程，做节目需要日积月累慢慢深入观众内心，让观众喜爱并接受。

文化营销的过程中会传导价值，文化营销是媒体产业的市场营销模式，需要创建文化产品即节目与观众之间的共同认知，既有个性的体现又有正能量的输出，树立价值鲜明的内核，吸引观众的同时也有自己独立的品牌特色和文化。这便是一个循序渐进、逐步深入人心的过程。《令人心动的 offer》是京都念慈庵冠名，广告词为"呵护你的肺，呵护你的美，呵护你加班不累的京都念慈庵"。其中，"呵护"一词符合节目淡化竞争、关注成长的设定，加上小奄灯关系到最后一个名额，为促进念慈庵这个品牌与观众之间的交流，将其植入到节目环节中，循序渐进，让观众看见它、接受它，达到节目内容与商业价值的共赢。另外，在节目中"小李晨"这一人物的设定和塑造，也起到牵动观众的重要作用。他最开始被贴上的人物标签是勤奋的"职场菜鸟"，观众从第一集就开始好奇最后李晨会不会逆风翻盘、笨鸟先飞，这无形中将观众慢慢带入，对节目的后续发展有了期待。李晨是 1997 年出生的在读大学生，他身上体现的不仅是当代大学生面临毕业的求职状态，更是一个努力、好学，有很多不足但是渴望进步的平凡人。很多网友都评论说李晨身上有自己的影子，因为他是一个具有代表性的人物，在生活中大部分人都有过类似的经历，用这样一个人物来引发观众的共鸣和共情，也是节目中运用"南风"法则的表现。

四、《明星大侦探》传播策略分析

（一）互动方式：平等体验、双向参与

1. 网络视频主页的主动传播

《明星大侦探》除了充分运用优质的内容播放平台之外，芒果 TV 在 APP 首页还专门设置了"大侦探"的专题内容，用户只要进入系统就可进入其中。专题内容主要包含四大版块：其一是精彩正片；其二是超燃预告；其三是明星路透；其四是独家彩蛋。这充分说明作为独播平台芒果 TV 除了将该节目放于最突出的位置之外，还持续的推出当期内容的相关视频，从而满足观众持续关注视频的需要，这也是节目得以保持热度的一个关键之所在。

其次，重视观众的互动参与也是《明星大侦探》的一个亮点，首先在设计节目方面紧密结合了观众的需要以及充分满足用户体验，观众可通过搜索嘉宾的证据，继而完成自我推理。这表示观众在整个节目过程既可自我锁定凶

手，亦可跟随节目的进程完成思考。与此同时该节目为观众呈现出来的是碎片化的内容形式，所以需要观众自行设置悬念，形成完整的线索。整个节目富有吸引力，不断吸引着广大受众，并引导受众在思维方面形成互动，这被称作主动式互动传播。

2. 跨平台的交互传播

该节目还通过多元层面传播互动话题，受众可通过微信公众号、微博、豆瓣、知乎以及贴吧专区等平台参与其中。为了制造更高更热的话题，节目组还巧妙的每天利用官方微博持续预告下一期节目，再辅以抽奖互动等方式进一步增强节目的热度。此外，豆瓣、知乎等平台也每期发出相关议题，巩固传播通道的顺畅。设同名微信公众号，定期向观众推送节目内容、推理故事与推理游戏，完成与观众多方面联合互动。这些方式都极大地提高了受众对节目的参与度，有助于保持节目热度，同时能够让粉丝有机会与节目近距离保持联通，进一步扩大传播范围，强化传播影响力。

观众在节目前期时，可以各种渠道自由地参与节目组设置的有奖竞猜活动，通过推理故事，获得奖励。值得关注的是改版后的第三季节目更是引入弹幕（即从此之前所播出的两季也开放弹幕）这一新元素，极大地提高了节目的互动性和参与感，拉近了受众与节目的距离，在丰富屏幕观感的同时，让受众得以深化交流，使得整个节目更流畅，更具真实性。

3. 社会热点的话题传播

《明星大侦探》的传播内容始终紧贴社会热点，让观众在游戏中获得反思，以娱乐的方式传达价值观。当然需要提示，节目中所有故事都是虚构的，丰富化的内容，创新性的故事架构，比如展望未来的题材、反思社会或充满魔幻童话的题材。这些案件普遍聚焦社会热点事件，节目通常会设置一个反思社会问题或者建议的环节。每一期《明星大侦探》除了以富有故事性的游戏作为结尾部分之外，更为重要的是通过节目向受众传递价值观，引导受众学习如何解决问题，以免广大群众再次受到类似打击或伤害。

在案件构思方面，《明星大侦探》更加强调综艺性与故事性，强调传播正确的价值观与道德榜样。特别是第三季后，所有节目末尾都会特别地播放出一个聚焦当代社会问题看法的视频，同时通常以嘉宾陈述正确的观点，引导人们正式当下所面临的问题。

（二）虚拟身份形成"观照式"视角

设置实体场景形成沉浸式体验与分配虚拟身份都是营造沉浸式体验所不可或缺的一部分。伴随式的观照视角无疑是整个网络综艺节目的重点。从某种层面分析，此类节目不一定要烘托情感，但是一定要形成观照的视角，帮助用户完成整体推理过程。《明星大侦探》节目中所有参与者都分别扮演着不同的角色，设计真实的案件，使得这些角色极富勾连性，并形成了"嫌疑人"群体，而所有观看节目的受众都化身为破案者。节目中"嫌疑人"力证自身清白，排除猜测他人，受案者则可通过节目中嫌疑人的表现进行判断。网络综艺节目组是一个整体，同时其中包含各类个体，并与节目参与者形成对抗。该节目以场景为铺垫，为观众提供一个可深度介入其中，并与"嫌疑人"形成对抗的视角。

1. 参演者不同的人物设定

基于《明星大侦探》定位参演者的"人设"，作为首档推理类综艺节目，怎么能够少得了明星阵容呢？

何炅作为主持界的"大咖"，其不仅能言善辩，应变能力强，同时具有极高的文化造诣，可谓是"出口成章"。何老师是一位自带磁场，亲和力极强的主持人，这契合了本次综艺节目的需要（在娱乐化风格设定中，何炅势必会更为贴合广大受众群）。本节目在没有主持人的情况下云集众星，何老师超强有亲和力，使得整个气氛融洽。从某种层面说，何老师就是本次节目的隐形主持人。何炅老师的倾情加盟使得整气氛更加和谐，融洽，避免节目冷场或者陷入尴尬的局面之中，保证节目流程的顺利实施。

撒贝宁也是一位资深的优秀主持人，他主持的《今日说法》《出彩中国人》及与其名字命名的《撒贝宁时间》都积累了庞大的群众基础，这些均可见其主持功底。作为一名法制节目主持人撒老师具有丰富的案件整理情节剖析的经验。撒老师不仅成功主持了多档大型综艺类节目，同时还是春晚的常驻主持人，这充分说明该主持人具有丰富的主持经验与超强有应变能力，能够胜任主持活动中各种突发情况。何炅与撒贝宁的搭档可谓"无懈可击"的组合，两人超高的情商、智商足矣保证节目质量。

2. 观看者的个体视角带入

《明星大侦探》最大的特点就是充分运用了互联网数据资源，诠释其网络制播节目的特点，同时可通过网络平台全方位服务于各类受众，让观众能够充分感受到网络节目的趣味性。

比如其中的《明星大侦探 VR 探案》环节结合了 VR 技术，让屏幕前的观众有身临其境的感觉，特别是可通过 VR 游戏感受何炅及众明星侦破悬案的快乐。

在众明星开始烧脑的过程中，节目又巧妙地利用 VR 技术还原场景，观众只需要佩戴 VR 设备，即可与自己喜爱的明星一起进入案发现场：空中飘浮着本案的背景信息及嫌疑人角色介绍，一秒后自然开始游戏，此时用户只有 5 分钟的时间表现自己。观众可以在凶案现场找线索、分析嫌疑信息或冷静地利用智商分析现场。5 分钟过后，玩家们可依据自身获得的线索推测凶手与明星侦探较量。整个游戏就是一个斗智斗勇，比心智，比细心程度的过程。

（三）沙盘推演获得"模拟式"快感

要让观众形成沉浸式的体验必须进行场景设计，而虚拟角色则是其中的关键之所在。在《明星大侦探》节目中则体现在以沙盘推演为载体，营造沉浸式体验。

事实上仔细分析节目各环节设计的复杂度并不高，系统分配好角色后各自说明自己在场的证据，通过设定虚拟角色为观众提供不同的视角体验即可。个体证明自身不在场的信息，就是说首次发声，这就标志着观众已经进入游戏了。虚拟角色在搜集证据的过程中以个体视角呈现"案发现场"及出现证物的情况。事实上观看者在整个过程中体验不同的角色，并整体了解"案发现场"，同时基于虚拟角色结合"犯罪者"留下的蛛丝马迹，捕捉真凶。虽然整个过程中观看者并没有亲自融入其中，但是却可借虚拟角色完成自我思维搜集信息及判断等操作。特别是在集中投票环节更充分体现了参观者与观看两者间的实力对抗。个人的推演一方面说服其他参与者证明自己不是"嫌疑犯"，另外一方面需要提供证据，并影响观看者的投票。事实上观看者在集中投票前就已经有了自己的判断了，对于观看者而言集中投票则是进一步验证其判断真伪。该项目基于固定场景，利用个体视角，为用户营造各种细节，逐步引导用户侦探案件，在这一个过程中体验游戏所带来的无限快乐。

1. 场景布置细节极致化

（1）道具

从拍摄手法方面分析《明星大侦探》总体运用了类似于室内拍摄电视剧的方法，以室内布景为主，除部分"真相还原"外，可以说整个剧本都是"案发现场"。每集作品中的取证物品达到 200 多件，现场处处是证据。破案的关键可以是一台电脑、一个箱子甚至是几滴墨水、咖啡渍。总之现场的每一个细节设置可谓暗藏玄机，处处都需要以案件的逻辑进行设置。整个节目富有层次感，一环紧扣一环，同时各环节中又隐藏着各类信息。当然了要滴水不漏的布置现场也并非易事，对节目道具组的细心程度要求较高。道具组除了需要细致的布置道具之外，还要能够巧妙地利用道具制造出各种笑点。道具组需要结合设定的推理节目，布置的布置场景、放置道具，同时需要同时每一个道具、线索不留漏洞。节目中不乏有趣的道具，使得整个节目更具综艺性。比如场景中的照片是合成的，在推进故事情节的同时，制造笑点，活跃节目氛围。再比如《男团鲜肉的战争》，在明星们纷纷扮演男团的同时，道具组巧妙的循环播放《如果我开挖掘机你还爱我吗》，可以说这使得整个节目更具趣味性，让人忍俊不禁，节目的娱乐效果呼之欲出。

（2）字幕和美工

若使得一个节目能够成功，其后期人员也贡献了极大的心血，比如结合嘉宾们有时脱口而出的话，大开脑洞的配置有趣的图片。比如当何炅说到"洋气"二字时，字幕组马上放出一只正的放屁的小羊，这充分见证节目组丰富的想象力，同时又有几分搞笑气氛。字幕组还非常细心，比如在嘉宾找到线索或者某种证据后，贴心的在屏幕中标示出来，屏幕会以表格的形式总结嘉宾的推理内容、线索，方便观众分析。同时这也让整个节目显得更具流畅性、条理性。

2. 悬疑剧情深度接近化

《明星大侦探》节目一反当前普遍基本上综艺节目的一种粗制、放养模式——大牌，重金，各地取景。选择"小而美"的制作理念，其中细节是"小而美"的重要因素。而剧情深度接近化最关键是要精心设置故事情节。在《明星大侦探》推理能力成为参与者最基本的技能，而且整个节目非常考验细节。比如在《恐怖童谣》第一期中，撒贝宁介绍古堡童谣传说，在揭开神秘大门之前童谣笼罩着整个现场，离奇死亡的白邮差，这些都极大地吸引了观众，为第二期节目好收视率奠定基础。

首先来看，严谨地选择剧本是核心。《明星大侦探》以一期项目一个故事为理念，所以选择与剧本创作是项目的关键之所在。导演何忱介绍节目各期故事的形成可谓是一个工程，每个剧本都需要花费 2-3 个月才能完成且最终进入录制环节的剧本只有 10%-20% 的概率。比如《恐怖童谣》两期节目都是由第一季节目粉丝提供的初稿，并由团队确定剧本后期修改了 200 到 300 个剧本才最终定稿，而整个过程花费了整个 6 个月时间。为了获得灵感，节目组团队醉心于各类推理类小说的阅读，平日里每天盯着屏幕，倾听观众心声，就怕节目让受众失去新鲜感。项目组如此用心就是为了抓住受众的偏好，制作更有深度的悬疑剧情。

再次是精心设计节目形式。设计节目环节，第一个环节通常是让某位参与者以主观的视角进入并发现案发现场；第二个环节由各式各样的嫌疑人进入场，并与侦探者观察；第三个环节是阐释不在场的理由（本环节除了凶手以外，其他人都不能说谎）；第四环节，分组取证；第五环节，分享证据；第六环节，再次搜证。最后一个环节，单独票选凶手。

编剧在选择节目题材方面也颇具新意，整个节目囊括了各类题材，比如影视经典、国民往事、神话传说等等。所有的节目都重塑时空，重视每一个细节，比如选用服装等。通过用心制作，极大地调动了受众的参与欲望与热情。

第六章 网络影视及其传播机制

互联网和信息技术的日渐成熟为我国影视行业的发展提供了动力，当前已经形成了巨大的网络影视市场。本章主要对网络影视的形态与特点、网络影视的产业化发展进行分析，同时对网络影视的传播特征、渠道、形态及效果进行研究。

第一节 网络影视的形态与特点

一、网络影视的形态

（一）微电影

微电影已经进入人们的生活，但是对于微电影的定义至今没有形成权威的表达。它是一个中国化概念，国外各大电影节对这类作品使用的名词仍然是"short film"，而非微电影的英文翻译"micro movie"。最为流行的定义是：在各种新媒体平台上播放的、适合在移动状态和短时休闲状态下观看的、具有完整策划和系统制作体系支持的具有完整故事情节的微视频。其时间长度被限定在30~300秒。网易微电影节提出的微电影定义，要求是具有一定艺术创作与制作水准的作品。换言之，微电影不等同草根拍客作品，还有传播范式的要求，就是便于随时下载观看。

微电影的制作形式如下：

1. 广告商注资投拍定制式广告

微电影与商业广告有着天然的联系。首部微电影《一触即发》就是为凯迪拉克量身定制的剧情式微电影广告，《老男孩》《看球记》的背后都能看到雪佛兰、佳能等厂商的影子。与电视广告相比，微电影在"超长"的时间中，运用多元化方式把广告植入其中，有利于更好地诠释品牌理念，降低观众对广告的抵触心理。微电影的传播媒介是互联网络，投放资金远远低于电视广告。国家颁布的黄金时段限制广告播出的法令，则是促使广告商把资金投向微电影的外部政策因素。广告商注资投拍定制式广告是目前微电影行业主要运作模式。

2. 网站投资拍摄

微电影另外一种创作形式是网站投资拍摄。门户视频网站为了吸引用户，纷纷开设微电影专栏，组织导演、明星进行微电影创作，投放自制微电影。优酷出品的"11度青春"系列电影，其代表作就是红遍网络的《老男孩》。

3. 各种微电影大赛组织拍摄

许多城市、协会、学校、景区等为了扩大知名度，抓住商机与网络媒体合作，组织各种微电影大赛，通过场景植入、台词植入等形式，达到扩大宣传的目的。央视微电影频道展播了"中国梦"——中国网络电视台原创系列微电影、首届内蒙古网络剧微电影大赛、海峡两岸微电影大赛、首届中国国际微电影大赛以及金鹏奖的参赛作品。全国大学生一分钟影像大赛、全球华语微电影大赛、中国大学生电影节等，也为影视制作公司、影视院校学生提供了展示舞台。

4. 个人、小团体原创

专业影视院校学生及影视爱好者通过系统专业的影视知识学习之后，把拍摄的微电影通过个人发布的形式，上传到视频网站。创作者具备专业知识，创作热情高涨，作品往往创意新颖，活力十足。另外，一些小型影视制作公司也会把自己为企业或个人制作的微电影广告、婚庆爱情微电影作品上传到网站视频专区。

（二）网络剧

与传统电视剧相比，网络剧的最大特点是依托互联网制作、通过互联网播放，在互联网这一媒介的支持下，网络剧成为备受欢迎的新型连续剧，越来越多的人开始在茶余饭后观看网络剧。由于网络剧相对而言较为新颖，所以人们对其概念的认知也存在分歧，但不可否认的是，每部网络剧背后都有着一个完整的产业链条，从而保证剧集的拍摄质量与播放效果。网络剧的长度一般较短，它不需要庞大的资金投入，也不需要漫长的制作周期，播出门槛也不像传统电视剧那样高，所以网络剧的市场占有率不断提高。由上述可知，网络剧具有基于网络制作、以网络为传播媒介、互动性强等特点，它的制播形式与收入模式也具有独特性。

网络剧的主要观众群体是年轻网民。与充斥在电视中反映婆媳关系的家庭伦理剧、表现抗战谍战的英雄剧不同，网络剧题材更加多元化、年轻化，多是表现青年人事业、情感生活的青春偶像剧、都市情感剧，以及语言情节夸张的搞笑网络剧，如《泡芙小姐》《嘻哈四重奏》等。这些网络剧的题材融合时下热点和流行元素，婆媳关系造成的家庭矛盾，购房啃老及飞机失事等网络热点话题，都是取材对象。这些题材直面现实中的阴暗面，从细微处反映真实，贴近现实生活，受到网民欢迎。

（三）网络栏目

视频网站竞争激烈，受众的注意力由新奇的形式转移到网站本身的原创内容上。视频门户网站都致力于内容创新，借用电视栏目的概念，推出一批有固定栏目名称、主持人、节目定位以及更新时间的网络栏目，培养忠实的用户群，争夺点击量。

对网络栏目概念的理解可以从普通电视栏目入手，电视栏目通过名称、图标、配乐、活动设计等与其他电视节目区分开来，其具有鲜明的系统性、固定性与综合性，它的节目布局不会轻易改动，从而为观众创造延续化的观看体验。网络栏目与电视栏目的结构相似，并且同样追求节目效果的和谐统一，二者最大的区别在于传播媒介的不同，网络栏目定期在网络平台更新。

根据栏目内容的不同，目前网络栏目可以分为以下种类：一是资讯类栏目。这一类网络栏目突出网络更新快优势，及时将发生的头条事件视频上传公布在网站的固定栏目内，内容丰富，主要是一些突发事件，以提供信息为主，包含社会、财经、民生、体育、文化、娱乐等方面信息。与电视新闻类栏目相比，这些视频的来源更丰富。有的来源于电视新闻。也有一些是公共监控设备拍摄或者拍客手机录制提供。二是综合评述类栏目。与资讯类栏目比较，除了具有新闻性、及时性之外，这类栏目更重视评论性、思辨性以及观众参与。三是娱乐栏目。网络娱乐栏目是综艺节目发展的新形式。与传统娱乐栏目相比，它具有更纯粹的娱乐性、游戏性、消遣性、商业性和大众性。

二、网络影视的特点

（一）传播主体范围无限扩大

在传统大众传媒时代，信息传播主体非常有限，信息传播的话语权仅仅掌握在少数人手中，如报社的编辑、书籍的作者等，信息由传播者传递给受众的过程也较为复杂，需要经过层层制作与审查，在这种情况下，普通大众没有能力也没有渠道发表自己的观点。网络时代的到来改变了这一局面，任何一个网络参与者都可以在法律许可的范围内畅快地表达自我，并将自己制作的影视作品上传至网络平台，如微博、抖音等。近年来，"自媒体"愈发火热，人人都可以是传播主体，只要有终端设备和网络连接，人人都可以将自己制作的或者自己喜爱的影视作品传播出去。传统大众传媒时代中"沉默的大多数"逐渐拥有了发声权，网络影视传播主体的范围也由此无限扩大。

（二）传播者与受众身份合一

网络影视作品经过制作者上传网络的首次传播后，成为散点网格化网络中的一个信息源。所有受众在接受活动结束后，如果觉得作品好，就会通过下载、微博、微信等工具分享或在网站论坛、贴吧上转载，继续网络影视作品传播活动，通过"口碑效应"实现像病毒一样使网络影视作品低成本、高效率的传播。在病毒式传播活动中，传播者和接受者身份重合，能够使传受者数量上呈现裂变式增长，达到最大传播效果。

（三）传播活动的组织形式产生新的变化

人类的传播活动经历了复杂的演变过程，即由最初的人际传播，到后来的群体传播，再到点对面的大众传播，最后是当前的网络化传播，随着传播方式的变化，传播也具有了许多新的特点。在网络环境下，影视作品的传播同时呈现出点对面和点对点的特征，一个传播主体可以将影视作品传播给一群受众，也可以传播给单个受众，从而产生不同的传播效果。在传播过程中，个体既可以扮演信息传播者的角色，也可以扮演信息接收者的角色，由此网络影视传播形成了网状模式，越来越多的网民可以观看不同题材、不同类型的网络影视作品。

网络影视作品经由网络 IP 地址上传网络之后，是面向所有接收终端的，世界上任意一个网络地址均可以下载观看。这是真正意义上的点对面传播。同时，IP 地址又是一对一进行传播，从这个意义上讲，就像两个独立个体经过网络这个媒介进行独立、双向的交流，这是点对点传播。从传播者角度是一点对大众，而从接受者角度则是一对一。网络传播就是这样一个矛盾统一的传播新阶段。

（四）受众反馈途径畅通，互动空前活跃

大众传播时代，受众反馈渠道比较单一、传播者和受众之间的交流并不通畅。网络传播使得这种互动变得容易、便捷。在网络影视传播中，受众可以在影视作品创作初就与创作者互动。现在，许多网络剧在选择演员之初就在网站开放专区，请网友投票选择自己喜欢的演员，而且公布主要演员的微博、微信、邮箱等众多联系方式，便于网友与主演互动。在播出过程中，观众可以通过网络投票、评论等方式表达观感。

弹幕视频系统是在视频画面播放过程中，会有大量吐槽评论从屏幕上飘过去。这些吐槽评论发送时间有所区别，但是播放器系统会在某一时间点同时播放，而且谈论的都是正在观看的画面，因此话题统一度极高。这种方式的评论给观众一种"实时互动"的错觉。这种即时、自由的互动方式使传播活动成为一个真正沟通流畅的立体生态系统。

（五）传播显示终端多样化

在传统的视频媒体中，电视机和电影屏幕是受众的主要接收终端，而网络影视突破了屏幕和银幕的限制。电视屏幕、电影银幕可以通过网络电视系统成为网络影视的接收终端，计算机、平板电脑、智能手机、车载媒体、楼体屏幕等都成为网络影视的接收终端。随着技术发展，可穿戴类产品上的显示屏幕也必将成为其终端之一。网络终端多样化使得随时随地观看网络影视成为可能。

第二节　网络影视的产业化发展

一、网络影视产业的发展概况

（一）网络影视产业起步期（2004—2009 年）

我国网络影视的产业化离不开视频网站的发展，早期虽然也有影视片段的网络传播，但未能形成网络影视产业，直到专门的影视网站出现，网络影视产业才开始真正形成。我国第一家专业的视频网站是 2004 年 11 月上线的乐视网，乐视网在当时以播放影视内容为主，是一个播放类的视频网站。随后，2005 年 4 月土豆网正式上线，土豆网和乐视网的区别在于前者主打 UCC（User Created Contents），鼓励用户上传视频。比起乐视网，土豆网更像国外的 YouTube 平台，也是我国最早的视频分享类网站。几乎同时成立的 56 网也以"分享视频，分享快乐"的口号成为一家视频分享互动类的网站。同年 6 月，PPS 上线，这是我国第一家专注于 P2P（Peer to Peer）直播点播的视频网站，它的定位是网络电视平台。2006 年优酷网正式上线，2004 年到 2006 年是我国早期视频网站的井喷时期，主要受到当时国外 YouTube 网站的启发，以及国内互联网行业快速发展的影响。

但是视频网站前期的发展存在很多问题，如恶搞、侵权、低俗内容层出不穷，平台审查管理机制不完善等，针对此类现象，2007 年国家出台了《互联网视听节目服务管理规定》，指出视频网站经营要采取牌照申领制度。2009 年国家又开始整顿视频版权问题，通过"互联网低俗之风专项整顿行动"和"剑网行动"，关闭了多家视听节目网站，这些措施都促进了网络视频行业朝着专业化、正版化方向良性发展。

（二）网络影视产业发展期（2009—2014 年）

在经历了 2008 年金融危机和 2009 年的整治行动后，网络影视产业进入发展期。这一时期，很多中小型的视频网站都被市场洗刷，留下来的视频网站也开始积极寻求合作，以巩固自己的发展成果。2009 年年末，酷 6 网率先与盛大集团合作，在美国纳斯达克上市，成为全球第一家上市的网络视频公司。2010 年乐视网在中国上市，同年优酷、土豆相继上市。2011 年，56 网被人人网全资收购，2012 年优酷与土豆强强联合，合并成一家网站。2013 年 PPS 被百度收购，并与百度旗下视频网站爱奇艺合并。经过一轮市场洗牌后，通过上市融资、并购收购等方式，各大视频网站都获得了大量资本支持，资本入局激发了网络影视产业的生产积极性。一方面网络视频企业大量购入电视台节目和剧集版权，极大地丰富了网络影视内容；另一方面一些平台开始寻求影视内容的自主开发，出现了早期的自制节目，无论是购入节目还是低成本自制节目，都吸引了大量"网生代"观众进入视频网站，并逐渐养成网络影视收看习惯，网络影视产业迎来高速发展期。

（三）网络影视产业兴盛期（2014 至今）

随着网络影视市场的进一步优胜劣汰和大量资本入局，网络影视产业进入兴盛期，目前网络影视市场逐渐分化，优酷土豆、爱奇艺和腾讯视频逐渐成为头部视频网站，占领了大部分的市场份额。爱奇艺由百度提供资金和技术支持，腾讯视频建立在自身社交属性之上，优酷土豆在 2016 年成为阿里巴巴的全资子公司。借助母公司或合作方的力量，网络视频企业从内容生产到运营盈利都实现了跨越式发展，内容生产逐渐专业化、大成本大制作化、盈利模式也多元化，通过花式广告植入，会员制度逐渐成熟，版权全方位开发等，实现了优质内容变现，促进了网络视频产业可持续发展。

在 2014 年及之前，视频网站大多是购进电视台节目或者电视剧的版权进行播放，但是随着版权费的水涨船高，视频网站开始自寻出路，打造自制内容。网络大电影也在这一年正式被提出，成为互联网影视产业的一个分支。

2016 年开始，网络影视节目开始反向输出电视台，《他来了请闭眼》《老九门》等优质网剧开始反向输出，网络自制内容的专业性进一步得到认可。网络大电影在 2016 年上线部数达到 2500 部，同比增长 263%。

2019 年以来，网络影视的发展不断向前，碎片化时代和快餐模式的出现也为网络影视的发展提供了基础，观众也开始对网络影视形成正确的认知，对网络影视的播放也有了更高层次的期待。这也促使网络影视加速发展，从而向着更高水平迈进，使自身更加系统化、理论化。

二、IP 时代下网络影视产业的发展策略

近年来，互联网的迅猛发展使 IP 剧愈发火热，IP 剧不论在内容方面还是制作方面，都体现出大众化与交互化的特征。毫不夸张地说，互联网为 IP 剧的产生创造了条件，也为 IP 剧的热销奠定了基础。互联网本身具有强大的交互性，这使得 IP 剧从产生开始就有着较大的话题量，另外，在庞大粉丝群体的作用下，IP 剧的创作模式较一般网络剧更为新颖，即创作主体在与用户的信息交互中调整剧本内容，从而创作出更受用户欢迎的作品。在传统网络影视作品的创作中，用户不参与内容创作，创作者与用户之间不进行互动，这其实抑制了创作者灵感的迸发，在某种程度上影响了影视作品的质量。互联网时代，IP 与网络影视的深度融合为网络影视产业的发展指明了方向，要想收获大量的影视粉丝，就要从 IP 入手重新定义网络影视的生产方式。以下即对基于 IP 的网络影视产业发展策略进行分析。

（一）注重 IP 源头的培育，激发原创 IP 活力

一切产业的发展都离不开核心竞争力，基于 IP 的网络影视产业同样如此，所以，必须注重 IP 源头的培育，让创作者形成创造超级 IP 的能力。具体而言，要营造良好的 IP 孵化环境，为创作者争取更多的政策保障，促使他们毫无后顾之忧地开展 IP 创作，同时，通过经验交流会等活动进一步激发创作者的灵感，增强他们的创作活力。另外，还要关注 IP 的潜在价值，即一方面打造受众喜爱的 IP，另一方面多维度挖掘 IP 的价值，拓展 IP 的发展路径。IP 时代网络影视产业的发展不能将经济利益作为全部追求，培育优质的 IP 源头，充分激发原创 IP 的活力，进而提升其社会效益也十分重要。

（二）建立一套健全的 IP 评估体系

为了能够使 IP 影视产业健康有序发展，必须依据市场环境，建立一套符合政策要求的、立体的、健全的 IP 评估体系。如何从卷帙浩繁的网络小说题材选择的角度进行梳理，甄别和判断题材的价值，以及在原初价值的基础上，发掘、添加以及提升新的审美观，不妨从以下几个方面去考虑：第一，增强个性化特色。历史表明，只有当个性创作与审美形态相互平衡时，方能产生真正的经典。同时，彰显个性化的艺术手法也将成为有效的仿效对象；第二，注重文化积淀。制作者扩展审美向度，在题材选择时拓宽作品表达的维度，回归历史的、政治的、哲学的，乃至伦理学的本位，而非戏说与仿写，从而真正展现出人类的命运走向和精神成长史；第三，去除泛艺术化，回归艺术本体。从艺术本体的角度去重构网络小说，需要制作者摒弃旁观者的心态。所谓的旁观者，即是通过观察得出经验，经验消失在概念与描绘中，掩盖和封锁了世界的另一面。换言之，娱乐至上的创作手法注定了作品的昙花一现，那些真正引发全人类共鸣的经典文艺作品，一定是以一种反思与理性、优雅而精致的艺术手段来完成的。

（三）采用"互联网+"的营销模式，打通 IP 全产业链

以往的影视发行受时间和空间的影响较大，随着互联网与影视产业的融合，采用"互联网+"的营销方式能够极大优化影视作品的宣传效果，IP 影视的发行将更加顺利。在 IP 影视的运营中，网络文学平台起着重要的基础作用，因为 IP 诞生自网络文学平台，该平台有着大量的粉丝，如果能将这部分粉丝迁移至 IP 影视作品，将大大提升 IP 的总体价值。为此，网络文学平台应加强与各方渠道的合作，与他们共同开展定向推广活动，密切监控推广数据，及时调整推广方案，全方位增强 IP 影视的推广效果。另外，还可以采取售卖 IP 衍生品、预装网络文学平台 App 等形式延长 IP 产业链，让用户通过 IP 衍生品了解 IP 影视作品，进而成为 IP 影视作品的受众，同时通过与手机厂商的合作，提高网络文学软件的下载率，这样也能收获一大批 IP 影视的潜在受众。

在基于"互联网+"的 IP 影视营销中，"跨领域"是重要的营销法则，这样才能打通 IP 全产业链，促使 IP 价值的全面实现。除了上述方式，网络影视公司还可以打造微信公众号、新闻 App 等，助力 IP 与用户的深度连接，从而确保营销的有效性。

第三节　网络影视的传播特征、渠道与形态

一、网络影视的传播特征

（一）开放的传播方式

1. 碎片化传播

与传统影视作品一对多、点对面的单向传播方式相比。信息网络的去中心化使得传播主体和受众的界限被逐渐打破，一个节目的制作者，同时也可能是另一个节目的受众，通过社交网络等渠道也成为节目的传播者，网络影视在传播方式上具有碎片化的特征。碎片化一方面体现在节目制作上，技术门槛的降低使越来越多的人可以进行网络影视作品制作。拿起手机、相机拍摄几段视频，找来三五同学、好友拍摄一个短片，连接电脑通过 Premiere、AE 等视频编辑软件进行后期制作，一个网络影视作品大功告成。尽管节目质量上肯定不如专业机构制作精良，但在时效、创意上也许更胜一筹。

碎片化还体现在节目内容上，大部分的网络影视较传统影视相比，在时长上更短、在内容上更松散，通过一条内容主线将每集每部连接在一起，相对于结构庞大、错综复杂的传统影视而言，网络影视的故事情节简单易懂，叙事方式呈现出碎片化，更加符合网民观看习惯。

2. 基于大数据的传播

影视作品的制作包括剧本研发、遴选演员、制定档期、选景拍摄等流程，传统的影视作品在制作上往往是线性的，按照既定流程进行。网络影视在制作传播等很多环节往往是基于大数据完成的，比如剧本的研发需要考虑节目受众期望和当前市场状况，需要根据不同收视群体的审美趣味，考虑受众的接受心理和收看期望，还要明确作品的市场定位，把握市场脉搏和发展方向。

网络影视的传播有着精准的数据引导，这些数据源自网络影视平台所统计的用户收视选择、用户评论与用户主题搜索，基于数据引导作用的发挥，网络影视传播逐渐从经验主义中走出来，开始具有精确分析决策的特征。在互联网环境下，网民的搜索、观看行为以数据的形式记录下来，网络影视公司可以根据这些数据调整不同影视作品的播放时间与播放模式。以优酷为例，其播放窗口上就设置了网民评分、评论数量、收藏数量等，以反映影视作品的认可度与

传播效果。再如爱奇艺，用户的收视和搜索行为同样会被后台记录下来，进而形成具有参考价值的大数据，工作人员依据数据反馈调整播放内容，将平台打造成深受网民喜爱的网络影视播放载体。

视频网站通过信息整合分析网民的心理、收视习惯、播放行为、观看时长，通过网民对进度条的拖动时间调整、修改节目的相关情节，通过节目的暂停插入视频的关键帧，通过同一节目网民观看的其他节目计算相关节目的推介信息。信息的反馈直接影响网络剧的内容生产，大数据为网络影视的内容生产与传播提供了新方法，成为制作、运营重要标准。

3. 节目与观众的互动

与传统影视点对面的传播形式不同，网络影视还具备了互动的传播特征。在拍摄前，网民可以参与、探讨剧本创作、情节设定与角色挑选。拍摄中，剧组可以在摄影、照明、舞美等创作上与网民广泛交流、探讨。网络影视甚至可以在播出的过程中，吸纳网民的意见和建议，网民可随时提出情节走向、演员表演的不同意见，按照自己的想法改变人物命运。甚至设置结局. 导演、编剧等剧组人员可根据反馈意见调整故事情节，创作者、制作者和观众的界限开始越来越模糊。从观众的角度来看，观众在观影过程中可以随意点播、点评自己喜欢的作品，以评论、弹幕等方式与其他观众进行交流，这种方式改变了传统影视剧的封闭空间。上述这些特征都是传统影视所不具备的，这样的互动模式大大增强了网络影视的吸引力，加速了网络影视的广泛传播。

以网络剧《泡芙小姐》为例，该剧每集均由一个独立的故事构成，时长10分钟左右，截至目前共8季104集。《泡芙小姐》借鉴了美剧的模式，拍摄、制作、播出等环节同步进行。分析该剧不难发现一部观众喜爱的成功作品，互动传播对其的重要性。借助网络平台，《泡芙小姐》剧组及时收集观众的评论和意见，通过归纳、整理意见，调整剧本以及创作思路，使调整后的作品能够更加符合观众的需求。

(二) 多样的传播终端

当前，电脑、手机、平板、电视已经成为家家户户必不可少的电子产品，人们通过将这些电子产品接入互联网来享受网络带来的便捷和娱乐。网络剧、微电影等作为具有网络属性的影视作品，在传播、营销上均为多终端、多平台同步推送，受众也会在电脑、手机、平板、电视等各类终端上收看。此外，楼宇影视、户外大屏、公交和出租车等下载移动电视也是网络影视的收看终端。

电脑、手机、平板、电视等各类收看终端的观众不尽相同。手机成为网络影视传播的第一终端，平板、电视的使用率则居于其后。从不同设备收看网络视频的场所来看，家庭是收看网络影视的重要场所，互联网电视正在占领人们的客厅，势必成为观看网络影视的主要入口，网络影视收看的重要设备，以及未来客厅娱乐生态的中心。

二、网络影视的传播渠道

（一）视频网站

随着各大视频网站的不断发展，"内容为王"成为业界共识，影视剧版权引进、网络节目独播权等一度成为视频网站的竞争重点。而视频网站在内容上不断发力，也给网站带来极大的版权压力，"烧钱"成为近几年视频网站的关键词，视频网站对于内容版权的狂热，促使优质节目网络版权价格屡创新高。与此同时，相同的商业模式使得视频网站的内容同质化问题日益明显，各家视频网站看起来十分类似，寻求差异化发展成为视频网站未来发展的关键。自制节目、原创内容被视为网络影视行业的新蓝海，网络剧、微电影也与视频网站有机结合起来。作为网络视频用户最主要的入口，视频网站是网络影视的主要传播平台。

（二）专业平台

随着网络影视发展的不断深入，传播渠道也逐渐细化，网上涌现了一批专门传播网络影视的专业网站。不同于视频网站节目内容的综合、多样，网络影视专业平台仅汇集、传播相关的影视节目。

专业平台大多不具备视频网站的带宽和服务器，主要进行网络影视分享、聚合、推荐，其影视内容也都来自视频网站。网络影视专业网站主要具有以下几个特点。

内容细化，专业性强。专业平台传播内容主要为网络剧、微电影，以及相关宣传视频、推荐视频。与视频网站大而全的汇集方式相比，专业平台内容更加细化，也更为集中，不同于前者大多将相关节目汇集于一个频道或散落在整个网站中。另一方面，相较于互联网上大量传播的草根网络剧、微电影，专业网站的传播主体专业程度更高。相关节目制作团队、营销人员、传播主体多为专业人士，在专业平台的导演、摄像、演员等人员具备相关工作经验，随着网络影视的影响力不断扩大，很多大牌明星也纷纷加入这个队伍，使得网络影视作品的质量有了保障，并在一定程度上向传统影视作品追赶。

注重分享，互动性强。每一个平台不仅汇聚了大量的网络影视作品，还为相关制作团队、专业人士以及影视爱好者们提供了一个分享空间。通过平台，用户可以关注其他人的作品信息，并把自己的作品分享给别人。平台里的作品都是原创，聚拢了大量优秀的创作团队和专业人士。他们在这个平台上一是展示个人作品，二是相互之间进行在线互动交流，三是利用平台发行推广其影视作品。

（三）网络社区

所谓网络社区，就是专门性的网上交流空间，常见的有论坛、贴吧、公告栏等。具有相同爱好的网民共同组成了网络社区，他们往往针对同一话题展开讨论，各自发表观点，有时会形成较具热度的话题，引发全网的关注。作为网络影视的制作方，完全可以通过网络社区传播优质的网络影视作品，在广大网民的交流探讨中，影视作品的热度不断提高，关注者的数量也不断增多，网络影视的传播效果由此凸显出来。

将网络社区打造成网络影视的传播渠道，最需要关注的问题就是网民的参与度，只有想方设法提高网民的参与热情，让他们在兴趣的引领下主动参与网络影视作品的话题讨论，才能实现较好的传播效果。一旦形成了网络影视的讨论圈子，网民在圈内的发帖、评论等都将直接作用于影视作品的推广，尤其是在其他社交平台上的分享，更是扩大了影视作品的受众群体，增强了网络影视的影响力。

（四）自媒体

自媒体是一种新型媒体，有着平民化、私人化、自主化的典型特征，任何人都可能是自媒体的使用者，向某个人或某群人传播规范性或非规范性的信息。在自媒体时代，主流媒体的传播力量有所减弱，人们的自我意识更强，更不愿意被一个"统一的声音"支配，自媒体满足了人们的这种需求，每个人都能够从独立获得的信息中对事物做出判断。相较于传统的"点到面"的传播方式，自媒体为网络影视作品的传播提供了一种"点到点"的方式，这意味着传播的针对性更强。依托自媒体进行网络影视传播，使得网络影视的内容兼具私密性与公开性，而私密或者公开均取决于自媒体的使用者。

当前，备受社会公众喜爱的自媒体包括微博、微信等，通过微博、微信表达自己对网络影视作品的看法，阐述自己的感想，已经成为网络影视传播中的常见现象。自媒体赋予了受众更广阔的话语空间，他们的发言无需经过层层审查就能传播出去，从这个角度来说，以自媒体传播网络影视具有巨大优势。随着自媒体的日渐成熟，越来越多的人加入自媒体的使用行列，网络影视的自媒体传播逐渐成为主流。

三、网络影视的传播形态

（一）IP 化的传播形态

IP 即知识产权，是权利人对其所创作的智力劳动成果所享有的专有权利，国家明文规定需保护知识产权，为权利人营造良好的创作环境。知识产权这一术语出现在 1967 年世界知识产权组织成立以后，经过几十年的发展，知识产权得到了人们的广泛认可，其表现形式也愈发多样化，如标志、名称、图像等，都可纳入知识产权的范畴。21 世纪以来，智力劳动成果大量涌现，产权人的利益也得到了更好的保护。

互联网向影视行业的延伸加速了影视作品的 IP 化，将知识产权置于网络环境下，创造具有版权的网络影视作品，成为当前网络影视公司的追求。IP产业本身就与媒体息息相关，媒体的发展带动着 IP 产业的繁荣，而 IP 产业化程度的提升又缩小了原本媒体业与文化产业的距离。现在较为火热的视频网站都十分重视原创内容，这些内容是形成稳定粉丝群体的基础，也是吸引大量观众的必要条件。随着视频网站对原创内容的重视，越来越多的创作者加入优质原创队伍，所谓的"网生内容"也更具内涵。之所以大力推广 IP 化的网络影视传播形态，是因为真正的 IP 拥有长久的生命力，不会因为时间的推移而消亡，有些人对此可能持有反对意见，并列举出一些 IP 消亡的例子，事实上，这些消亡的 IP 并不是真正意义上的 IP，它们更像是品牌，是人们为了赚钱而设计出的品牌，其在诞生之初就被赋予了这样的职能，加之不具备在众多媒介形式间转换的能力，因此只能淘汰于历史长河。在网络影视行业，影视公司最应该打造的就是优质的 IP，真正意义上的 IP，这样的 IP 能经久不衰，长期发挥价值，就现有的优质 IP 而言，其完全可以和外购优质 IP 抗衡。以网络系列迷你剧《万万没想到》为例，它的播出收获了年轻观众的一致好评，剧中主人公的遭遇看似离奇，却都有着现实依据，源于生活而又高于生活的艺术表达方式让观众忍俊不禁。这部网络剧的 IP 化传播是成功的，影视公司以小制作成本撬动了高达千万的播放量，丰富的广告植入更是为其带来了十分可观的经济效益。

（二）O2O 式的传播形态

O2O 即 Online to Offline（在线离线/线上到线下），是指将线下的商务机会与互联网结合，让互联网成为线下交易的前台。O2O 的概念非常广泛，既可涉及线上，又可涉及线下，可以通称为 O2O。

O2O 模式的关键是在网上寻找消费者，然后将他们带到现实的商店中。它是支付模式和为店主创造客流量的一种结合，对消费者来说是一种发现机制，实现线上购买，线下服务。O2O 模式的发展，基础就是线上模式和线下模式的完善。购物电商模式以及实体商业模式的完善是 O2O 出现的基础，同样，视频网站为了促进线上模式的完善，会不遗余力地打击盗版，纷纷上市拿钱，购进存量电影电视版权，加大自制剧的制作投入等。如抛开线下视频不谈，可以说视频网站的线上发展已经形成了闭环和循环的生态链条。

O2O 的最终目的是为了打通线上、线下。就视频网站而言，未来运作模式应该是这样的：在自制网络影视作品方面，原本主要出现在电视和电影中的演员，以及原本服务于电视和电影的幕后团队，都能够为网络自制剧贡献力量。在视频网站收入方面，越来越多的优质广告主开始转战视频广告领域。在发布渠道方面，视频网站成为视频节目不可或缺的发行渠道之一，包括电视节目和电影。视频网站也会为电视或者电影贡献力量，包括自制影视作品在电视的播放、用户大数据的提供、节目视频的题材创意等。

视频网站要打通线上、线下。第一是让线下观众流向线上。各大视频网站竞相独家争购热播电视节目版权，就是为了这一目的。第二是让线下、线上的人员互相流动，文化产品的核心是人，视频的制作包括导演、演员、创作团队等，在制作能力上，视频网站与电视台相比显得比较弱势。为了弥补这一短板，各大视频网站都推出了自己的影视作品。促进了制作资源的线上线下互动。原本电视台的制作班底都可能被视频网站吸纳，甚至线下二三线的演员开始转战线上，例如《隐秘而伟大》就吸引了一批线下的演员参与进来。第三是逐渐培养网民网上视频付费收看的习惯，使视频网站渠道获得更多优质 IP 的关注。

（三）病毒式的传播形态

视频网站在传播网络影视作品的过程中必须依赖互联网平台，这样才能实现传播效果的最大化。传播环境的变化，新媒体时代的到来，让网络影视的传播方式演变为"多对多"，即可以由多个传播主体传播给多个受众，并且传播者与受众的关系也不是绝对的，二者之间的界限非常模糊，人人都能当传播者，人人也能成为受众。依托互联网平台的优势，网络影视传播具有了病毒式的特征，只要受众轻轻按下"分享"的按钮，一部网络影视作品就可以在平台内部以及平台外部实现裂变传播，微信朋友圈、QQ 空间、论坛等都是其外部传播的场所。病毒式的传播形态扩大了网络影视的传播范围，增强了网络影视的传播效力。

美国杰罗姆·巴伦（Jerome A. Barron）于 1967 年正式提出了接近权理论，广义的接近权指的是通过媒介播出的娱乐节目或媒介发起的社会活动及在媒体上刊登作品等，狭义的接近权则是指每个公民都有权在媒介上发表意见、观点，有自由表达的权利。随着互联网的迅速发展和科技的进步，相比传统媒体时代，网络受众对于媒介的使用权和参与权得到了进一步的改观，更进一步接近了互联网媒体。"病毒式传播"的前提条件就是网络受众拥有更为接近的网络接近权。"病毒式传播"通过受众的人际关系网，利用受众口碑宣传，使有价值的信息像病毒一样传播和扩散，传达给更多受众，产生核裂变式的影响力。是一种借他人资源简单复制即可完成，成本低廉爆发力极强的高效传播手段。这种传播方式，使得被分享的网络影视作品用在传播过程中的每一个环节上，都能实现病毒式的扩散。

第四节　网络影视的传播效果

一、媒体用户深度融合

新旧传播手段的叠加与融合，带来了多维、立体的和全程性传播格局。媒介走向融合这一趋势对于整个传播环境及人们的生活将带来的颠覆性变革，互联网媒体的出现重新划分了受众的信息接收渠道和整个传播媒介市场。新型传播媒介已经成为全球最普遍的交互式视频点播库，传统视频行业在与互联网融合之后也焕发出勃勃生机。以网络视频为代表的新媒体能够使得各类媒体在融合过程中有效的取长补短，从而实现了传统媒体在新视听时代的数字化生存。媒介数字化为融合提供了环境；消费者们创造出融合的需求，互联网整合了传统印刷媒介和视听媒介，最为重要的是，互联网将所有媒介共置于一种语境，全球化的数字以及商业网络为媒体融合这一趋势提供了支撑。传统媒体到新兴媒体再到全媒体，媒介形态的演进正经历着从相互渗透到全面融合的过程。媒体融合已从一个理念演变为如今大众传播的现实景况和时代发展的趋势所在。

融合的发生并不是依靠媒体设施，无论这些设施变得如何高度精密复杂。融合发生在每个消费者的头脑中，通过他们与其他人之间的社会互动来实现。目前，我们已经进入"全球化 3.0 时代"，地球变小了，世界变平了，信息传播方式改变了。每个人都是借助于零碎的、从媒体信息流中获取的信息来构建个人神话，并把它转换成我们赖之以理解日常生活的资源。

2004 年后，随着 P2P 技术的投入使用以及受国外 UGC（User Generated Content）成功模式的启发，宽带网速不断提高，中国网络视频行业进入快速发展阶段。在"三网融合"政策的大力推广下，大规模的媒体融合在坚定的政策助推下，内容、技术、理念等的相互渗透、合作顺理成章地成为产业趋势。三网的融合实质上是互联网、电信网和广播电视网的相互渗透和融合。随着我国互联网与电视产业的加速融合，越来越多的人认识到互联网视频行业强大的吸金能力，吸引越来越多企业和个人涉足此行业，进而促使互联网技术越来越发达。国内视频网站数量迅猛增加。电信、P2P 技术公司、门户网站、内容供应商纷纷参与到网络视频服务之中。优酷、爱奇艺等视频网站相继诞生，传统的门户网站腾讯网等也纷纷成立各自的视频频道。由于视频行业的技术革新，网络视频用户数量开始猛增，网民开始纷纷上传自制视频。

网络信息技术的革新繁荣了网络文化艺术传播。网络影视正是抢占了互联网与影视融合发展的制高点，用户规模呈现出迅猛发展的势头，并日益显现出巨大市场应用前景和市场价值。随着自制内容的蓬勃发展，传统制作公司纷纷与视频网站合作投身网络内容自制。自制内容愈发丰富，不仅能反哺电视台，更有能力走进大屏幕。2014 年以来，主要视频网站顺势而为，大力发展网络剧、微电影等网络影视，也涌现出一批知名度较大的作品。"互联网+"与媒体融合的趋势之下。视频网站也开始与电商、支付等行业合作，未来的网络影视内容场景和购物相结合，实现"视商合一"，用户在看网络影视作品的同时可以实现网上购物，在文化、娱乐、商务和支付方面产生强大的协同效应。。

互联网对影视产业的模式的改造不断升级，"互联网+影视"已形成全面推进影视产业融合、开放的发展态势。传统的影视产业在受众注意力、资源、政策、环境等方面的优势正逐步消退，以用户为核心的新一代网络影视产业在长尾市场逐步分散发展，分众化社群、粉丝经济、碎片化消费场景以及共享特征愈加明显。

二、用户实现本位逆转

在传统的信息传播中，渠道对信息只起到简单传递的作用，渠道对内容本身不产生影响。同时，渠道和受众之间有明显区别，受众一般不参与内容传播。在以静态页面展现为主的互联网时代，上述特征仍然成立。但是，基于社交网络和本身就具有社交网络特征的无线互联网的出现，使得上述两项特征的同时打破成为可能。通过网络空间，人们对大量各种各样的软件和资料触手可及，甚至人与人之间远距离的交流也成为轻而易举的事情。传统媒体环境下所谓被动的收听者、消费者、接受者或目标对象。这些典型的受众角色将会终止，取而代之的将是下列角色中的任何一个：搜寻者、咨询者、浏览者、反馈者、对话者、交谈者。

网络影视信息传播的渠道有很多种，网络推荐尤其是弹出式窗口使受众在浏览网页时不可避免地注意到这些信息，此时大部分受众一般都会看一眼之后根据是否感兴趣再选择是否关闭，由此就已经为网络影视信息的传播提供了一种可能性。受众的社交圈、朋友圈、生活圈等也是传播信息资讯的非常重要的一个渠道，受众在看到自己认为很不错的信息时会向自己周围的人进行推荐，推动了网络影视的进一步传播，因此，网络影视作品的质量在这一渠道里就会显得愈发重要。在媒体不断融合的背景下，网络影视的传播渠道不断拓宽，以网络剧、微电影为代表的海量视听节目的造成了长尾扁平化的传播效果。一方面网络影视传输技术和宽带技术的发展，为网络视听内容服务提供了越来越清晰的画质和越来越流畅的播放速度，给受众带来了更加愉悦的收视体验，其播出量比起传统媒体来扩充数倍不止，为受众带来了更加丰富的影视资源；另一方面，大批视频网站、网络电视台等纷纷建立，搜索服务更加便捷，用户获取视听内容的渠道更多。

在日益繁荣的在线视频领域，不论是电视媒体还是网络媒体，用户的支持是内容生产的根本动力。大数据时代，内容供应商们通过收集大量用户信息，更加贴近用户，更加理解用户，已然引发内容生产模式的革命。受众尤其是年轻受众正从传统的电视人逐渐变成网络影视的忠实用户，其中高收入、受教育程度高的年轻人更偏爱网络影视。网络影视既是学习的渠道又是娱乐的渠道，用户个人的身体健康因素、经济实力、社会交际圈、对生活的满意度等都会对观看影视作品的行为产生影响。

在各视频网站纷纷为内容同质化进行差异化布局时，自制网络剧、微电影就成为内容争夺的目标。同时，视频网站所搭建起的社交化平台，也更迎合了不同群体对各自喜爱视频内容的互动参与需求。网络影视的发展自诞生之初也搭上了互动平台这架自动扶梯。在追求内容差异化的社交网络中，每个人在互联网上分享着多重的身份与不同的关系网，根据六度空间理论，每位网上用户和任何一个陌生人之间所间隔的人不会超过五个。在多重的重叠部落效应下，世界变得如此之小。人们多元化的情感需要释放，需要找到与之可以产生共鸣的人群和对象，需要在面对压力的时候能够自由的释放。社交媒体的互动无疑助推了网络影视的传播效果。网络影视作为生动的内容，正是借力于社交化媒体用户之间的关系网和朋友圈得以广泛传播。

通过朋友圈、微博等方式进行线上互动的"大社群营销"模式不容小视。以古装网络剧《太子妃升职记》为例，其与传统电视剧的推广方式完全不同，

《太子妃升职记》弹幕的出现成为剧组与用户交流最直接的平台，通过弹幕剧组就能收集到观众的喜好、需求，并形成了整个用户社群的互动。很大程度上，《太子妃升职记》是借助了各大社交媒体平台形成火爆话题，因此遥遥领先同类别作品的关注度，成为当之无愧的"话题神剧"。另外，以《蜀山战纪》为代表的双结局模式也是迎合更多受众偏好的策略之一。网络剧《蜀山战纪》在爱奇艺以 VIP 付费模式首播之后，《蜀山战纪》更名为《剑侠传奇》且改变结局作为安徽卫视的开年戏上星播出。

三、分众化、差异化传播效果须强调引导意识

值得注意的是，媒介技术的迅速发展和资本的大量涌入致使网络影视原创缺乏耐心。商业化作为基本的经济活动和文化现象，也导致网络影视作品思想性、艺术性被淡化，而作为消费商品的特性被放大。伴随网络文艺市场繁荣，传媒技术支撑下的资本涌入带动了网络影视市场迅猛发展，然而由于成本低、周期短，网络影视发展外表繁荣背后，过度的商业化的运作，也导致原创力缺乏耐心。在网络影视诞生初期的近似野蛮生长的过程中，虽然迸发出强大的生命力，却没能很好地完成格调升级。高度商业化、娱乐化、同质化、碎片化的内容造成了部分网络影视价值取向上的混乱。某些网络文艺评论用扁平化、快餐化、去中心化的所谓互联网思维来为网络文艺的个人主义、拜金主义和享乐主义辩解、开脱，对网络剧等网络文艺作品的价值引导和传承却视而不见，避而不谈，网络剧碎片化、快餐化收视习惯的养成过程中也形成了某些行业误区，亟待反思。

逐渐成为流行文化代表的网络影视满足了众多年轻网民分众化、差异化的需求，另一方面，不断地发展和提升自己的文艺欣赏水平，同样也是网络影视受众的文化需求。如若将网络影视喜闻乐见的视听节目形式和市场的需求与格调低俗、拜金享乐直接画等号，实际上暗含着这样一种不好的假设：网络影视受众的文艺趣味和需求始终是低级的乃至庸俗的。个性释放宣言背后往往隐藏着更深的俘获陷阱。网络影视表面上带给人们一种狂欢式的释放，然而信息过载却在消耗受众的行动力和独立的意志。人类历史上从不存在个人可以不经任何引导机制直接面对所有信息的情境。面对海量的信息与复杂的社会环境，缺乏引导的个体受众极易表现出"麻木态度"。忽视网络影视内容供给的价值引导和传承，极易导致用户钟爱碎片化、快餐式的内容，心甘情愿地成为有意思而缺意义娱乐的附庸。

从更深层次的传播学意义上讲，作为流行文化的助推器，互联网的扁平化、快餐化、去中心化的传播效果本身就是片面的。扁平化、去中心化仅是互

联网特征的一个方面，互联网的无标度特性使其兼具"大世界"与"小世界"两种属性。网络空间节点并非机械随机分布，而是话题、潮流不断涌现于混沌与秩序边缘的生态结构。网络舆论传播的蝴蝶效应与幂律分布特征尤其显示出这股在普通大众之中看似随意，却能搅动网络舆论生态的传播力量。一旦新兴的网络文艺领域在社会责任和文化担当缺乏引导，将令当代艺术道德标准的以惊人的速度下坠、堕落。

实践证明，过度推崇扁平化、去中心化、快餐化、碎片化，单纯迎合个体主义、享乐主义运作模式，对于内容供应方而言带来的往往是无序与混乱从而加速了自身的消亡。经历了从抵制盗版、巨头并购、抱团取暖、IP 争夺的多轮洗牌之后，网络影视行业终于形成了少数拥有精品意识的行业巨头。令人欣慰的是，网络影视行业逐渐自省内容同质化、情趣低俗化、社会责任缺乏、道德教化功能萎缩、炫耀浮夸等诸多问题对行业自身发展造成的桎梏。加强网络内容建设的同时，做好内容建设引导将是内容供应商与行业管理部门面临的共同课题，一旦内容建设与管理、引导形成有序合力，网络影视市场作为网络文艺的代表，定会向着更加健康、有序的方向发展。

第七章　网络游戏及其传播机制

随着互联网技术以及移动端的不断更新升级，网络游戏成为人们日常娱乐生活中不可忽视的组成部分，本章将从网络游戏的基本概念、发展现状、传播优势等方面进行分析，并探究网络游戏传播的策略。

第一节　网络游戏的含义、特征与功能

一、网络游戏的含义

网络游戏，以 TCP/IP 协议为基础，以电脑为客户端，以 Internet 为依托，以网络游戏玩家为成员，搭建了一个拥有特定规则的虚拟平台，多人同时参与并通过人与人之间的互动达到交流、娱乐、休闲和取得虚拟成就的目的的电脑游戏。从本质上看，网络游戏是电脑游戏的一种，是新经济时代经济文化科技相融合的产物，是数字化时代的一种娱乐方式，是满足现代社会公众多元化需求的文化消费品；网络游戏具有文化产品的"思想表现性价值"，可以让人产生新的洞察、愉悦和体验，刺激人们的情绪，丰富人们的生活；传播学领域有研究指出，网络游戏作为新时代一种不可忽视的媒介现象，并非单纯的网络与游戏的叠加，可以将其看作网络虚拟技术的广泛运用。目前，网络游戏已经在我国网络艺术发展中占有重要地位，更有甚者，将其与绘画、建筑、音乐、文学、雕塑、电影、戏剧、舞蹈等艺术并列。

在对网络游戏的内涵界定时，应注意区分网络游戏与电子游戏、电脑游戏。虽然从表面上来看，三者联系密切，但实则有本质的区别。作为电子时代的产物，电子游戏最突出的特点无疑是电子化。电子游戏作为电子时代游戏的总称，包括街机游戏、家用游戏、单机版电脑游戏和网络游戏。电子游戏最早出现过缓慢的发展，20 世纪 80 年代，一股电子游戏风潮席卷我国，无论是家

用游戏主机还是街机都受到了青少年的热烈欢迎。此时，最著名的电子游戏当属任天堂的《超级马里奥》（Super Mario）。可以说，这一电子游戏开启了整个电子互动娱乐时代，自此，电子游戏迅速流行起来，成为无数人的美好回忆。电脑游戏又称为 PC 游戏，事实上，电脑游戏也可以看作电子游戏的一个类型，这类游戏离不开电脑。作为时下最为流行的网络游戏，实际上包含在电脑游戏之中。1962 年，《宇宙战争》的出现开辟了电脑游戏时代。最初的电脑游戏大多属于单机游戏，即在某一台电脑上由玩家通过参与游戏进行"人机对战"。也就是说人们在与电脑进行博弈，而不是人与人，这不仅极大地限制了人们的沟通欲望，同时也无法满足人们的竞技需求，显然，这类电脑游戏过于单调。而后，在人类智慧的帮助下，互联网得到了飞速发展，上述弊端得以解决，人们步入了网络游戏时代。

二、网络游戏的特征

（一）网络游戏的本质特征

信息技术的飞速发展，催生了网络游戏，可见，网络游戏与信息技术联系密切。然而从网络游戏的本质上看，它仍然脱离不了游戏。与传统游戏相似，网络游戏同样是为了愉悦心情而出现的，具有轻松愉悦的特点，参与游戏的主体都是自愿且自由的，并非受人胁迫，也不存在追名逐利现象，此外，虚拟现实性也是游戏的主要特点。然而与此同时，网络游戏在传统游戏的基础上融合了网络这一现代媒介，极大地彰显了科技力量，显现出它与传统游戏的区别，显示出强大的吸引力和竞争优势。随着电脑多媒体技术和互联网技术的发展，网络游戏综合了文本、图像、音频、视频等各种媒介符号的优势，从形式上看，网络游戏是一场华丽的视听盛宴，拥有酣畅淋漓的战斗系统和简单有效的操作系统；从内容上看，网络游戏具备了恢宏的背景设置、暴力美学和魔法主题；再加上匿名化的游戏方式，都使游戏玩家在虚拟世界里可以发挥现实世界无法展现的潜能。

（二）网络游戏具有超时空性

纵观人类发展历程，始终存在一个无法抹去的悲剧，那就是生命与空间的有限性，很多人都想要超越时空，达到生命真正的自由。尤其是在社会飞速发展的今天，人们愈加想要超越时空。而网络的超时空特性使人们实现这种梦想具有了可能。以传统游戏为例，人们要想参与游戏，会同时受到时间与空间的限制，只有所有的游戏参与者同时间处于同地点，游戏才能顺利进行。然而网络游戏的出现彻底打破了时空限制，即使游戏参与者不在同一地点也可以进行互动，这完全摆脱了地方性限制。游戏者甚至可以在网络游戏轻松自如地实现古今中外的穿越。

（三）网络游戏具有高度开放性

提起网络游戏的超时空性，人们便会自觉联想到高度开放性，两个特性紧密相关。受到时间和空间的限制，传统游戏不仅规则严谨，而且相对稳定，游戏参与者除了会有年龄限制之外，有时还会有地位、身份的要求，这就使得很多人因为不符合要求而无法参与传统游戏，从这方面来看，传统游戏开放程度低，较为封闭。然而，网络游戏的出现，解决了这一问题，一方面，网络游戏门槛低，另一方面，网络游戏活动空间较为自由，参与者拥有完全的自主权，可以随时决定自身去留。正是基于网络文本的高度开放性，才使得网络游戏与单机游戏、电影、小说等彻底区分开。事实上，网络游戏参与者扮演着多种角色，他们不仅是接受者、消费者、读者，同时也是传播者、生产者以及作者。这极大地提高了网络游戏者的自主性，并进一步增强了他们的创新创造力。

（四）网络游戏具有多向互动性

在互联网未出现之前，传统意义上的传播媒介主要有电视、报纸、杂志等，而后，随着信息技术的发展，网络作为一种全新媒介得以出现，从互动方面来看，网络媒介明显要强于传统媒介。网络游戏抓住这一优势，在很大程度上提升了游戏者的主动性，同时增加了游戏者之间的交流，这使得网络游戏受到了更多人的欢迎。网络游戏中的高速信息传递功能，从根本上提高了游戏的互动性，网络游戏玩家不仅能够体验到游戏自身的乐趣，还能够享受互动的乐趣。

（五）网络游戏拥有虚拟社区

伴随着时代的发展，各类专有名词开始出现。"虚拟社区"正诞生于互联网时代，1993年，英国著名学者霍华德·莱因哥德（Howard Rheingold）发表了对后世影响极深的著作——《虚拟社区》（the Virtual Community），"虚拟社区"的相关定义正式出现。作为社会中的人，互动交流是人们生活的重要内容，但由于受到各种因素的影响，包括地域、生活压力等，从而使人与人之间的关系变得淡漠。与现实世界有所不同，虚拟世界具有极大的自由性，且拥有匿名功能，这为人们带来了极大的安全感，很多人开始利用网络与他人沟通交流。基于此，网络游戏在虚拟的网络世界构建了虚拟社区，这为人们提供了畅快交流的平台，用户在虚拟社区中摆脱了生活的压力，利用虚拟身份与他人互动，展现真我，体验竞技乐趣。

三、网络游戏的功能

（一）促进玩家的自我认同与塑造

作为互联网时代的产物，网络游戏具有多种多样的功能，在促进玩家的自我认同与塑造方面具有积极意义。作为虚拟世界，网络游戏光怪陆离，有无限的可能性，游戏者可以摒弃自己的真实性格，在网络游戏中塑造一个完全不同的自己，这正是源于网络的虚拟性。游戏者在网络游戏中不断探索、开发全新的自己，构造出想象中完美的自己。显然，在现实生活中构造自我成功的机会低于网络游戏。这种成功的可能性可以使玩家体现自身价值，找到自我，促进他们全面地了解和认识自己，增强自我认同。

（二）提升玩家的人际交往能力

提升网络游戏参与者的交流互动能力是网络游戏的另一个重要功能。网络游戏的门槛低，无论高低贵贱，都可以参与网络游戏，游戏者在网络游戏中平等交流，这不仅能够改善人与人之间的关系，还能够增强人们的沟通能力。现实生活中，有一类人平凡而又沉默，他们不擅长与人沟通，往往独来独往，但当这类人进入网络游戏时，由于与游戏伙伴并非面对面交流，他们会表现出较强的社交能力，通过网络游戏，来锻炼自己的人际交往能力，建立起自信心，能够使他们积极乐观地面对现实生活。另外，网络游戏要想赢得最终胜利还需要团队共同的努力，这体现了团队协作的重要性。目前，受到社会分工的影响，团队协作能力已经成为人们在工作中以及人际交往中所需要具备的能力之一。显然，网络游戏对于塑造人们的团队意识具有重要作用。

（三）释放玩家的情绪与心理压力

网络游戏可以带给玩家颠覆的快乐和压力的释放。对于网络游戏玩家而言，游戏冲破了旧有的局限，玩家们抛弃了现实的身份，在游戏的世界里酝酿出了一个虚拟的身体来产生属于自己的快感。网络游戏提供了一个滤除身份的过滤器，在游戏里没有了现实生活中的高低尊卑，每个人都能感受到主体性的满足，体现了人本主义的诉求得到实现。网络游戏中充斥着各种各样的元素，也包含了暴力和性，因此许多人将其视为社会道德败坏的源头，事实上，虽然游戏者享受网络游戏中的性与暴力，但几乎很少有人将其与现实生活混淆。网络游戏实际上就是人们释放压力与欲望的虚拟平台，玩家在网络游戏中忘记现实生活中的压力，可见，网络游戏主要起到社会安全阀作用。

第二节　网络游戏的发展特征与趋势

一、网络游戏发展特征

（一）题材类型细分化

近年来，各类网络游戏层出不穷，市场趋于饱和状态，急需进一步扩大网络游戏市场。基于此，游戏厂商开始细分网络游戏市场，挖掘市场空间。2018年，MMORPG类游戏开始爆火，挤进网络游戏TOP100，并占据很大市场，同时拥有稳定的核心玩家，无论是从付费意愿，还是从付费能力来看，都排在网络游戏前列；《王者荣耀》的出现，极大地带动了MOBA类游戏的发展；生命周期较长的SLG类游戏同样占据一部分市场，跻身于2018年手游排行榜前列，《QQ炫舞》《荒野行动》《QQ飞车》等都属于SLG类游戏。目前，除了上述几类网络游戏之外，音乐舞蹈类、射击类、竞速类游戏同样发展迅速，在网络游戏中占有一席之地。作为一种全新的网络游戏，非对称性对抗游戏同样占据了一部分游戏市场，其中比较具有代表性的网络游戏是《第五人格》。当前，广受年轻人欢迎的二次元游戏发展势头正盛，《恋与制作人》的火爆，更是为其进一步发展指明了方向。

（二）创作生产精品化

网络游戏的发展也并非一帆风顺的，端游与页游在发展到一定阶段时都陆续进入了瓶颈期，这为手游市场的发展提供了机遇。尤其是近年来，智能手机进入了家家户户，由此，手机游戏迅速崛起。一方面，手机游戏种类丰富，另一方面，手机游戏的画面效果也在不断提升，基于此，游戏厂商开始纷纷进入手游市场。

此外，经过多年的发展，网络游戏市场几乎已经呈饱和状态，很难再吸引新用户，同时，伴随着人们精神世界的丰富，他们对于游戏产品产生了更多的需求，审美标准也随之提升，当前大众化的游戏产品已经不再受到用户的欢迎，然而《梦幻西游》《阴阳师》这类精品手游却受到人们的追捧，显然，这表明网络游戏不得不朝向精品化方向发展。基于此，竞技类游戏《绝地求生》、女性向游戏《恋与制作人》、国风游戏《神都夜行录》等抓住机遇，一跃成为时下最受欢迎的精品游戏。总而言之，游戏玩家越成熟对游戏的要求就会越高，自此，网络游戏开始进入精品化时代。

（三）网络游戏无端化

目前，受到时代以及人们需求的影响，网络游戏呈现出"无端化"发展特征。这里所提到的"无端化"实际上就是指网络游戏不需要下载客户端，用户完全可以在网页上随时随地畅玩游戏，最为典型的无端化游戏就是网页游戏。近年来，网络游戏问题频出，这使得市场加大了对网络游戏的监管，各类游戏的研发成本迅速增加，相比较而言，微信小游戏和 H5 游戏的成本较低，因此，各大游戏厂商涌入小游戏市场。各大游戏厂商的进入，使得微信小游戏和 H5 游戏发展迅速，并很快出现了爆款，如今，用户数量最多的当时微信游戏《跳一跳》和 H5 游戏《传奇来了》。为了应对网络游戏无端化的发展特征，很多网络平台都开始采取措施，开发了一系列网络小游戏加以应对，今日头条小游戏正诞生在此背景之下。GameLook 官方网站对网络游戏进行了统计，统计结果显示：到 2018 年为止，有 31 类网络小游戏的月活跃用户已经达到了千万规模，52 款小游戏的月活跃用户达到五百万规模。此时，小游戏的月活跃用户已经远远超过了手游 APP，可见，小游戏的受众更广。网络游戏无端化的发展特征表明 H5 以及微信小游戏有取代移动端应用类游戏的机会。

（四）网络游戏全球化

在游戏开发者和设计者的努力下，我国网络游戏有了突飞猛进的发展，无论是在规模领域，还是在产品质量领域，都有了极大的进步。与此同时，为了塑造良好的网络游戏环境，相关部门颁布并实施了一系列法律法规，网络游戏市场竞争加剧，这使得用户的相关获取成本也呈上升趋势。基于此，各大游戏厂商开始拓展国外市场，网络游戏开始朝向全球化方向发展。相关数据表明，海外已经成为我国网络游戏的重要经济来源市场之一。2018 年中国自主研发的网络游戏在海外市场实际销售收入达 95.9 亿美元，成了中国游戏企业重要的收入来源，其中，中国游戏在美国 iOS 游戏榜单 TOP100 占比超过 20%，在韩国畅销榜 TOP100 中超过 30%，在日本 TOP100 超过 10%；从"出海"格局来看，专注于游戏出海的 FunPlus、IGG、智明星通收入排名靠前，主要是 SLG 类产品；从制作主体来看，2017 年、2018 年，腾讯、网易纷纷加快游戏出海步伐，其中，腾讯网游 Arena of Valor 日活用户数量（DAU）破 1300 万，月流水达 3000 万美元，网易网游《荒野行动》《第五人格》在日本取得不俗成绩。①

二、网络游戏发展趋势

（一）质量为核心成为网络游戏发展新共识

伴随着网络游戏的发展，一些劣质游戏产品进入市场，很多游戏厂商为了在短期内谋取大量利润，不注重游戏产品质量，一味地开发劣质游戏，这不仅极大地降低了用户对网络游戏的兴趣，同时也阻碍了网络游戏产业的可持续发展。基于此，打击劣质游戏，维护市场秩序变得刻不容缓。也就是说，当前要想增强用户对国产网络游戏的信心，就必须提升网络游戏质量，使其朝精品化方向发展。首先，当前网络游戏同质化严重，相关人员在开发游戏时，要学会创新；其次，网络游戏运营商要保护未成年人，重视消费者权益；最后，网络游戏企业必须勇于承担责任，积极建设企业文化，树立起正确的价值观，为网络游戏发展营造良好的文化环境。

（二）功能游戏提供网络游戏发展新机遇

从广义上来看，功能游戏主要强调功能的游戏化，之所以研发此类游戏是为了处理行业以及现实社会等方面的问题，在教育、训练等游戏领域应用并创新游戏的设计、元素、构架以及技术等；从狭义上来看，所谓的功能游戏无非就是具有延伸性功能的游戏，这里突出表现的是游戏的功能化，设计研发具有多重目的性。

功能游戏对于推动网络游戏发展具有重要意义，作为游戏的一种，场景化、多元性、跨界性是功能游戏的最突出特征，基于此，其为网络游戏的发展拓展了新的空间。由沙盘游戏演变而来的沙盒游戏，受到了很多用户的喜爱，其中比较具有代表性的当属《我的世界》，在这一游戏中同样进行了功能划分，主要分为康复治疗、艺术创作、学习教育、工程应用、知识普及等方向；作为枪战题材类游戏，《荒野行动》为了增强游戏者的国防意识，在游戏角色动作设计方面，邀请了专业人士进行指导，这一游戏与我国海军蛟龙突击队合作相当密切。

自 2018 年以来，我国功能游戏发展迅速，各大企业纷纷进入功能游戏市场，其中包括腾讯、网易两大企业，这为网页游戏转型奠定了基础，因此，

---

① 彭文祥. 重估与前瞻 [M]. 北京：知识产权出版社，2020：181–182.

2018 年通常被当作我国功能游戏迅速崛起的元年。为了跟上时代发展的步伐，网络游戏行业必须有全新的发展，尽快完成转型，这就需要游戏开发者在研发功能游戏的同时，还要丰富人力资源，加强功能游戏的宣发。

（三）5G、云计算等技术推动网络游戏迭代升级

1. 5G 网络提升用户留存率

伴随着时代的发展，网络已经逐步过渡到了 5G 时代，2019 年，工信部正式发放 5G 商用牌照，由此，我国进入了 5G 商用元年。高速率、高容量以及低延时是 5G 网络的最主要特征。用户在玩网络游戏时总会遇到各种各样的问题，玩得不尽兴，游戏安装包大便会影响玩家速度，5G 网络的出现，很好地解决了这一问题，几乎不需要等待便可完成游戏安装包的下载，同时竞技游戏的延时弊端也得以解决，这极大地提升了用户的游戏体验。可见，5G 网络的出现，在某种程度上提高了用户的留存率。

2. 云游戏开创网游新业态

近年来，网络游戏在发展中诞生了许多新形态，"云游戏"就是其中之一，所谓的"云游戏"实际上就是以云计算技术为基础的一种全新的在线游戏，也被称为游戏点播。基于云游戏的运行模式，几乎所有的游戏数据都在服务器端运行，同时服务器还需要渲染游戏画面并以音频形式传递给用户。基于此，云游戏终端所必须具备的能力就是视频解压能力。可见，云游戏不仅节约了终端设备的成本，而且还减少了游戏企业运行游戏的资金。

然而，目前云游戏的发展仍然无法与传统游戏相提并论。对于传统网络游戏来讲，只需要传输游戏数据状态，但由于云游戏对于网速过于敏感，用户的游戏体验往往会受到延时的影响。显然，5G 技术的应用，很好地解决了云游戏所存在的传输延时问题，同时也促进了网络游戏的发展。基于此，云服务器一方面能够提高网游企业的整体服务质量，另一方面，还能够促进网络游戏的全球化运营，呈现出全新的网络游戏风貌。

（四）电子竞技注入网络游戏发展新力量

经过长期的发展，网络游戏获得了世界广大人民的喜爱，并得到了极大的认可。电子竞技运动于 2017 年正式被列入体育项目，也就是说，电子竞技即有机会出现在奥运会场上。

近年来，我国飞速发展电子竞技产业，目前，发展速度居于世界前列。2018 年，我国在电竞行业初露锋芒，首先是雅加达亚运会，我国电竞代表团取得了两金一银的好成绩，分别是《王者荣耀》《英雄联盟》《皇室战争》三

个电竞项目。另外，同样是 2018 年，在全球英雄联盟的总决赛中，我国获得冠军，取得最终胜利。

事实上，最初，电子竞技仅仅只是网游的附属品，显然，经过多年发展，凭借着自身价值，其已经成为新兴产业。迄今为止，电子竞技已经形成了产业链，游戏开发、赛事运营、版权分销、电竞电商等都属于电子竞技行业。从当前电子竞技的发展趋势来讲，最需要关注的是以下几点：首先，为了确保电竞行业健康发展，就必须加强监督管理力度；其次，越来越多的人开始对电竞感兴趣，这极大地扩大了电竞群体；最后，当前电子竞技正在朝职业化方向发展，并逐渐拓展到全球领域，这进一步完善了电竞产业链。

（五）扬帆"出海"开创网络游戏发展的新局面

随着国内网络游戏人口红利的逐渐减弱，中小游戏公司面临着巨大的生存压力，于是，积极开拓海外市场成了破局的新动能、发展的新方向。对此，业内人员甚至有"不出海便出局"的说法。实际上，近年来，中国原创游戏的海外出口快速增长，特别是，扬帆"出海"不再是依循简单的授权出口模式，而是在海外成立子公司或通过并购实现海外拓展。其中，有三点值得关注：一是在"产品"上，实施差异化发展并通过独立运营等方式出口海外，实现中国自主研发网络游戏海外出口规模增长；二是从"渠道"上看，与脸书、谷歌商店等多个海外渠道建立长期稳定的合作关系，积极、有效地拓展全球市场；三是就"平台"来说，通过收购或自建平台聚拢用户，比如，腾讯、三七互娱、游族网络等游戏企业已全面展开海外平台布局，强化对于用户的深度运营。

（六）IP 赋能拓展网络游戏取材范围、增强文化软实力

在游戏的背景设计与场景搭建中，许多游戏会将一些著名 IP 或是著名实景移植到游戏内，使游戏内与游戏外产生联系，玩家可以获取联动体验以及更丰富的感官体验。

以美国游戏《看门狗 2》为例，这是一款由游戏公司育碧开发并发行的开放世界动作冒险第三人称射击游戏，游戏设定在虚构版旧金山。整款游戏的背景中，这个虚拟的旧金山城在许多细节上与真实的旧金山城几乎完全一样，这得益于开发团队对旧金山的实地精细考核。因此这款游戏也成功展现了大量旧金山的特色景点和独特文化，被玩家戏称为旅游游戏。

中国西安借助抖音上的多样化玩法，结合自身的城市特色文化，成功将西安打造成了"抖音之城"，而在游戏场景中，特色场景和丰富玩法会使玩家对

背景城市印象更为立体，体验更加细腻多样。中国游戏公司在开发 IP 方面也做了许多尝试。网易以中国四大名著里的《西游记》为设计背景，开发出了Q 版风格的浪漫网络游戏《梦幻西游》。2016 年，网易以日本经典 IP 阴阳师为设计背景推出手游《阴阳师》，在日本民间有许多以游戏主角安倍晴明为主的相关传说，也有一系列影视剧以及类似设定的动画等。网易在开发过程中，将手游画面设计得非常具有日式风格，同时引入阴阳师背景故事，邀请许多日本著名声优进行配音，不仅在国内反响剧烈，在日本推出日服之后也引起了热烈讨论。

在利用不同话语框架扩大海外游戏市场的同时，我国游戏行业也应思考如何利用中国经典 IP 以及热门事件进行游戏开发，传播本国的文化特色，帮助打造立体的国家形象。例如四大名著、历史小说、《红海行动》的原型营救事件等。可以将这些素材资源与游戏设计结合，发掘出具有中国文化特色和历史底蕴的优秀游戏，在海外传播中国特色文化，加强软实力建设。另外，军事色彩和政治色彩的情节设计和设置，也是国家对外传播软实力的重要组成部分。

第三节　网络游戏传播的多重优势

一、虚拟空间的无限魅力

网络游戏的虚拟性是网络环境虚拟性的具体表现形式，它把游戏者从现实的、有限的真实世界带进了无限的虚拟世界。游戏者一旦进入游戏，便已经遨游在一个"假真实"的空间里。在这里，玩家可以做自己喜欢的人，按照自己预定的方式熟练地模拟人生；也可以做自己喜欢的事，轻而易举地实现梦想。玩家在超脱、玄妙的未知图景中获得了充分的快感和满足感，尽情地享受着网络虚拟世界的无穷魅力。无论与现实的差别有多大，网络的虚拟环境始终带有现实社会的一些特征，即网络游戏的虚拟性是对现实世界的拟仿。人情百态、世情千变，虚拟的游戏世界处处都是现实的影子，沉迷于其中的玩家在潜移默化中会产生错觉，以为这就是一个真实的社会，人完全可以在这个社会里按照自己理想的方式生活。这种对现实的拟仿带有魔力，即使玩家比任何人都清楚这本不是他的真实生活，可当他敲击键盘登录账号的那一刻，网络游戏世界的虚拟镜像已经取代了他的真实生活，甚至成了比他的真实生活更加真实的生活。网络游戏以一种"超真实"的方式诠释着"假真实"的世界，玩家在现实中的缺席在游戏中被呈现为在场，在现实中的想象在游戏中被呈现为存在。很多时候，玩家已经将现实和虚拟完全同化了。

网络游戏构建的初衷是把玩家聚集在虚拟的空间中，把玩家向往的人生带进虚拟的平行社会中，在拟仿中逐渐达到虚拟世界与真实世界的交融。玩家或者团结协作、和谐相处、互利共赢，或者攻城拔寨、敌对杀戮、横眉冷对，在这过程中，玩家的身份也是虚拟多变的。你可以是你，把你的喜怒哀乐、爱恨情仇完全寄托在游戏的主人公身上；你也可以不是你，你可以任意选择你的姓名、性别、体型、身份、职业、出生地、居住地等。没有人会在意坐在电脑前的玩家的体态容貌，没有人会关注现实中的玩家是如何的亮丽光鲜，也没有人会操心玩家烦琐生活中的五味杂陈，玩家就是虚拟网络世界的一分子和有机组成部分，任何事情都有可能发生。

虚拟身份的多变，也意味着玩家在重现自我的过程中隐藏起真实的自己。网络游戏塑造了一个虚幻的世界，但这也是一个梦想的舞台，它最大限度地容纳了玩家的野心和欲望，玩家可以不顾现实中的束缚把自己打扮成一个罪恶的小丑，尝遍破坏世界的刺激；也可以把隐藏在内心的英雄情结付诸实践，孜孜不倦地努力成为自己心目中那个完美的英雄。总之，玩家可以顺从自己内心最深处的欲望、野心。玩家在虚拟的游戏世界中尽情释放的同时，也在彰显着最真实的自己。

二、天南地北的神秘玩家

网络游戏虚拟身份的背后，是无尽的包容性。游戏玩家来自五湖四海，形形色色的玩家有着不同的经历、不一样的生活，通过游戏聚集在一起，时而为打破常规而挤破脑袋，时而为完成任务而齐心协力，时而为利益争斗而针锋相对。

玩家可以对游戏的设置方式持肯定态度，也可以对游戏的某一环节持否定态度；玩家可以因为一次精彩纷呈的团队作战而欢呼雀跃，也可以因为他人的一次莫名其妙的失误而遗憾不已。在这里，谁都包容着他人，同时也被他人包容着。

平等和睦是网络游戏正面包容的体现，在"平易近人"式的包容背后，是团队能量的激发和个人潜力的展现。在这样的氛围中，玩家身上蕴含的能量将会被无限激发：比如现实生活中粗心的玩家会在游戏进程中变得全神贯注并注意统筹兼顾；现实生活中武断的玩家经常在某一时刻闪现出无数灵感并果断地做出最合理的决定；现实生活中懒散的玩家会在游戏重复的操作与实践中意外地找到成功的捷径。玩家在被他人包容的同时也学会了以同样的方式包容他人，这种双向的包容也越来越被玩家视为一种约定俗成的原则，在虚拟的网络世界中潜移默化地发挥着它固有的积极作用。

除了一切正面的包容之外，网络游戏同样也包容着众多的负面内容。游戏的虚拟空间是一种绝对的开放性的空间，不存在思想上的绝对控制，玩家可以将自我完全释放出来：嚣张时候的玩家可以痞气十足，无理时候的玩家可以六亲不认，失意时候的玩家可以唉声叹气。玩家与线上的多名朋友交流互动，重塑着一个与现实社会中完全不同的自己。但这被看作是合理的，游戏中，玩家被赋予了展示自己个性的特殊权利。

三、自由生长的草根文化

草根，意味着平民化、民间化群众化，"草根文化"已成为网络普及的热词。纵观身边的网络流行游戏，从最早创造了中国网络游戏神话的《传奇》，到掀起团队作战、动作射击之风的《反恐精英》《穿越火线》，再到火遍大江南北的《魔兽》《英雄联盟》，这些游戏以入门门槛低、操作便捷、全民参与等特点笼络了大量玩家。草根性从此成为网络游戏的显著标志。

网络游戏的草根性有两层含义。一是游戏玩家的草根性。玩家可以来自不同的社会阶层，有着不同的社会背景，从事不同的职业。游戏对玩家的身份和知识水平没有严格的要求，玩家仅凭一个 ID 就可自由遨游于网络游戏的世界中。二是网络游戏内容的草根性。网络游戏大多来源于传统文化中的历史故事、日常生活中的夸张场景和个人心中的英雄梦情结等，把这些元素经过科技手段的制作和现代艺术的加工，以游戏的形式完美呈现出来，便成了网络游戏草根性的全部。

网络游戏是草根阶层的狂欢，在这里，玩家可以主宰一切。随着生活质量的不断提高和社会公共网络设施（比如网吧）的普及，网络游戏已经不再为少数精英人物所独有和把持，以青少年为代表的草根阶层已经加入了网络游戏大军的队伍，并有迅速扩张的趋势。草根阶层没有很高的社会地位，工作和学习都刚刚起步，心理也没有达到绝对的成熟，叛逆、好奇、冲动、热血、潇洒是他们独有的个性。他们容易在现实生活中迷失自我，一旦产生压抑感和孤独感，便很难找到理想的情感释放地，网络游戏为草根阶层提供了探索未知世界的幸福感和满足感，使他们有机会发现自我的另一面，重新尝试改变生活和塑造自我。在游戏进行的过程中，大多数人是愉悦和有成就感的，不管这是理性的真情流露还是虚荣心的满足释放，总之，草根阶层很容易深陷其中并乐此不疲。虚拟的网络空间成为草根阶层狂欢的聚集地，假如玩家加入了这场狂欢，便可以尽情地在这里玩耍、消遣、娱乐，玩家主宰着游戏的进程，也主宰着游戏中角色的人生。

网络游戏内容的草根性，在一定意义上代表了草根阶层的生活状态和娱乐需求，也有力地促进了"草根文化"的传播。"草根文化"生于民间、长于民间，源于生活、高于生活，它既有高雅的一面，也有庸俗的一面，没有经过主流意识的疏导和规范，也没有经过精英阶层的加工和改造，完全散发着朴实的乡土气息和丰富的生活共识。草根阶层尽情地享受并陶醉于属于自己的生活，对于庸俗、腐朽、无序、落后的成分，则以自我降格、自我矮化的方式进行着隐而不彰的反抗。同时，也在一点点把属于自己的优秀的成分发扬光大，比如统筹兼顾的大局意识、自强不息的争胜意识、团结一致的协作精神以及富有叛逆心的创新精神等。这种"草根文化"的精华在草根阶层全身心投入游戏的过程中被体现得淋漓尽致。俗中有雅，雅俗共赏，网络游戏与草根文化在某种程度上达到了相融相生的契合。

四、迷幻炫美的理想世界

网络游戏为玩家创造了一个崭新的施展才华、实现梦想的舞台，舞台上的玩家尽情地进行自己的表演，朝夕扮演着自己想象中的角色，做着自己想做的事。这是一种真实的存在，它作为一种向往存在于玩家的脑海里。然而，实际上这是一种虚假的幻觉，因为回到现实中，玩家根本无法获得这样的快感，所以，玩家甘愿抽出工作和学习的时间，在游戏中孜孜不倦地模拟人生，信誓旦旦地成就大业，以寻求一种短暂的幸福与满足感。

游戏中，玩家还能够完成他在现实生活中想做而又做不到的事。假如玩家喜欢冒险，富于冒险精神的角色扮演游戏可将玩家带入武林江湖中，玩家将完成各种各样紧张刺激的任务；假如玩家喜欢思考，比拼智力和耐性的回合策略和即时策略游戏会使玩家脑洞大开，玩家必须紧紧抓住战机、把握局势，否则一招不慎便会满盘皆输；假如玩家喜欢浪漫和幻想，轻松休闲的模拟人生、恋爱养成游戏可以令玩家一边跟其他玩家交流，一边提高游戏级数，独享居高临下的快感；假如玩家喜欢刺激，高风险的即时战斗枪战游戏会让玩家血脉喷张，玩家必须全神贯注地熟练操作，否则一不小心就会被对手迅速打败；假如玩家喜欢领导和决策，拥有文化底蕴的大型历史网游可以让玩家成为雄霸一方的诸侯，坐拥雄兵，指挥千军万马征战四方，攻城略地。网络游戏把成千,上万的玩家带入了一种忘我的境界，多少人沉醉在紧张刺激的操作快感和与队友的互动交流中，独享着属于自己的乌托邦式生活。

五、配合默契的玩家互动

互动性是网络游戏的基本特征，也是网络游戏的灵魂。网络游戏中，不仅有逼真的场景、炫美的画面和震撼的音效，还有引人入胜的故事情节和多种多样的角色设置，为玩家搭建了释放情感的平台和寄托心灵的港湾。游戏故事构成了游戏互动的线索和框架，玩家与游戏内容的互动一直在不知不觉中进行并升级着，游戏中的玩家无时无刻不在书写着属于自己的动人故事。此外，网络游戏还为玩家搭建了强大的互动平台，这是网络游戏社会性的体现，玩家与他人的交流与沟通构成了人际交往的新舞台，志同道合的玩家们同时也在共同书写着虚拟世界中的励志篇章。

玩家体验游戏的过程，本身就是一种与游戏内容的互动，网络游戏的开放性和自由性使这种互动一直存在并衍生出多种游戏结果。网络游戏在游戏故事的设计上越来越展现出其独特性和连贯性，同时游戏脉络、情节和结局也更加自由开放、复杂多变，这赋予了玩家更多的权利。玩家在玩游戏的过程中，有自己的战术、策略和操作方式，通过对故事情节和即时战略的把控与选择，自发地、动态地去改造故事发展。玩家在游戏中的虚拟角色彰显着他的思维、习惯和欲望，玩家可以为自己的角色赋予独特的情感。这种与虚拟角色心理和情感的互动会为玩家带来出人意料的游戏体验。网络游戏内容的多样性和体验的真实性使玩家自始至终享受着沉浸式的体验过程，这样的多重感官的享受让玩家在网络空间中获得极大的成就感和满足感，玩家转而成为故事的讲述者和书写者。

网络游戏中，玩家还需要与其他玩家进行频繁的互动，这种互动搭建了人际交往的新舞台。在这样虚拟而开放的环境中，玩家终于可以撕下现实生活中的面具，坚持自我，把自己的立场通过各种方式公之于众，含蓄而隐晦地为队友指点迷津，比如分享"打怪"的技巧与秘诀，共享寻宝的秘密路线图，购买物美价廉的工具等。当每个人都能够诚信正直敞开心扉、礼貌待人，游戏中的互动也可上升到真情互动，鼓励、助人、给予、宽恕成为彼此合作与信任的基础，有些玩家之间还建立了 QQ 群、微信群，同一地区志同道合的玩家聚会聚餐也时有发生，并不罕见。此外，在游戏过程中进行如同现实社会的商品交换也是玩家互动的方式之一，这在角色扮演类网络游戏中较为常见。网络游戏中的有些任务和道具都是随机发放、随机取得的，这就需要玩家彼此之间互通有无。玩家可以相互交换虚拟道具，也可将所得的宝物与装备通过买卖给予他人，获得盈利，再购买更高级的装备供自己所需。商品交换这一社交行为，已成了一种约定俗成的交流习惯和行为模式，它看似可有可无，却作为网络游戏互动中不可或缺的重要环节高频率地发生着。

第四节　网络游戏传播的要素与策略——以腾讯手游为例

一、腾讯手游为代表的网络游戏传播要素

（一）腾讯手游的传播者

网络游戏中的传播者起到传递游戏信息的作用。手机网络游戏，其传播者这一角色也担负着相同的功能，从游戏最初的开发到代理再到销售，传播者的作用始终贯穿其中，而与之对应的担任这一角色的分别是代理商、开发商以及运营商。手机网络游戏的代理商、开发商和运营商是手机网络游戏传播者的构成主体。

腾讯手游的代理商正是腾讯公司本身。而腾讯不仅仅是自己旗下手机网络游戏产品的代理商，还代理其他公司的手机网络游戏作品。2011 年 6 月，腾讯在 iOS 平台上架了一款手机网络游戏作品《三国塔防魏传》，开始正式踏上手机网络游戏代理发行之路。到今年腾讯手游累积代理了上百款手机网络游戏。手机网络游戏的开发商是指手机网络游戏产品的研发者。而腾讯手游的开发商也是腾讯公司。腾讯对于手机网络游戏的开发和运营业务涉足较早，并且旗下拥有不少工作室从事该业务。由于经验丰富，腾讯手游自己开发的手机网络游戏都有较好的表现，例如天美艺游工作室（腾讯手游旗下工作室）研发的《天天连萌》《天天酷跑》以及《天天飞车》等在市场上都获得了十分不错的成绩。腾讯手游自主研发的产品在当前的手机网络游戏领域依然处于主导地位。在手机网络游戏这一业务上，腾讯自有的专业团队是其获得成功最大的砝码和优势，从前期的策划、UI、研发、测试到后期的推广、运营、品牌建立，每一步都配备了专业级人才，这样的团队实力是创业型小团队无法比拟的。

而从利益的层面来分析，研发、发行均由腾讯内部自主完成，不需要与游戏代理合作分成，其所获利润也将大大增加，因此可以推断未来其自研团队将会进一步扩充。

而腾讯手游的运营商，也是腾讯公司。2013 年 5 月 8 日，从战略层面出发，腾讯移动游戏平台将微信、手机 QQ（包含 QQ 客户端、QQ 游戏客户端以及 QQ 空间客户端）、应用宝等移动平台资源整合其中，并在 2013 年 5 月 8 日

的全球移动互联网大会上正式推出了这一整合后的全新的平台。平台资源整合的好处在于，差异化的用户需求将通过统一的运营管理得到协调与满足，合作伙伴也将研发出更多更完美的产品。

（二）腾讯手游的传播内容

腾讯手游作品的传播内容也是基于符号体系以及游戏规则两个方面来展开的。先来说符号体系，腾讯手游会根据其不同类型的游戏来相对应的设置不同的符号体系，而且腾讯手游比较注重打造符号体系整体的一致性。举个例子来说，腾讯手游推出的三国题材的重度手机网络游戏《大闹三国》，其游戏主题就设定在了三国时期的武将争斗，城池防御上。而游戏的场景、虚拟人物、建筑、道具、音乐等都是围绕这一主题去展开，如虚拟人物角色就是三国时期的著名武将曹操、刘备、周瑜、赵云等，为了使女性玩家也能更好地体验游戏，《大闹三国》中的武将角色还有很多是三国时期的女性角色，如小乔、黄月英等。而建筑则包括兵营、金矿、酒坛、铁匠铺等均符合三国时期特征的建筑物。《大闹三国》游戏的背景音乐，古典中融入了流行的元素。古典的乐器演奏加上兵刃相接的武器争斗声配以轻快的流行乐节奏，让人耳目一新，古色古香又融入潮流趋势，与游戏的时代背景和现代的使用背景都不脱节。从上述分析来看，这款手机网络游戏作品《大闹三国》的符号体系打造整体性较强。可以将用户更好的带入三国时期作战的情境里，使用户获取更好的游戏体验。再来说游戏规则的设定。腾讯手游作品比较注重游戏规则设定的平衡性，也就是说，让不同的游戏玩家在游戏中获得相对的公平。拿游戏时间来说，有些用户比较闲，有大部分时间来操作游戏，而有些用户比较忙，只能在碎片化的时间段里来使用游戏。那是不是空闲时间多的用户就可以更快的提升等级，更多的获得装备呢？当然，游戏使用时间多的用户需要获得更多的优势，但腾讯手游为了避免这两类用户之间的差异过大，对游戏的使用时间，进行了设定。比如《天天酷跑》《开心消消乐》等等这些腾讯手游旗下的作品都不是 24 小时可以无限制使用的。旗下的作品都不是 24 小时可以无限制使用的。每进行游戏一局就要消耗一点体力。在 10-30 分钟后才能进行下一局。这样对于用户游戏时间进行了一定控制，相对得使两类用户获得游戏上的平衡感。还有一种规则平衡性是为了保障付费玩家和免费玩家中的平衡。如腾讯手机网络游戏作品《全民泡泡大战》，游戏使用时间少的玩家，可以在游戏内通过人民币购买等级高的虚拟人物角色和宠物乃至道具等等，用以弥补时间少没空升级游戏装备。而免费玩家不需要付费，其可以通过不断游戏，获得付费玩家所买到的那些装备。两者各有付出，各得所需，很好地保障了游戏的平衡性。规则平衡性决定了游戏本身的公平,进而决定了游戏者地位的相对平等。在游戏的世界中,拥有不同年纪不同肤色甚至价值观不同,社会背景不同的人,都能在游戏规则平衡性的保障中获得相对的自由平等。腾讯手游注重游戏规则的设定,能让用户在游戏中得到公平以及尊重。

(三)腾讯手游的受众

手机网络游戏的受众群体具有相对一致的特征。第一,手机网络游戏的受众对于新鲜事物的兴趣和好奇心较浓,易于接受新生事物,他们要么拥有年轻的心态,要么本身年纪不大,因此是新产品首批开发内测的对象和支持者。第二,这类群体要么是家庭经济条件不错、有较多可自由支配的零花钱的城市青少年,要么是有一定经济基础可供游戏消费的都市白领,因此具备了巨大的消费潜力。著名的管理咨询机构麦肯锡对于这类群体的消费能力做过调研,数据结果显示,都市白领收入固定、经济独立,在游戏投资方面的能力较强;而对我国城市青少年的调研结果更加精确——他们每年的零花钱消费超过了600多亿元人民币。第三,手机网络游戏对他们有着很大的吸引力,游戏的各个场景和关卡的设计都独具匠心,使他们有一种身临其境的感受,时而愉悦时而失落,而基于手机网络游戏的交互性设置,使他们在游戏的过程中可以认识很多新的朋友。而根据腾讯大数据对手机网络游戏玩家的分析,可以进一步来了解手机网络游戏的受众。

首先,女性玩家的比重增大。在网络游戏的世界中,可以看到一种现象是男性用户比例是远超于女性用户的,而根据腾讯手游近年来的数据显示,在手机网络游戏用户中,用户的男女性别比例的差距并不大,女用户与男用户的比重形成一种抗衡之势。基于女性用户在手机网络游戏中比重不小,可以针对这一群体来开发更适合她们更吸引她们的手机网络游戏。色彩丰富,规则简单的手机游戏更能得到女性用户的青睐轻度游戏,卡通风格游戏都将女性玩家为作为了主要受众。在"萌"字也正成为女性用户的审美取向,走萌系路线的三款腾讯手游《全民砰砰砰》《全民精灵》《全民小镇》,不出例外地受到了女性用户的大量追捧。女性用户对于操作复杂的游戏,往往比较缺乏耐心,所以游戏玩法一定要做到简单,单手可以操作游戏,玩家还能在游戏之余兼顾其他事情。腾讯手游已经意识到,女性用户是一个巨大的可开发的市场。腾讯手游开发的作品在吸引女性用户上下了功夫,不仅做到了色彩鲜艳,玩法简单,更是将流畅的用户引导贯穿到了整个游戏的体验过程之中,有利于更进一步吸引更多的女玩家来体验游戏。

其次,游戏主力军由年轻用户组成。青壮年用户正是处在一个追求新鲜刺激，爱热闹，喜爱和电子设备打交道的年纪，所以目前手机网络游戏的开发商，打造了多款人物主人公设定超萌、交互性极强并且不断升级更新游戏玩法的手机网络游戏作品，来进一步吸引年轻的用户群体。尽管年轻用户占比大，来自其他年龄层的用户仍占一定比重。如果将这一部分用户群体的需求挖掘出来，也会为手机网络游戏厂商带来意想不到的收获。

像腾讯手游代理的《三国来了》《全民水浒》等之类历史题材的手机网络游戏作品，吸引的更多的就是 30 岁以上的用户群体。另一方面，虽然手机网络游戏核心用户群体为年轻人，诸多产品也依据年轻人的需求和喜好来进行策划，但收入的不稳定始终限制了他们消费能力。而中年用户付费的能力是明显要高于年轻群体的，所以手机网络游戏的开发商可以更进一步瞄准该群体，为中年用户打造专属他们这一年龄层的游戏。

另外腾讯手游开发的《天天爱消除》《开心消消乐》这类消除类的休闲游戏，是比较适合青少年用户和老年用户的。因为这类游戏玩法简单，画面绚丽，音乐酷动，不含暴力赌博情色倾向。虽然两类用户中的付费用户占比不高，付费能力较低，付费的总金额较少，但从用户规模上来说，游戏产品潜在的用户基数在如此庞大的人口基数下也十分庞大，即使付费率占比并不高，但总的付费能力依然不可忽视。

最后，玩家游戏时间由"碎片化"趋向"固定化"。因为现代人紧凑的生活方式，以及手机便携性的特点，都赋予了手机网络游戏使用时间碎片化的特征，但随着手机网络游戏的大力发展以及品质加强，用户使用意愿增大，手机网络游戏不再仅仅是一种课间休息、乘地铁等时间段使用的快餐式的娱乐存在了。手机网络游戏的使用时间有从碎片化转向固定化的趋势。而比较固定的两个时间段很明显是出现在午饭后和晚上睡觉前，用户相对来说有一段较长的空闲时间可以来使用手机网络游戏。

二、腾讯手游为代表的网络游戏传播策略

（一）打造适宜的游戏开发机制

游戏机制，指的是游戏虚拟世界物理和非物理的构成游戏的所有规则。游戏机制的重要性在于，它是整个游戏的框架，是保证游戏顺利进行的关键。而如何找到一个合适的游戏机制来开发游戏，对于手机网络游戏厂商来说无疑是一个重点中的重点。

第一，要做到合理的难度性的设置。是否满足目标用户需求是手机网络游戏厂商获得用户数量的关键，而难度性的设置正是游戏门槛的代表。手机网络游戏的开发商必须要明白，其做的游戏是只希望精英玩家去玩？还是想获取最大的用户数量，形成全民参与？又或是介于两者之间？想清楚这一点很重要，要根据自己的目标用户，才能设置合适的游戏难度。开发出具有挑战性的游戏的想法是合理的。存在着这样的用户无惧难度，奋勇向前。但在另一方面，有些玩家并不期待迎难而上。他们只想要轻松休闲的体验游戏乐趣。两类用户对于游戏体验想法的不同，导致了游戏难度设置问题的存在。其实较好的办法是在游戏中设置难度选择。难度选择在游戏中越来越常见了，玩家可以根据自身水平来选择容易或者困难的游戏模式来进行游戏。

第二，要给用户设定明确的游戏目标。用户在体验游戏的过程中，可能只是想追求简单休闲的快乐，但并不代表其喜欢漫无目的感觉。手机网络游戏的开发者必须要让用户明白，其在游戏使用过程中应该做什么，可以做什么，并给予相应的奖励，来吸引玩家持续性的体验游戏。可以在游戏中设定每日任务，用户在游戏中通过达成一个个任务来赢得奖励获取满足感，又或者为游戏设定闯关模式，让用户可以和其他玩家比拼谁闯的关数高，在游戏中找到竞技互动的乐趣。如果用户不能理解手机网络游戏开发者在游戏中的意图，就是开发者的失职，如果开发者不向用户传达明确的游戏目的，给游戏设定明确的目标，那很有可能玩家会觉得索然无味而放弃这款游戏。

第三，不要浪费用户时间。如前文分析，用户使用手机网络游戏的时间基本上是在碎片时间段，如果一款游戏中不少设置不合理在浪费用户时间的话，很可能被用户抛弃。比如进入一局游戏的时间较长，或者让用户在游戏中重复完成同一个任务，又或者其在游戏地图中无意义的往返，都会让用户的对于游戏的体验性变差，从而失去耐心，放弃游戏。用户的时间是宝贵的，手机网络游戏作品应该让用户在有限的使用时间内享受到游戏所带来的无限乐趣。

第四，要确保游戏的平衡性。手机网络游戏必须要有规则的设定，并且让每位用户相对来说在游戏中感到平等，以确保游戏的公平性和平衡性。用户可以通过付费来获取高等的游戏道具或者快速升级，但是必须保证不付费的用户通过不断在游戏中的时间投入也能做到这点，达成两种用户之间的平衡。再就是用户与机器之间竞争时，要保证用户的胜率，因为机器在数字、策略等其他能力上更具优势，如果游戏不能保证用户有足够的机会来反击，用户很有可能知难而退，丧失信心，放弃进一步的对于游戏的深度体验，所以游戏的平衡性设定是相当重要的，必须引起游戏开发者的重视。

（二）开发具有本土特色的游戏

用户群体个性鲜明、规模较小是手机网络游戏的主要特征，这与大型的电脑网络游戏截然不同，因此在进行游戏策划与开发时，厂商需要根据不同的细分市场针对性推出具有创意的游戏产品。然而，创意的缺失与制作的同质化恰好是制约国内目游戏产业发展的因素。纵观中国手机网络游戏行业，抄袭外国手游产品的现象十分严重，其实中国手机网络游戏行业完全可以将中国元素以及中国传统文化融入游戏的开发设计中，打造出本土特色游戏。暴力、血腥等因素充斥在某些手机网络游戏中，青少年玩家的价值观、世界观因此受到错误的引导。所以家长们对于孩子玩手机网络游戏也会不放心。然而手机网络游戏也并非一无是处，游戏中合理的情节设计有助于青少年了解中国优秀的传统文化理念，熟悉历史进程，使千百年来汇集了人民大众智慧结晶的中国传统文化得到更好的传承。科学技术的发展促生了手机网络游戏，而中国传统文化蕴涵着丰富多样的题材，这两者间的关系十分微妙。故事、传说、神话等民间广为传播的作品是社会不同层面的真实写照，也是大众思想感情、艺术才能、审美以及世界观、价值观、人生观的体现。将中国的传统文化的精华吸收到手机网络游戏中，无疑能为游戏增添更多的内涵和深度。再者不少文学蓝本可读性强，并且本身就已经具有高知名度有众多拥护者，而手机网络游戏以其为背景蓝本建构，相信在增加了游戏可玩性的同时，更能吸引用户目光；而在新媒体逐渐发力的时代，将传统文化元素植入手机网络游戏中，依托手机媒体发力，也能够成为传统文化传播推广的有力渠道，用户在体验游戏的过程中潜移默化吸收了新的知识，对用户自身素质的发展也有提高帮助。

（三）注重对游戏的口碑式宣传

用户从传统的传播模式中所感知到的往往只是大众式的单向沟通，很难体会到产品内在的价值理念。而用户真正的需求常常不被企业了解，因此推出的业务可能并非用户所需。游戏业务中，用户之间的双向沟通与互动是重中之重，因此游戏的传播必须以用户体验为导向，对用户之间的口碑传播加以引导从而成功塑造产品形象。而腾讯手游采用了多种传播推广方式，但对口碑式传播注重不足。而《像素鸟》《2048》等手机网络游戏之所以很火爆赢得了高人气，所使用的传播方法恰恰是腾讯手游在出品游戏时，所忽略的口碑式传播。如今热衷对社交网络使用的用户数量在不断增多，而信息在其间传递的速度也是越来越快，当用户发现身边的朋友都在讨论关于一款游戏的话题，甚至截图分享游戏的乐趣的时候，也就会蠢蠢欲动想立马体验游戏。产品的人气和相关话题讨论都会在口碑式传播下愈加热烈，如此一来传统传播推广平台的劣势更加明显。对一款游戏来说，最重要的还是要能够长期吸引来用户体验，而不是短期渠道所带来的关注度。

（四）打造鲜明的游戏品牌定位

腾讯为打造整体品牌，曾提出"用心创造快乐"的口号，而这一口号，在每次打开腾讯任何一款游戏时都会最先映入眼帘，加强用户对这一品牌，这一口号的认知度，自此腾讯更加关注对于腾讯游戏品牌的建设。"用心创造快乐"口号的"用心"二字体现了腾讯游戏致力为玩家提供"值得信赖的""快乐的"和"专业的"多元化互动娱乐游戏体验。而"快乐"二字则是从用户的情感体验为出发点，希望用户能在对腾讯游戏的使用中找到轻松愉悦，符合用户最需要的一种情感的需求，同时通过用心对快乐理念的追求，更希望塑造起一种"值得信赖、快乐的、专业的"品牌形象赢得用户的喜爱与支持。

完美的产品与优秀的品牌都是中国游戏产业快速发展所需，尤其是后者。腾讯游戏对这一点的认知较为透彻，因此在 10 年的积累与发展之后，开始注重品牌的建立。对品牌的塑造，将有利于腾讯游戏的长期发展，塑造负责任的，精品的游戏品牌形象，能获取更多的用户来接触腾讯游戏，关注腾讯游戏，也能很好的维持老用户使其一如既往地支持腾讯游戏，信赖腾讯游戏。腾讯游戏品牌的塑造更会为行业建起一个标杆，引领行业朝良性状态发展，增加其文化价值。品牌的塑造和产品密不可分，产品的开发要做到用户需求永远是核心，而产品创意要整合需求，一切从用户的情感需求出发，那么用户在使用游戏产品的一种情感上的需求，很明显要满足其愉悦的心情，让用户感受到快乐。腾讯游戏已经意识到了这一点。

第八章　新时期网络文艺的发展探索

进入 21 世纪以后，随着互联网技术的迅猛发展，群众喜闻乐见的各种形式网络文艺如雨后春笋展现在人们面前。网络文学、网络音乐、网剧、网络直播、抖音等不同形态的网络文艺成为我国当代文艺建设中不可或缺的主力军和数字化产业的重要支柱。本章将主要针对新时期网络文艺的发展展开研究。

第一节　网络文艺应努力"走出去"

一、发达国家文化产业发展对我国文化产业发展的启示

目前，我国的文化市场当中，旅游、出版、影视，音像，服装等行业遇到了共性的技术性发展瓶颈。在全球化经济条件下，我国缺少文化产业的核心竞争力——品牌。品牌对于我国新兴文化产业的另一重大作用体现在它是影响消费者购买决策的一个关键因素。文化产品的输出，能够强势进入国际市场，必须要树立深入人心的品牌认知。美国有好莱坞，日本有动漫产业，韩国也被称作造星工厂，而这些"标签"正是最好的宣传。品牌的效应，对文化企业的利润起着重要的支持作用，并且近几年人们才意识到，品牌本身对于文化企业来说就是一种无形的资产。

（一）深化文化体制改革，转变政府在该方面的职能

既然为市场机制下的文化产业，政府对该领域的管理应该从大包大揽转变为以服务为主的角色，让市场机制自主调节文化产业的供求，尊重市场的自主选择，在竞争中优胜劣汰才能进入良性的产业链循环。政府的政策需要把握该领域正确的发展方向，正确的价值取向，维持市场平等竞争，维护社会稳定即可。

（二）建立健全的行业法律法规，净化文化市场

文化商品不同于其他商品，在文化商品进出口时，版权是最突出的问题，国家的相关法律部门必须要根据相关文化产业和文化产品出口的要求，结合应对国外文化扩张及世贸规则，制定完善的法律法规，保证文化商品进出口的合法性和受保护性。除此之外，这些法律法规还应包括对该行业的财政、税收、金融等多方面的政策体系，营造良好的政策法律氛围，加强文化产业法制化管理。

（三）重视人才培养，形成高素质的人才队伍

专业人才的培养，是文化产业繁荣的强劲推动力。鼓励各高校、职业高校开展与动漫、娱乐产业管理、影视特效相关专业，更要注重人才交流，加大与国外大企业的合作，增强学生的实践能力，建立起高素质的人才队伍。

（四）资金筹集方式灵活，鼓励企业投资融资文化产业

资金筹集方面，可以通过政府制定投资文化产业的优惠政策，鼓励大中小企业积极参与文化产业的发展的方式，既可以分担政府财政对该行业的支出，企业也可以通过投资文化产业，扩大企业自身的影响，树立良好的企业文化和企业形象。资金流带动产业链循环，可以保证文化产业的强劲发展，繁荣文化市场便可指日可待。

综上所述，整合文化资源发展文化产业对于充分转变发展方式具有重要意义，以企业为主体、以文化贸易为主要方式，推动更多的文化产品和服务走出去，参与国际竞争、形成特色品牌，才能不断扩大中华文化影响力，增强国家文化软实力。

二、我国网络文艺"走出去"的有利条件分析

（一）我国网络文艺对外输出态势良好

随着物质生活水平的提升，人们对精神生活的要求越来越高，传统的文化娱乐项目已经无法满足人们的需求，数字娱乐开始吸引人们的注意力，由此，网络文化产业逐渐发展起来。近年来，网络音乐、网络影视、网络游戏与人们生活的联系愈发紧密，聆听网络音乐、观看网络影视、玩网络游戏已经成为人们不可或缺的休闲娱乐项目，相关产业也呈现出迅猛的发展势头。以网络文艺为主要内容的网络文化产业拥有巨大的发展潜力，它的成长性受到了社会各界

的广泛认可。

在电影、电视剧等传统文艺方面，我国与世界先进国家的差距可能稍大，但是在网络文艺方面，我国与世界先进国家的差距微乎其微，尤其是网络游戏产业，我国还具有十分鲜明的优势。从 2010 年开始，我国自主研发的网络游戏就在海外市场引起了轰动，随后几年，网络游戏的出口率始终处于增长之中。与我国文化产品贸易"入超"的状况相比，网络游戏的"出超"形势大好，这说明我国自主研发的网络游戏有着很强的国际竞争力。

除了网络游戏以外，我国其他类型的网络文艺作品也不断扩大传播边界，积极拓展海外市场。最初，接收我国网络文艺作品的国家主要集中在亚洲，随着影响力的增强，一些欧美国家也开始认可我国的网络文艺作品。以网络文学为例，《盗墓笔记》等作品在我国大受欢迎，并且受到其他国家书迷的追捧，在这种形势下，《盗墓笔记》被翻译成多国文字，在其他国家传播开来。根据网络小说改编的电视剧《琅琊榜》在国内引发了观看热潮，而后其版权被其他国家购买，《琅琊榜》的播出也具有了国际性。2016 年，中国网络文学的发展又有了新的突破，在欧美的二次元阵地中也能看到优秀的中国网络文学作品，许多翻译网站将中国网络文学作品纳入翻译范畴，这为外国读者了解中国的网络小说提供了便利，有些读者甚至热爱上了仙侠、玄幻、言情等题材的小说，成为"追更"者。面对网络文学的海外传播盛况，国内的某些网络文学网站与国外翻译网站建立起了合作关系，并且签署了合作出版协议。如此一来，中国网络文学作品的海外营销愈发成熟，对外输出的态势也越来越好。

（二）国家大力扶持网络文化产业

国家对传统文艺的扶持力度向来较大，因为传统文艺是社会主义文化建设的重要内容，对人们学习、工作、生活的影响也最明显。互联网时代的到来改变了这一局面，网络文艺显示出巨大的活力，网络文艺融入主流文化成为大势所趋。对此，国家也制定了相应的扶持政策，倡导大力发展网络文艺，提高网络文艺的地位，让网络文艺拥有更大的发展空间。借助强大的网络媒介，各种形态的网络文艺产品层出不穷，为了进一步规范网络文艺的现代发展，"十三五"规划重点强调应净化网络环境，实施网络内容建设工程，在新旧媒体的融合中，创造更丰硕的网络文艺成果。

值得注意的是，国家对网络文化产业的大力扶持是有前提条件的，即网络文艺产品必须具有较高的社会价值，能够引导人们形成正确的世界观、人生观与价值观，丰富人们的精神世界，净化人们的心灵，让人们获得真切的艺术享受。当前，我国正在全面实施"走出去"战略，网络文艺"走出去"作为文化"走出去"的组成部分，其重要性不言而喻，这也是国家大力扶持网络文化产业的原因之一。

三、我国网络文艺"走出去"的策略

（一）国家顶层设计扶持网络文艺"走出国门"

网络文艺"走出国门"是国家层面的大事，因此必须从顶层设计出发，明确对网络文艺的扶持。实际上，网络文艺不是传统文艺的网络化变革，网络文学、网络影视、网络音乐等有着自身的特点，如果不考虑这些特点，就把对传统文艺的扶持手段应用于网络文艺上，必然会出现不适的现象，影响网络文艺的进一步发展。国家应该意识到，网络文化产业直接与文化软实力挂钩，扶持网络文化产业是增强文化软实力的必然选择，所以，国家要通过多种途径，助推网络文艺"走出国门"，如制定税收优惠政策、设立专项文化基金等。

对于国家而言，助推网络文艺"走出国门"至少应考虑如下两方面。

一是实施过程的"走出去"。网络文艺作品既蕴含着中华优秀传统文化，又体现着社会主义先进文化，其"走出去"的过程应与海外用户密切联系起来，即不止让海外受众享受我国的网络文艺成果，还要让他们参与到整个传播的过程，这样能够深化他们对我国网络文艺作品的认识。二是传播效果的"走进去"。传播效果影响着海外受众对我国网络文艺作品的理解与吸收，只有切实增强传播效果，才能提高我国的文化软实力，为更多文化产品或文化服务的海外传播奠定基础。不可否认，网络文艺"走出国门"必然会遇到重重困难，国家顶层设计的作用由此凸显出来。作为政府部门，可以通过参与国际文化贸易谈判、签订友好的海外文化传播协议等，为我国网络文艺作品开拓国际市场扫清障碍。

在当代社会，文艺作品与物质产品同样重要，优秀的文艺作品有着巨大的精神价值，其在社会中的广泛传播有利于人类文明的发展。随着文化全球化趋势的加强，各国间的文化竞争日益激烈，推动我国网络文艺"走出国门"无疑具有重要的现实价值，这一方面有利于增强我国民族文化的凝聚力与吸引力，另一方面也是为人类文化的多样性做贡献。就网络文艺自身而言，鲜明的娱乐性与现代性本就有着强大的吸引力，尤其是年轻群体，很容易被这样的文艺形式所吸引，所以我国网络文艺在海外的生根与成长也有一定的优势，这需要文艺创作者创作大量的被海外年轻受众喜爱的网络文艺作品。网络文艺的发展受到时代环境的影响，所以当前的国家政策并不一定适用于今后的网络文艺产业，政府部门应随网络文艺的发展态势及时调整扶持政策，这样才能确保政

策的适用性。

（二）打造高素质网络文艺创作队伍

网络为文艺创作提供了一种相对公平的环境，任何有文艺理想的人都可以加入网络文艺创作的队伍，将自己的内心情感以及各种才华展现出来。在推动我国网络文艺"走出去"的大环境下，提高网络文艺创作队伍的整体素质格外重要。这是因为，虽然壮大的网络文艺创作队伍有利于我国网络文艺的海外传播，但若素质不佳，传播的效果必将大打折扣。所以，全体网民都应着力提升自己的网络文化素养，以合格的网络文艺传播者要求自己，从而承担更多的网络文艺海外传播责任，为我国网络文艺的国际化做出贡献。

尽管从理论上说我国所有网民均可被动员起来从事网络文艺创作，但事实上这种可能性是不存在的，大部分网民的素质、知识和技能等尚不具备直接参与对外文化交流的条件。因此从队伍建设角度而言，国内应当立足于打造一支精干、可靠的网络文艺外向型创作队伍，此所谓"关键的少数"，其人数在全体网民中只占很小的比例，但他们生产、创作的网络文艺作品占比则较大，这些作品产生的社会影响则更加显著。只有真正把这样一支队伍建立起来，我国网络文艺对外输出、跨文化传播才能生机勃勃，在目前的基础上取得更大发展。

建立队伍的核心问题是按照合适标准选择网民，然后在此基础上对他们进行重点培养、训练，使之符合承担我国网络文艺"走出去"重任的要求。在这个方面，一些标准其实是很清晰、不言自明的，例如潜在人选应该熟悉网络创作规律、具有较高的文艺素养、能够顺利生产、创作出受到网民青睐、社会影响力较大的网络文艺作品等，而且最好拥有一定的外语基础，能够适用外语表达自然更好。

我国选择网络文艺对外输出的"基干队伍"时，更应当着重考虑两个方面：其一，有传播中国传统优秀文化的自觉意识；其二，熟悉境外网民，尤其是西方世界网民的阅读、观看习惯等，能够有针对性展开创作、传播活动。众所周知，文化产品的输出不是仅仅为了输出产品，更重要的是输出蕴含在文化产品中的有价值的文化传统、思想观念和意识形态等，这在好莱坞电影、日本动漫及韩国电视剧等对外输出过程中已经得到直观地体现。因此我国的网络文艺输出也不能单纯为输出而输出，将缺失文化内涵的"廉价消费品"输出就算完事，而应当努力输出有价值的文化产品—这种"有价值的文化产品"，必须内含着中国人自己的价值观，是从现实需要出发、体现时代特点的原创性的文化观念、文化思想和文化产品等，要做到这一点，网络文艺作品的生产、创作者必须深刻了解中国传统优秀文化的底蕴，知道中国文化中哪些有益成分在全球具有普遍适用性，有可能受到西方网民、用户的青睐。

人类要想长期在地球上生存下去，就必须与自然保持和谐关系，尊重自然，敬畏自然，顺应自然，然而当下人类过度追求经济效益，忽视了自然。中国优秀传统文化在促进人与自然和谐共生方面发挥了巨大作用。时代的发展，要求人类社会迈入生态文明进程，基于此，人类必须加快与自然和谐发展的步伐。以往的人类社会处于工业文明模式，人们为了满足个人私欲而大肆破坏自然，进而引起了生态失衡，严重威胁到了人类的自我生存。一直以来，我国传统文化都推崇"天人合一"的基本理念，与现代西方理念有着本质区别，"以人克天"的西方文化将人与自然放到了对立面，这不仅严重破坏了自然环境，同时也危害了人类自身的可持续发展，损害了人与自然的和谐关系，为了重新建立人与自然和谐共生的关系，就必须合理利用我国传统文化所推崇的天人合一理念，与自然和谐发展。显然，我国的传统文化对于生态文明的推进具有重大意义。并有助于解决全球面临的现实问题，如果以这些文化作为网络文艺作品的基本底色和内核，就比较容易引起西方网民、消费者的共鸣。

深入研究、理解西方网民的阅读、观看习惯等，则是直接体现互联网思维的表现，网络时代是典型的信息过载时代，由此催生了"用户至上"的服务理念和思维，不能要求境外网民、消费者主动适应作品，而必须以最大限度满足他们各种需求的作品去吸引他们、打动他们，使他们乐于接受，如此才能实现传播效果。

第二节　网络文艺应实现健康发展

一、价值取向：守正创新、精品生产、空间清朗

（一）"守正创新"是网络文艺健康发展的基本理念

目前，就我国的思想宣传来讲，已经步入了"守正创新"时期。从文艺领域来看，所谓的守正无非就是坚持中国特色社会主义，同时遵循艺术发展规律，可见，守正为文艺创作的顺利进行奠定了基础；所谓的创新表现在文艺领域，则主要指方式方法创新、理念创新等，当前网络文艺在创作过程中应该做到及时创新，跟上时代潮流。

首先，为了能够顺利进行网络文艺创作，就必须坚持中国特色社会主义道路，在此基础上，确定文艺发展方向。近年来，网络开始走进千家万户，一直以来，互联网便以传播范围广，高度开放性闻名。基于此，为了促进网络文艺健康发展，人们在进行网络文艺作品创作时，就必须坚持正确的价值观，将中国特色社会主义作为创作的前提，时刻维护国家利益，向世界传播中国新风貌。目前，为了能够屹立于世界民族之林，各国都在飞速发展经济，我国也不例外，基于此，一些"杂音"不可避免地出现在网络文艺创作之中，为了确保网络文艺健康发展，就必须坚持中国特色社会主义文艺的发展方向。

其次，我国一直以来所倡导的社会主义核心价值观引领着网络文艺创作的走向。无论是哪个国家都需要将价值观灌输到文艺作品当中去，在美国大片中所表现出的英雄主义，实际上就是美国价值观的体现。人们价值观念的形成会受到网络文艺作品的影响，因此，网络文艺创作生产必须树立正确的三观，大力弘扬社会主义核心价值观，在密切联系生活的同时，还要融入我国优秀传统文化，以此来满足人们的精神需求，网络文艺作品只有转变为文化软实力，才能真正使我国优秀传统文化走出去。

最后，进行网络文艺创作的基础就是坚持中国特色社会主义，然而仅仅符合当代的社会价值取向还远远不够，网络文艺的创作内容同样需要跟上时代的步伐，不断进行创新。在以往的网络文艺创作中，频繁出现改编、引进等创作方式，显然，这类创作方式不够新颖，当前的网络创作者要充分利用新兴的网络媒介，发挥其及时性、移动性、互动性优势，挖掘全新的网络文艺体裁，开拓出新的网络创作领域。为了能够吸引受众，网络文艺创作者要广泛关注网络群体，依据受众的取向来进行创新，在创新的同时还要融入正确的价值观、世界观以及人生观，使青少年成长为正能量的传播者。与此同时，我国还要时刻警惕非主流文化的入侵，一些人为了博取关注，企图创作亚文化作品来赚取流量，显然，这类偏离主流文化的作品不利于人们的健康发展。

（二）强化质量提升，"精品化"发展是网络文艺创作生产的必由之路

在网络文艺发展的历程中必然会经历"精品化"时期。古往今来，只有文艺朝向精品化方向发展，才能达到巅峰。

网络文艺作品除了具有经济属性之外，还具有审美属性，也就是说，网络文艺产业与事业共同发展。基于此，对网络文艺的精品做出如下界定：一方面，这里的精品指产品方面的精品，通常情况下，为了获取经济效益，人们在创作精品时会格外重视产品的制作、传播以及服务层面；另一方面，精品指作品方面，为了提高作品的审美价值，在创作时，人们会格外关注内容以及价值

层面。无论如何，网络文艺创作只有同时注重审美和经济效益，才能成为真正的精品。

从作品方面来看，审美效益至关重要。因此，追求精品化成为当前网络文艺创作的关键。在传统文艺中，已经存在很多现象级的精品，相比较而言，网络文艺中的精品少之又少，纵观文艺发展历程，精品的出现可以推动文艺思潮的兴起，网络文艺也不例外，同样需要精品来带动发展。总而言之，产业要想得以发展就必须依靠精品。基于此，以现实生活为基础，蕴含丰富人文精神，彰显社会主义核心价值观的网络文艺作品成为当前社会所推崇的；从价值方面来看，网络文艺的价值内容可以简单概括为"铸魂魄、接地气、聚人气"，具体而言，所谓的铸魂魄实际上就是将象征着新时代精神的社会主义核心观融入网络文艺作品中去，接地气则是要求网络文艺作品不能脱离现实生活，要与人们的生活密切相关，聚人气主要是指网络文艺作品要受欢迎，既能感染人、温暖人、鼓舞人，也能弘扬正能量。然而，网络文艺与传统文艺不同，无论从受众、媒介方面来看，还是从社会语境方面来看，网络文艺都具有特殊性，其明显受众更为广泛，具有普适性。基于此，人们不能单纯地从艺术领域出发，创作网络文艺，应该根据网络文艺的特性做出适当调整。

从产品方面来看，经济效益十分重要。要想使产品朝向精品化方向发展，就必须在产品制作、传播、服务等步骤下功夫。无论是从技术条件方面来看，还是从资本规模方面来看，网络文艺生产都有了巨大的进步。同时，技术的进步，规模的扩大对网络文艺创作提出了更高的要求，除了要求其创作内容精美之外，还要求其在创作生产领域也达到精美的水平。网络文艺的制作水平明显要高于传统文艺制作，不仅工业化流程清晰，而且技术也较为成熟，这为精品的制作奠定了基础。另外，工匠精神促成了精品的制作，创作者精益求精，不断创新，创作出了集文艺与工艺于一体的产品。为了使产品有更高的效益，在制作过程中，还需要考虑受众的切实需求，为受众提供良好的服务，同时利用各种合理手段进行传播，显然，这是创作精品的重要前提。真正的精品往往能够经得住历史的考验，在长期发展中仍然能够保存下来，仍然具有一定的市场。

社会效益与经济效益历来是文艺所追求的重点，显然，传统文艺更加注重内容与价值的丰富性，也就是说，传统文艺更注重作品的艺术性。新时期的网络文艺则更加关注作品的经济效益。作为结构复杂的综合体，网络文艺涉及门类众多，然而仅仅从创造精品方面来讲，既要保证作品的精美，还要维持产品的精致，只有这样，才能推动网络文艺走向繁荣。

（三）进一步营造天清气朗发展空间，发挥网络文艺的应有作用

要想实现网络文艺健康发展，还应该维护网络空间，重视互联网内容建设。近年来，互联网飞速发展，几乎遍布了全球各地，这为网络文艺的顺利发展奠定了基础，但与此同时，各类乱象频出，为了应对网络文艺乱象，我国颁布了相关法律法规，另外，各大网络平台也实施有效监督，共同塑造清朗空间。

网络环境的好坏决定着网络文艺能否健康发展。对于网络文艺发展来讲，政府所颁布实施的法律法规无疑是一种保障。为了进一步营造清朗网络空间，应该采取以下措施。第一，完善监督机制，为了满足人们的需要，各类网络文艺作品层出不穷，其中包括网剧、网络综艺等，这些影视作品在正式制作之前都必须进行备案、登记以及审查，监督机制的完善能够减少盲目跟风现象，促进网络文艺健康发展。第二，互联网具有高度开放性，很多不良商家，为了博取热度，利用色情、暴力内容搞噱头，这极大地危害了青少年的身心健康，因此，必须严厉抵制色情、暴力内容，做好网络游戏、网络直播监督。第三，自网络出现以来，各种侵权行为数不胜数，只有加强版权意识，才能够真正促进网络文艺产业的健康发展，一直以来，我国都在潜移默化中强化大众版权意识，规定平台未经允许不得擅自转载文艺作品，同时呼吁大众购买正版产品。

网络文艺的清朗空间需要大众共同营造，仅仅依靠运营商、平台等还远远不够，还需要大众的努力。为了能够营造天清气朗的网络空间，最重要的就是甄别网络用户的身份，这里的身份主要指用户的年龄，为了保护未成年人，各类网络平台应该根据文艺内容来判断是否需要对未成年人做出约束，另外，关于违规作品的查处也同样重要，各大网络平台有责任关注作品是否违规，按照规定对其进行查处。像那些博取热度，内容低俗、暴力血腥的作品就是查处的重点，伴随着各大平台责任意识的增强，网络环境开始变得更加健康。

二、"普及"与"提高"：建构数字文化语境中的人民主体性

在网络文艺创作生产中，"读者""听众""观众""接受者"等的重要地位毋庸置疑。在当今的互联网文化语境中，经济学的"僭越"是一种引人瞩目的现象，换句话来讲，当前在网络文艺创作中，经济学专门用语——用户的地位远远高于诸如影视观众、传播学接受者、音乐听众以及读者等。就当前的现实情形来说，网络文艺存量市场取得胜利的重点在于"用户粘性"，同时，"回归圈层""突破圈层"逐渐发展成为网络文艺创作的主要方式。进入 21 世纪之后，人们步入了互联网时代，在这一全新时代，观众的需要成为创作的关

键，基于此，用户画像恰当与否关乎网络文艺作品的生存，甚至可以说抓住了观众就掌握了生存之道。与传统意义上的艺术创作相比，网络艺术创作在技术上有所进步，能够根据市场数据掌握用户的真实需求，进而做到用户至上。

事实上，无论是观众至上，还是用户画像，都是无可厚非的。尤其是对于当今社会来讲，这类思想观念不仅具有丰富价值，同时意义重大。从根本上来讲，所谓的听众、观众、读者以及用户等不仅不是受教育的感化者，也不是被讨好的高高的上帝。在现代生活中，娱乐似乎成为人们所趋之若鹜的，甚至有人将娱乐至死看作当今时代的标签，但是过度娱乐化则会丧失网络文艺作品所蕴含的文化①。另外，基于网络的便捷性、多元性以及丰富性等特征，网络文艺得以更好地呈现在人们面前，任何时候，任何地点，只要联网，就可以观看网络文艺作品。经过多年的发展，传统文艺在科技的发展下转向网络文艺，这在给人们带来全新体验的同时，也满足了人们的精神需要。互联网的出现为文艺的发展提供了更广阔的平台，数以万计的网络用户都有几乎成为网络文艺的受众，基于此，几乎任何一类网络文艺形态都有机会成为潮流。与此同时，人们也应该明白隐藏在被满足之中的被约束，在新时代的背景下探索"普及"与"提高"的真正关系。

纵向来看，文学艺术的发展经历了宣传维度、经济维度，当前为了与当下社会发展相符，于是开始高度弘扬价值维度。以"用户"为出发点，播放型传播模式流行于第一媒介时期，这一时期的传播是单向传播，由少数人主导，包括知识分子、文化精英等。在互联网诞生之后，传播中心逐渐消失，双向交流提上日程，人们可以任意进行交流，不再是一对多的单向交流，换句话来讲，网络为文艺创作、销售、购买提供了平台，并重新构型了传播关系。正是这种构型转变了长期以来人们之间的交流习惯，同时重新定位了人们的身份。基于此，主体性问题成为当今时代网络文艺发展的重要研究领域，重新建构数字时代的人民主体性成为塑造"普及"与"提高"关系的关键。显然，当前的主体性是在实践——价值哲学上所建立的，无论是本体论，还是认识论，皆在其之下。固然，价值是客观的，价值观是主观的，但主体性与知识、真理的统一性存在本质的区别，主体的多元化发展推动价值以及价值观的多元化。基于此，不同人所创作出的网络文艺自然有所不同，其中所蕴含的价值观也会有所差别。但是，无论如何，当前网络文艺的价值取向仍然有一定的范围。由此人们不难理解，中国语境中的现实主义创作除了强化特定的美学规律性，还特别强调"创作无愧于时代的优秀作品""坚持以人民为中心的创作导向""中

---

① ［美］尼尔·波兹曼. 娱乐至死［M］. 章艳，译. 桂林：广西师范大学出版社，2004：201.

国精神是社会主义文艺的灵魂"等，因为，这其间贯穿着一个核心的价值命题就是"人民"主体的高扬——它是价值主体的最大公约数。①

三、产业发展：全产业链运营、用户地位彰显、资本回归理性

（一）以优质"IP"为核心的全产业链运营

与传统文艺相比，网络文艺具有很大的优势，其中之一就是其拥有强大的全产业链运营。当前，网络文艺的产业链意识觉醒，并日益完善。很多网络大型平台都在努力建设泛娱乐生态平台，同时全面布局，希望利用优质"IP"来运营全产业链。然而，任何产业的发展都应该遵循一定的规律，就目前而言，优质 IP 资源稀缺，只有不断提升 IP 运营能力，才能打造出优质 IP。无论从哪一角度来看，包括艺术生产、艺术创作、技术、产业、市场等方面，网络文艺的发展方向都是实现全产业运营。

一般情况下，人们通常将 IP 的产业链开发概括为以下三个步骤：首先以网络文学以及漫画等网络文艺为出发点，制造出一系列成熟 IP；其次有针对性地对某一个 IP 进行深度挖掘，进行全产业链运营，具体而言，就是进行跨产品、跨门类运营。将某一优质 IP 以多种网络文艺形式推出，其中包括网络游戏、网剧、网络动画等，多种形式联合作用，使优质 IP 很快开拓出了自己的市场，赢得较高的内容效益；最后一步就是将优质 IP 变现，也就是利用 IP 获得经济效益，其中既包括线上经营收益，也包括线下收益。上述三个步骤相辅相成，要想使优质 IP 占有一定的市场份额，就必须增强相关平台的运营能力，同时构建完整的网络文艺产业体系。事实上，近几年，伴随着时代的发展，网络文艺形态也开始不断丰富起来，与此同时，全产业链运营体系也变得明朗起来，这极大地促进了网络文艺产业的发展。从网络文艺的受众来看，网络文艺具有明显的大众性，被看作大众艺术形式的一种，由此可见，市场在网络文艺中有着不可替代的作用。甚至可以说，只有对网络文艺进行市场化运作，才能激发文艺者的创作兴趣，提高产品的知名度，进而拉动网络文艺的经济。基于此，我国应该鼓励合理合法的市场竞争，帮助网络文艺产业完成内部结构升级，构建一个良好的市场环境，健全网络文艺全产业链运营，促进网络文艺的健康持续发展。

---

① 彭文祥. 价值论视阈中的"现实主义"与人文关怀 [J]. 中国文艺评论，2016（11）：29.

（二）用户的重要地位进一步彰显

一直以来，人们习惯对文艺形态进行详细划分，最为常见的当属文学、影视、音乐等，文学受众被称为读者，观看影视的人则被称为观众，听众则是聆听音乐的人，欣赏者是对美学受众的称呼。事实上，他们在互联网时代都可以称为用户。从表面上来看，用户一词彰显了经济学色彩，但其在各类网络文艺形态中仍处于中心地位。

自网络文艺诞生以来，用户便呈逐年递增趋势，尤其是最近几年，用户总量几乎与网民数量相当。虽然每一网络艺术形态的用户量不一，但产业规模基本都在扩大，且用户量也在增加。用户之所以呈现增长趋势，是因为他们的话语权不断增强，尤其是与传统文艺相比。与此同时，伴随着用户内容自制以及用户付费内容的出现，用户在网络文艺中的核心地位进一步得到了加强。

受到网络社交化的影响，网络文艺各创作主体之间的关系出现了转变。首先体现在用户之间的交流互动方面，事实证明，当前网络文艺的发展离不开粉丝经济，作为一个群体，粉丝一旦形成就会具有强大的凝聚力，这使原本存在于用户之间的隔膜基本消失。伴随着粉丝的崛起，用户之间的现实身份差异被忽略，网络空间逐步构建了一个源于现实却又与现实不同的社会，全新的社交方式、社交语言开始出现。其次，文艺创作者与用户之间的关系也发生了变化，网络为人们构造了一个虚拟世界，人们利用网络来进行社交，在网络平台，任何人都是平等的，用户与文艺创作者也不例外，他们之间可以平等地交流，原本高高在上的创作者变得平易近人，他们虚心听取用户意见，企图创造出让用户满意的文艺作品，基于此，"创作——接受"成为网络文艺创作者与用户之间的新型关系。最后是线上与线下的联动。不得不承认，前面两类互动的最终目标就是实现线上线下联动。只有如此，才能增强用户粘性，建立文艺作品的循环体系。一方面，用户在线下与他人进行交流沟通，自发宣传网络文艺作品，将虚拟与现实连接起来，另一方面，正是线上与线下联动使得粉丝群体逐渐扩大，进而推动网络文艺的健康发展。

（三）资本回归理性，创作生产进入精品化时代

无论是传统文艺的发展，还是网络文艺的发展，都需要资本的助力。但从产业发展方面来讲，网络文艺更加需要资本助推。伴随着网络文艺的飞速发展，越来越多的商人开始意识到网络文艺的前景一片光明，并开始进行投资。然而，大量资本的流入造成了网络文艺的野蛮式发展，各类粗制滥造式网络文艺产品更是层出不穷。可见，不理性的资本投入只会损害网络文艺的发展，生

产与资本既相互促进又内耗的关系导致网络文艺市场出现秩序混乱局面，显然，这阻碍了网络文艺的发展。2018年，影视行业因为资本的不理性介入，怪相丛生，"收视率注水""阴阳合同"等无一不显示出资本的病态。为此，我国相关政府部门开始进入网络文艺市场，颁布法律法规，企图规范市场，另外，各网络文艺行业资深也已经意识到了问题，开始进行自我监督。基于以上措施，资本开始逐渐回归理性，网络文艺创作的质量得以提高，进入精品化时代。

目前，我国的网络文艺正处于飞速发展阶段，无论是对于艺术生产来讲，还是对于资本来讲，要想推动网络文艺健康发展，就必须确保产品的质量，打造时代精品。为了规范网络文艺市场，政府部门开始限制明星的薪酬，颁布了限酬令，此法令一经颁布，便有效规范了文艺市场，促进了文艺市场的可持续健康发展。网络文艺的繁荣为自身带来了大量资本，然而资本的流入是把双刃剑，对于网络文艺的发展来讲，既有有利之处，也存在弊端。一方面，资本大量流入文艺市场，使文艺创作市场一时间呈现"虚火"状态，文艺作品数量不断增多的同时忽略了质量，一味追求收视率、票房、流量、热度等破坏了行业的生态平衡，这极大地阻碍了行业的健康有序发展；另一方面，资本的大量流入，为网络文艺的发展提供了资金支持，是网络文艺有机会朝向多元化方向发展。基于此，为了推动网络文艺健康发展，资本就必须回归理性，仔细甄别投资对象，注重产品质量，推动产品朝精品化方向发展。

第三节　网络文艺应有合理的法律规制

一、网络文艺法律规制的合理边界

网络文艺生产、创作和传播等活动，在本质上都是行为人行使自身表达自由的行为，但在行为人自律严重不足、其行为举止明显超越了法律许可范畴，对他人权利、社会秩序等构成危害、损害等情形下，国家和社会采取各种他律手段也是必要的，法律规制作为其中一环自然不可或缺。不过，法律规制作为具有高度强制力的社会监管和治理手段，介入网络文艺活动时必须遵循一定的原则，达到促进网络文艺平稳发展的要求，既规范行业健康发展，也充分保护网络文艺的活力。要对网络文艺展开适度、合理的法律规制，应当遵循违法性、比例原则和刑法谦抑性等基本原则，同时要认真区分文艺传播与信息传播的差异，避免法律规制的范围无限扩大、打击力度过分严厉，直接妨碍网络文艺的顺利发展。

（一）恪守违法性原则

应该说，违法性是法律规制手段可以施用的基本前提，只有当某一行为被法律法规确认具有违法性时，国家和社会才能够对此展开法律约束和限制，否则法律规制本身便失去了正当性，动用法律规制表达自由、包括网络表达自由时同样应当严格恪守这一根本原则，具体而言又需要遵循以下两项具体原则。

1. 社会危害性是确定违法性的基础

违法性评价的核心要件是行为具有社会危害性，可能对他人权利、公共秩序、公共利益等造成损害，而非不具有有益性的行为即构成违法。换言之，对于不积极体现社会主流价值观的行为，社会可以通过引导手法，激励他们向主流价值观靠拢，却不能动用规制手段，迫使其体现社会主流价值观——前者处于追求道德和伦理、社会责任的高度，而后者的使命则是维护社会的基本底线，对于一切未逾越法律底线、边界的行为施以法律规制，都是缺乏正当性与合法性基础的，为此在法律面前，人们只要尽到自己最基本的义务和责任即可，不必为没有行善、尚美而担心受到法律的责罚。

对于表达自由的法律规制本来也应当恪守这样的准则，但由于人们的各种表达行为，诸如演讲、出版、自媒体表达等直接关涉到社会思潮、观念等形成，可能对民众的情绪、思想等产生重要影响，因此在现实生活中不适出现底线上升的倾向。人们习惯于将许多自己不满意、不赞同的观点和意见斥为违法言论，希望引发违法性评价，甚至将这些言论认定为违法，给予其相应的制裁或处罚，而且这种情形屡见不鲜。

其实，网络时代的降临为社会和公众解决、处理类似事件提供了前所未有的便利，如果人们认定某个观点是严重错误的，直接在网络上与之争辩、论战就可以了，互联网有充足的空间让各种观点、意见均得以表达，各方意见在这个平台，上碰撞、交锋，最终真相会被揭示出来，公众也会形成相对正确的观点和态度，这就是"思想自由市场"的理论，以及网络"自净"功能的体现。因而在网络时代，让每个人都有自由表达和及时表达的渠道，对于追求真相、凝聚共识而言显然利大于弊，而无须轻易让公权力，尤其是具有巨大强制力的法律出面，对有违道德、伦理的一些错误言论上纲上线、"踏上一只脚"，使之遭受不必要的严厉规制。

法律不能随意替代道德、伦理批判彰显自己的作用。当下，网络文艺活动中确实大量存在着不符合道德、伦理规范和标准的行为，但国家和社会必须对其进行违法性评价，只要其没有表现出确实的社会危害性，没有逾越法律边界和底线，法律就不能越俎代庖实施规制，而只能交由道德、伦理等，以引导、激励、辩论乃至思想批评等手段解决。

2. 违法性必须是违反现行法律的评价结果

众所周知，"法不溯及既往"是一项基本的法治原则，这一原则通俗地说就是不能用今天的规定去约束昨天的行为，这在各国的立法中普遍得到体现，新法不能对其施行前已经发生的行为或事件进行评价。要对某一行为是否具有违法性展开评价，必须立足于当时已经生效的法律法规来进行，而不是相反，国家或民众认为某一行为具有可罚行，但现行法律法规中却找不到合适的依据，于是针对该行为进行临时立法、制定规则等，将其纳入违法范畴，以达到对该行为进行惩治或处罚的目的。

从法理上说，这一原则是一个近乎常识的东西，本无须赘述，但对于各种言论，尤其是网络上的表达而言，重申该原则却显得很有必要。因为网络空间流行偏激言论、雷人雷语等，其中一些言论很容易招致大量网民、公众的不满、愤恨，成为"众矢之的"，公众舆论往往不满足于对其进行言语上的抨击、咒骂，而希望国家公权力介入，将这些言论纳入违法乃至犯罪的范畴，从而对其进行严厉的法律规制，甚至使行为人受到刑罚的制裁。此时，政府和社会都必须恪守法律原则，即道德和舆论都不能代替法律，公众认为违法、有罪并不代表国家可以动用公权力惩治在法律法规上并不存在的违法行为或罪行——即使这些言行举止确实超越了底线，有必要通过立法规定为违法或犯罪，国家和社会也不能为了抓住法律上的某一条"漏网之鱼"而随意破坏法律之网。面对现实只能忍耐，待事件过后再通过正当法律程序"亡羊补牢"，修补原有法律制度的漏洞，将这些具有违法性、刑事违法性的行为明确规定为违法、犯罪行为，对于后续出现的同类行为展开法律规制。

（二）坚持谦抑性原则

谦抑性原则，又称必要性原则，它是指立法机关只有在该规范确属必不可少，即没有可以代替刑罚的其他适当方法存在的条件下，才能将某种违反法律秩序的行为设定成犯罪行为。从一定意义上说，谦抑性原则是比例原则在刑法领域的具体应用，体现出国家在维护秩序、惩罚犯罪和保障权利的抉择之中更倾向于后者，对于违反法律秩序的行为优先选择较轻的规制手段，只要能够达到特殊预防和一般预防目的即可，并不追求严刑峻法形成的威慑效果。

从理论上说，保持刑法的谦抑性主要发生在立法环节，一是在总则部分确立无罪推定、重证据不轻信口供等原则；二是在具体罪名的设置上，杜绝将某些本应通过道德教育、思想激荡或者行政处罚解决的问题纳入刑法制裁的范围。在我国，法院和检察院在其中也可以有所作为：一是由于许多罪名的入刑标准是最高法院、最高检察院以司法解释的形式规定的，因此司法机关在拟制司法解释时应当遵循刑法的谦抑性原则，不轻易降低入刑标准，避免扩大刑法的打击范畴；二是在具体的司法实践中，司法机关要充分遵循罪刑法定原则、罪责刑相适应原则等，减少不必要的犯罪认定，抑制不必要的重刑主义倾向。

二、维护网络文艺创作秩序

（一）著作权侵权规制不力症结剖析

1. 侵权者刻意掩盖抄袭、剽窃等行为

在互联网、大数据的技术支持下，当下网络文学的抄袭模式已超越了先前大段摘录、整篇复制的传统模式，变得更加隐蔽，网上流传的一些抄袭软件可以将大量文章切碎、打乱后重新拼接，组成新的文章，与权利人的作品文字重合度较低，甚至能够巧妙规避著作权法的禁止性规定。网络影视作品也是如此，以致敬、类型片等名义模仿、剽窃他人作品的故事、情节以及构思等，却将人物、地点、环境等要素加以改变，形成不同的表象，遮蔽侵权的实质。

2. 法律强制力不足

侵权者大多未承担应有的法律后果。虽然我国法律上规定侵犯著作权行为既需要承担刑事、民事责任，也可能受到行政处罚，但在司法实践中，这些法律后果通常没有落实，侵权人几乎都只承担民事责任，其经济赔偿数额甚至低于其违法所得，法院判决的赔礼道歉等责任，许多侵权者拒绝履行，有人甚至以此为荣耀。某一被法院终审判令向权利人道歉的所谓"著名作家"多年来始终不肯道歉，甚至在网络上回应公众："我不过就欠你们一个道歉嘛。"

3. 难以形成谴责抄袭的社会舆论

当今社会，大量网络文艺的创作者成为"网红"，各自拥有大批粉丝，这些粉丝对于自己心目中的偶像表现出无原则的支持和拥护，一旦社会上出现对这些"网红"不力的言论、批评意见等，其粉丝往往会不遗余力为之辩护，甚至与批评者展开"口水战"，由于粉丝数量众多、发言也呈现出海量态势，将先前的批评言论迅速湮没，难以形成谴责抄袭的社会舆论，这也使得一些有过抄袭、剽窃经历的文艺创作者内心欠缺负疚感，悔过、纠偏的动力严重不足。

（二）改变现状的主要对策

1. 加大赔偿和经济处罚力度，杜绝侵权者因著作权侵权行为获利

不能让违法者因为自己的违法行为获取利益，这是有效制止、杜绝违法行为的重要因素，否则任何规制都难以产生效果。要有效防范网络文艺领域的抄袭、剽窃等著作权侵权行为发生，一个核心环节是不让侵权者从中获得经济利益，即完全剥夺其通过侵权行为得到的所有收益，而且要让他们在经济上得不偿失，以儆效尤。

为达到如此效果，一方面应当增加侵权者的民事赔偿负担，笔名秦简的周静被人指责在其网络小说《锦绣未央》中大量抄袭他人作品的字句、情节和内容等，目前已经有11位作家向北京市朝阳区法院起诉周静侵犯著作权，共要求周静赔偿经济损失200万元，及维权合理支出11万余元等，朝阳法院已经受理此案。如果类似的高额索赔能得到法院的支持，将极大增加侵权者的经济负担，使之在从事抄袭、剽窃等行为时有所顾忌。另一方面，著作权行政执法机关可以主动行使职权，依法没收违法所得、处以罚款等，进一步增大侵权者的经济损失，并达到告诫其他公民的效果。

2. 强制执行赔礼道歉等判决，使侵权者承受相关法律后果

一些侵权者对法院做出的赔礼道歉等民事判决置若罔闻，拒绝执行，其实法律对此并非无计可施，而是有较为完整的处置对策的，首先可以在指定的媒体上公开判决书，向公众阐明法律事实真相，达到澄清事实、消除影响的效果，也促使侵权者承受巨大的社会舆论压力。如果侵权者不接受法院判决与裁定，针对情节严重者，依据《中华人民共和国刑法》，构成拒不执行判决、裁定罪，刑法第三百一十三条第一款：对人民法院的判决、裁定有能力执行而拒不执行，情节严重的，处三年以下有期徒刑、拘役或者罚金；情节特别严重的，处三年以上七年以下有期徒刑，并处罚金。如果内地一些法院敢于"吃螃蟹"，对于一些拒绝执行赔礼道歉法律责任的著作权侵权者"逗硬"，依法执行司法拘留乃至判处徒刑，相信能够有效制止这一藐视法律的风气。

3. 以侵犯著作权罪追究侵权者刑事责任

我国刑法中明确规定了侵犯著作权罪，而2004年颁布的《最高人民法院、最高人民检察院关于办理侵犯知识产权刑事案件具体应用法律若干问题的解释》对于该罪的定罪标准给出了比较清晰的依据：违法所得额在三万元以上，或者非法经营额在五万元以上，复制发行侵权光盘、文学作品、影视作品等合计数量在1000件以上的，即可追究刑事责任，判处三年以下有期徒刑或拘役。

刑罚是法律施加给违法者最严厉的法律责任和后果，按照刑法及相关规定

依法查处侵犯著作权犯罪案件，将极大震慑此类违法犯罪行为。

其实，无论民事赔偿、行政处罚或者追究刑事责任，对著作权侵权者给予惩罚并非真正目的，最终目的是为了维护正常的网络文艺秩序和竞争环境，保护和培育原创者，促进网络文艺充满朝气和活力，让社会各方都能真正享受到网络影视文艺顺利、健康发展带来的价值和好处。

三、净化网络环境

互联网时代的到来，迎来了新旧媒体的更迭。网络新媒体打破了时空限制，扩大了人际传播范围，同时在潜移默化中影响着人们的日常生活。网络在为人们带来便利的同时，也带来了前所未有的挑战。虚假信息、淫秽色情等有害网络信息正一步步侵蚀着人们的心灵，很多网络文艺作品也受到影响，进而蒙上了阴影。为此，当前的网络环境迫切需要得到净化，只有建立起规范的网络秩序，网络文艺才能得以健康发展。

净化网络环境的第一步就是坚持正确导向。这里所说的正确导向主要是指正确的合理合法的网络舆论风向，基于此，人们要努力从纷扰复杂的网络信息中辨别出正确导向，同时将其传播出去。在当前的网络环境建设中，加持正确导向至关重要，可以说没有正确的导向，网络环境就没有得到完全净化的可能性。对于一些低俗文化，要将其扼杀在摇篮之中，全面抵制假恶丑，利用舆论，来降低负面思想言论的传播性，同时人们还要为网络环境的真善美助力，无论是网络文艺创作者，还是网络用户，都应该时刻传播正能量，维护社会安全与稳定，使网络平台被正确舆论占领，彻底摆脱假恶丑。

为了建设良好的网络环境，还应该不断增强人们的责任意识。作为第四媒体，网络在我国的应用范围越来越广泛，不只是青少年离不开网络，中老年人也已经成为 21 世纪的网民。当前，我国人民主要通过网络来议论时政、表达意见、传递信息。经验证明，网络在人们日常生活中起着不可估量的作用。基于此，网络文艺创作者以及相关用户都要树立责任意识，共同维护网络环境。首先，网络文艺创作者要时刻谨记党的要求，不仅所创作的作品不仅要对公众负责，同时言行举止也要有所约束。网络文艺创作者所创作的每一个作品都代表着自身形象，世界各地的人民都可以利用网络来了解我国的文艺作品，所以，创作者必须要保证自己所创作的内容符合党和国家的要求，维护国家形象，切实做到认真负责。另外，网络文艺工作者还应该提高自身职业道德。近年来，各大网络媒体为了博取热度，赚取流量，争相报道新闻，完全摒弃了新闻者实事求是、标新立异的理念，事实上，世界上每天都会发生各种各样的时间，信息繁杂，相关工作人员应该学会取舍，选择最合适的事件进行真实报道，而不是对信息恶意夸大。其次，网络文艺创作者还应该从大局出发，考虑问题要全面，增强自身的责任意识，更好地完成文艺创作，始终将社会利益、国家利益放在首位。

推进网络文艺相关行业自律也是净化网络环境的措施之一。首先，网络文艺创作者要时刻遵循网络运行规律，不违反法律法规。国有国法，家有家规，行业同样存在一定的规定。世界上的很多国家都制定了一系列网络法律法规，包括美国、韩国、日本等国家，无一例外，从立法方面来看，这些国家的网络法规都具有强烈的针对性。因此，我国也应该加大网络立法力度，有针对性地建立网络立法体系，规范网络文艺行业行为，切实做到有法可依。青少年作为祖国的未来，应该在健康的环境中茁壮成长，然而，网络不良信息的大肆传播，严重侵蚀了青少年的思想，无论如何，我国都应该加强对网络文艺发展的约束，严厉制止网络血腥暴力游戏以及色情影视的传播，对影视界、游戏界做出严厉规定，受到法律的约束，网络行业将会朝向健康有序的方向发展。

为了推进网络行业自律，还可以采用奖惩方式。法律法规虽然能够起到规范网络文艺市场的作用，但仍然无法做到切实监督到每一个人，很多人游离于网络违法边缘。此时就需要奖惩制度来对网络文艺行业工作者进行约束。当前，我国设置了举报网站，人们相互监督，对于那些违法事件，要做到及时举报。在相关监督机构收到举报之后，要认真调查，一旦情况属实，即刻采取措施，在惩罚违法乱纪者的同时奖励勇敢举报者。如此，方能促进网络文艺健康发展。

净化网络环境还需要全社会的共同参与，社会监督同样是推动网络文艺发展的重要举措之一。作为一个公开的平台，任何人都可以随时随地在网络上发布信息，可见，网络已经逐步成为社会环境的组成部分之一。基于此，加强网络环境的社会监督变得刻不容缓。

近年来，伴随着社会的发展，我国人民的经济水平有了极大的提高，这为互联网的发展奠定了基础。现如今，网络已经与我们的生活紧密相连，人们在感慨其功能强大的同时也意识到了网络所带来的消极影响。为了尽量降低网络的消极影响，我国颁布了一系列网络管理法规，各相关部门要根据法律法规来行使监督职能，社会监督与法律法规相结合，共同发挥作用，大力打击有害信息的传播。只有这样，网络文艺才能朝向更好的方向发展。

作为网络的使用者，网民无疑是最了解网络真实情况的人，网民在上网浏览信息，与他人交流互动时，都要发挥监督作用。另外，为了切实发挥网民监督职能，相关政府部门还应该不定期举办活动，大家在活动中畅所欲言，揭露网络虚假宣传、谣言以及骗局等，共同努力，净化网络环境。

　　净化网络环境的另一重要举措是推广社会公众评议网络信息。事实上，几乎每个人都有着自己的思想观点，对于同一件事，不同的人可能有不同的见解。因此，为了促进网络文艺健康有序发展，相关工作部门应该调查群众意见，通过分析群众对网络文艺的看法，来掌握网络舆情。更多的人参与管理网络，便更有利于监督网络。社会公众的广泛参与，为净化网络环境增添力量。

参考文献

［1］白冰莹．探究网络文学的传播与发展［J］．新闻传播，2019（6）．

［2］陈冲冲．网络音乐传播在音乐文化中的影响和作用［J］．明日风尚，2017（12）．

［3］陈积银．智慧传播时代的网络文艺传播机制［J］．甘肃社会科学，2016（6）．

［4］陈日红．网络文艺视频化的原因探析［J］．青年记者，2018（8）．

［5］陈亚旭．网络游戏与网络沉迷［M］．宁波：宁波出版社，2018．

［6］崔晓．媒介融合时代网络文艺与艺术批评论稿［M］．北京：中国财政经济出版社，2021．

［7］邓树强．网络文学及其影视改编研究［M］．哈尔滨：黑龙江人民出版社，2017．

［8］范周．网络剧与网络综艺批评［M］．北京：知识产权出版社，2019．

［9］范周．网络文艺批评理论与实践［M］．北京：知识产权出版社，2019．

［10］付陈陈．网络文学传播主体的类型和传播策略研究——以阅文集团为例［D］．武汉：中南财经政法大学，2019．

［11］宫承波．新媒体概论 第8版［M］．北京：中国广播电视出版社，2020．

［12］关洁．网络文艺价值引导问题及对策探析［J］．大学，2021（41）．

［13］郭白璐．互联网时代下网络游戏的文化传播效果分析——以手机游戏为例［J］．传媒论坛，2020（10）．

［14］郭紫薇．从网络综艺的传播动因看媒介文化的起高走低［J］．内蒙古教育，2020（8）．

［15］侯琳琦．网络音乐的多视角研究［M］．北京：北京邮电大学出版社，2013．

［16］侯顺作．中国网络影视文化产业发展史［M］．北京：中国社会科学

出版社，2022.

    ［17］黄春玲. 网络自制综艺节目的传播策略探析［J］. 环球首映，2021（12）.

    ［18］黄寒冰. 网络影视传播：众声喧哗与涅槃重生［J］. 中国广播电视学刊，2018（1）.

    ［19］黎羌，杜鹃，郝亚茸. 文艺思维学研究［M］. 长春：东北师范大学出版社，2018.

    ［20］李本乾，牟怡. 未来媒体：机遇与挑战 第三届上海交通大学 ICA 国际新媒体论坛精粹［M］. 上海：上海交通大学出版社，2017.

    ［21］李刚. 论网络文学的价值［J］. 北方文学，2019（30）.

    ［22］李可欣. 传统影视传播与网络影视传播［J］. 西部广播电视，2016（16）.

    ［23］李可玉. 浅析网络综艺节目《奇葩说》的传播策略［J］. 视听，2019（7）.

    ［24］李丽娟. 网络音乐传播的特性与现状研究［J］. 明日风尚，2021（15）.

    ［25］李星辉. 网络文学语言论［M］. 北京：中国文史出版社，2008.

    ［26］刘超. 网络文艺的审美病象与传播社会责任的重建［J］. 文化月刊，2020（7）.

    ［27］刘胜枝. 网络游戏的文化研究［M］. 北京：北京邮电大学出版社，2014.

    ［28］刘雪芹，李林凡. 网络音乐传播中的侵权问题及改进建议［J］. 济南职业学院学报，2021（3）.

    ［29］马季. 网络文艺与时代精神的塑造［J］. 网络文学评论，2019（1）.

    ［30］马立新，付慧青. 网络文艺符号精神分析研究［J］. 中国现代文学论丛，2020（1）.

    ［31］梅红. 网络文学 第2版［M］. 成都：西南交通大学出版社，2016.

    ［32］［美］尼尔·波兹曼. 娱乐至死［M］. 章艳，译. 桂林：广西师范大学出版社，2004.

    ［33］牛玥. 网络自制综艺的传播策略及其优势特色探析——以《明星大侦探》为例［J］. 新媒体研究，2018（5）.

    ［34］欧阳友权. 数字媒介下的文艺转型［M］. 北京：中国社会科学出版社，2011.

    ［35］潘晓军. 文化产业背景下网络音乐发展研究［M］. 延吉：延边大学

出版社，2017.

［36］彭文祥．价值论视阈中的"现实主义"与人文关怀［J］．中国文艺评论，2016（11）．

［37］彭文祥．重估与前瞻［M］．北京：知识产权出版社，2020.

［38］司占军，顾翀．数字出版［M］．北京：中国轻工业出版社，2020.

［39］孙纪源．IP时代下网络影视产业发展策略研究［J］．品牌研究，2020（2）．

［40］孙文涛．中国网络剧微电影传播概论［M］．北京：中国广播影视出版社，2016.

［41］庹继光，但敏，陈金凤，等．网络文艺传播研究［M］．成都：电子科技大学出版社，2017.

［42］王长城．网络文艺健康发展之我见［J］．文教资料，2020（10）．

［43］王国良．网络音乐的特性及其评析［J］．郑州大学学报（哲学社会科学版），2007（4）．

［44］王红勇，谭好哲，葛长伟，等．网络文艺论纲［M］．济南：山东教育出版社，2014.

［45］王文照．影视作品的网络传播研究［J］．中国多媒体与网络教学学报（上旬刊），2018（3）．

［46］王祥．网络文学创作原理［M］．北京：中国人民大学出版社，2015.

［47］王振德．网络游戏设计角色设计［M］．西安：西安交通大学出版社，2015.

［48］魏超，曹志平．数字传播论要［M］．北京：知识产权出版社，2013.

［49］巫汉祥．文艺符号新论［M］．厦门：厦门大学出版社，2002.

［50］吴婧．网络文艺传播中的版权问题及其解决机制［J］．编辑之友，2016（11）．

［51］吴泽平．网络游戏传播文化平台探索——以腾讯"王者荣耀"为例［J］．视听，2019（1）．

［52］夏烈．中国网络文艺的常识与趋势［M］．杭州：浙江工商大学出版社，2020.

［53］熊文泉，张晶．网络文艺的叙事本质探析［J］．浙江传媒学院学报，2018（5）．

［54］徐科锐，周欣．信息化时代网络音乐传播探析［J］．当代音乐，

2019（12）.

［55］许苗苗．网络文学的媒介转型［M］．北京：中国社会科学出版社，2021.

［56］闫宏微．大学生网络游戏成瘾问题研究［M］．上海：上海人民出版社，2015.

［57］杨舒．浅析网络综艺节目《乐队的夏天》传播策略［J］．传播力研究，2019（23）.

［58］杨子豫．网络综艺节目的传播营销策略——以《令人心动的 offer》为例［J］．现代营销（学苑版），2022（1）.

［59］尹世娟．网络文学的传播及商业化研究［J］．电视指南，2017（10）.

［60］袁茜．音乐的网络化生存 网络音乐文化的伦理思辨和审美批判［M］．长沙：湖南大学出版社，2018.

［61］张吉伟．探讨网络时代文艺传播的美学特征［J］．长江丛刊，2018（16）.

［62］张江，王利民，高建平，等．中国文学批评［M］．北京：中国社会科学杂志社，2015.

［63］张金尧．当前中国网络文艺的三维探析［J］．人民论坛，2021（7）.

［64］张晋升．暨南卓越智库丛书 舆情与社会治理 第 1 辑［M］．广州：广州暨南大学出版社，2020.

［65］张静，谭武强．网络游戏品牌传播策略研究——以腾讯游戏《英雄联盟》为例［J］．南昌师范学院学报，2019（1）.

［66］张敏，王茜茜．浅析网络综艺节目《奇葩说》的成功之道［J］．视听，2019（1）.

［67］张恬恬．手机网络游戏的传播策略研究——以腾讯手游为例［D］．湘潭：湘潭大学，2015.

［68］张晓薇．美国网络音乐版权制度分析［J］．出版广角，2018（12）.

［69］张晓宇．当下垂直类网络综艺节目的传播策略［J］．声屏世界，2021（6）.

［70］张志强．音乐网络化传播的侵权现象研究［J］．科技传播，2019（19）.

［71］张智华．中国网络影视发展报告［M］．北京：中国电影出版社，2020.

［72］赵一洲．我国网络音乐市场的现实困境与法律制度完善［J］．网络信息法学研究，2018（1）.

［73］赵志奇.网络音乐产品的文化创意研究［M］.郑州：郑州大学出版社，2017.

［74］郑向荣.网络综艺论稿［M］.北京：光明日报出版社，2020.

［75］周根红.网络文学与网络文化［M］.福州：海峡文艺出版社，2020.